残光

東直己

ハルキ文庫

角川春樹事務所

目次

本書は二〇〇〇年九月に小社より単行本として刊行されたものです。

残光

1

十二月十八日、榊原健三《さかきばらけんぞう》は谷間の街に下りた。山はすっかり分厚い雪に覆われていて、道も消え、いつもなら二時間の道のりなのだが、この時は三時間ほどかかってしまった。足にはカンジキを履《は》いているが、オヒョウの木の皮を編んで作った袋に、荷物を入れて背負っているので、どうしても足が雪に埋まる。息切れがして、もしかすると自分もそろそろ体が衰えてきたのだろうか、といささか不安になった。五十になるまでには、あと数年ある。まだまだ若い、と思うものの、去年の冬は、同じ道のりがこんなに苦しくはなかった、という記憶がある。

(荷物が多いせいだろう)

健三はそう心の中で呟《つぶや》いた。去年は、荷物と言えるものはほとんどなかった。つまり、大した作品が作れなかった、ということだ。

(それに、今年は雪が去年よりも深い)

晴れ上がった日で、青い空から眩《まぶ》しい日の光が、白い森に青ざめた影をくっきりと落としている。健三は、軍手をはめた手を忙しく動かし、木の幹、木の枝、蔓《つる》、そして足許《あしもと》の雪などを支えにしながら、森を黙々と進んだ。昼食を済ませてから小屋を後にしたので、谷間の街のはずれにある〈アイヌ資料センター〉の粗末な看板に辿《たど》り着いた時はもう四時近くになっており、ついさっきまで眩しかった日の光は、すでに斜めになって力弱く漂っている。健三は、汗まみれになっていた。

街に下りるのは、この年はこれが最後、と健三は決めていた。必要なものを少し買い込み、いくつか用事を足して、山に戻る。そして、正月明けまでは山にいるつもりだった。

だが、〈鈴木民芸店〉を訪れて、鈴木社長にシマフクロウの木彫りを五つ差し出し、「それにしても、腕を上げたな」という賛辞を受けて、ほのかに心嬉しく、無言で小さく会釈した時、社長の孫娘、絵里香《えりか》が「クリスマスに、林さんも来てくれるでしょ?」とあどけない口調で言ったので、心が少し動いた。

「あら!」

民芸店の、賑《にぎ》やかな女性たちがさも驚いたような口ぶりで騒ぎ立てた。

「可愛い顔してこの子!」

「わりとやるもんだわよねぇ!」

「五歳にして、林さんをユウワクしてる!」

「いや〜、ちょっと!」

「若さってのは、スゴイねぇ!」

「自信ってやつですか!」

女性たちは、いつもこの賑やかさで、観光客たちをその気にさせて、民芸土産を、客たちの予算よりもいささか多めに購入させてしまうのだ。絵里香は、ちょっとおしゃまな表情で、「そうよ。悪い？」と澄ましている。鈴木社長が、その頭を軽く撫《な》でながら、「二十五日にな。ま、ちょっとした宴会をやるんだ。その時、絵里香が踊るわけだ」と目尻にシワを寄せながら言った。

「絵里香にとっちゃ、初めての人前での踊りでな。張り切ってるわけだ」

「林さん、絶対来てね！」

絵里香が真剣な顔で健三に言う。

「わかりました」

健三は鈴木社長にそう答え、絵里香に、小さく頷《うなず》いて見せた。

「わぁ！　嬉しい！」

絵里香は歓声を上げて、健三の右足にしがみついた。健三は静かに微笑《ほほえ》み、五歳の女の子の頭を見下ろした。

「お前さんのコタン・コロ・カムイは、なかなか評判がいいよ」

自分専用の作業場で、健三とふたりきりになった鈴木社長は、健三のフクロウの木彫りをしみじみと眺めながら、目尻にシワをぐっと深くして、嬉しそうに言った。

「よく売れる。一応、これが半年の〆だ。きちんと計算したつもりだが、不審や不満があったら、言ってくれ」

そう言いながら、伝票と、一万円札を十七枚、健三に差し出す。

「いえ、そんな。こんなに頂いていいんですか?」

「ああ。でかいのは、あらかた売れた」

「社長が、仕上げてくれたから……」

「そりゃまぁそうだが、それほどのこともない。ほとんどが、あんたの仕事だ。そう考えていい」

「ありがとうございます」

「それから……」

鈴木社長は、作業服の胸ポケットから、御祝儀袋を取り出した。

「こっちは、餅代だ。足しにしてくれ」

「いえ、これ以上は」

「オレの気が休まるんだ。受け取ってくれ。そんな大したもんじゃない。遠慮されると、こっちが恥ずかしくなる」

社長は、健三の薄汚れたジャンパーのポケットに祝儀袋を押し込んだ。

「それと、例の定期便だ」

健三は、差し出された封筒を受け取った。宛名には、〈鈴木民芸店気付　林秀和様〉とある。

「ありがとうございました」

健三は丁寧に頭を下げた。

その夜は、〈鈴木民芸店〉に泊めてもらった。ジンギスカン・パーティがある、と誘われたのだ。絵里香が、「踊りのリハーサルを見てちょうだい」と言ったせいもある。街の温泉で汗を流してから、集まって来た近所の人たちと一緒に、ジンギスカンを御馳走になり、ビールで軽く酔った。絵里香の踊りを見た。それから、一階の作業場の脇の小部屋に敷いてくれた布団に横になった。ジャンパーのポケットの祝儀袋には三万円が入っていた。

健三は、一度拝んでから、それをまたポケットに戻した。そして、〈林秀和様〉宛の封筒を手に取った。今回は、札幌の眼鏡屋の封筒だった。半年に一度、送られてくる〈定期便〉で、その度《たび》に封筒が違う。今年の五月に送られて来た時は、小樽のオルゴール屋の封筒に入っていた。

御報告書
林秀和様
T様御一家の件
T様御一家に関して、この六月~十一月の間、特記すべき事項はございません。みなさま、平穏にお暮らしです。

T・T様は、ご近所のコンビニエンス・ストアで本年六月一日から、パート勤務を始められました。T・K様は、前回もお知らせいたしましたが、小学校二年生で、特に波乱なく、元気に通学しておられます。T・Y様は、不況のため勤務先はなかなか苦戦をしているようですが、ご本人は、淡々と勤務なさっておられる模様です。御必要で念のため、T・Y様勤務先にかかわる新聞報道などを同封いたしました。御必要でしたら、御参考下さい。

特にご指示がなければ、来年も、このまま調査報告を続けます。頂きました調査料は、このままなにごともなければ、再来年度分までございます。

以上、簡略ですが、取り急ぎ御報告まで。新たな御依頼、方針変更などございましたら、早めにお知らせ下さい。

今後とも、よろしくお願い申し上げます。

持谷調査オフィス
代表取締役社長
持谷良比古

榊原健三は、静かに頷いた。それから、同封されていた新聞記事のコピーを眺めた。丸高建設は、ほかの大手建設会社と同様、苦労しているらしい。だが、高見沢雄一《たかみざわゆういち》は、社内の派閥抗争や、上層部と政治家たちとの癒着などとは無関係に、淡々と、事務職員として堅実な生活を営んでいるようだ。

健三は、安心して、眠りに入った。

寝入る直前、夢と現《うつつ》の合間で、健三は多恵子《たえこ》の姿を見たような気がした。呼びかけようか、と思った。だが、そうはしなかった。どうせ夢なのだから、なにをしてもいい。そういうふうに、健三は考えることができない男だった。

2

札幌駅から南に延びる駅前通りの歩道は、人で溢《あふ》れていた。出勤時間で、人々は白い息を吐きながら、足許に目を落として、忙しく行き交う。白崎基弘《しらさきもとひろ》は、人間の流れの中で、ほとんどなにも考えず、南に歩みを続けた。丸高建設の札幌支社がある丸高ビルが、もう、すぐ目の前に見えている。

なにかを考えよう、と思うのだが、どうしてもまとまらない。

ただひとつ、わかっているのは、もう自分はおしまいだ、ということだ。望んでこうなったのではない。卑劣なことをしたわけでもない。悪いことをしたわけでもない。ただただ、切り捨てられて、そしておしまいにされたのだ。見捨てられたのだ。なんの落ち度もないのに。おれの人生、おれ自身の人生、かけがえのない、おれの人生が、おしまいになった。そして、おれは、丸高ビルを目指して歩いている。歩いている。ハマーを買ったのは、ついこの前のことだ。ハマーを自分のものにした、あの時の素敵な気分。あの車は、もう、ない。目つきの卑《いや》しい男たちが、うっとりとした口許をだらしなく開けて、「御苦労さん」という一言を残して、ハマーに乗って走り去った。

（くそ）

白崎は力無く呟いた。

静かに呟いた。

（くそ）

ハマーが人手に渡って、それでおれは歩いている。全ては、終わっていた。打開の方法は、ない。ないわけではないかもしれない。昨日まで、そう考えて、もがいた。だが、気付いてみると、もう、どうしようもないのだ。

そのことが、よくわかった。

（くそ）

（どうしようもない）

白崎はコートの右ポケットに右手を入れた。九ミリ・オートマチックが触れる。これが本当に「九ミリ・オートマチック」なのかどうかは知らない。ただ、売ってくれた知り合いがそう言っていたので、「これは九ミリ・オートマチックという拳銃だ」と思っている。左手をポケットに入れた。クリップが二個。白崎は、ポケットの中で右手を動かし、銃把をしっかりと握った。

丸高ビルの正面に辿り着く。今まではトントンと軽い足取りで駆け上がった三段を、一歩一歩、踏みしめた。自動ドアが両側に開く。厳《いか》めしい表情で、「休め」の姿勢で立っている顔なじみの警備員に軽く会釈して、行き交う人波の間を手際よく進み、「総合インフォメーション」のところに座っている、山吹色のスーツを着た、髪の長い若い娘に、ちょっと左手を上げて挨拶した。若い娘も、白崎の顔を見覚えているらしく、業務的な笑顔になってちょこん、と会釈した。白崎はその前にすたすたと歩み寄り、どうも、と会釈してから、「磐元《いわもと》次長、いますよね」と気さくな口調で尋ねた。いかにものんきな声を出すことができたので、白崎は内心不思議だった。

「はい……」

電話に手を伸ばそうとする。

「あ、いや、直接行きます。大した用件じゃないから」

外来者は、必ず受付を通す、というのが規則だ。特に、総務経理部の次長が相手なら、そうしなければならない。だがまた、磐元次長を訪ねてくる客は毎日何十人といる。いちいち受付が対応するのも大変で、顔なじみであれば、直接訪問することも普通だった。七階の総務経理部まで行き、そこで改めて受付で名乗ればそれで済む。

「あ、そうですか？」

娘は、手間が一つ省けたことで、明るい笑顔を見せた。膝から下は毛布でくるみ、足許には小さな電気ストーブを置いているが、正面ホールの空気は冷たく、管内電話の受話器も冷え切っている。手に取ると、一瞬ではあるけれども、指先が切れるかと思われるほどの冷たさを感じるのだ。同僚は、「そこまで冷たくはないわよ」と言うのだが、彼女には、恐ろしいほどの冷たさに感じられる。だから、ここで電話をかける必要がなくなったのは、苦痛が一つ減った、ということだった。彼女は、それほど冷たくないプラスチックの板に添付してある「来訪者名簿」を白崎の方に押しやり、自分の体温で温かくなっているボールペンを胸ポケットから取り出して、白崎に渡した。白崎は、「お客様御氏名」の欄に「白崎基弘」と書き、次いで所属「白崎建設」訪問先「総務経理部 磐元次長」入館日時「12月25日 午前9時12分」と必要事項を記入した。「御来訪目的」の欄には「商談」と書いた。ふと、涙がこぼれそうになったが、すぐに収まった。

紙を娘の方に押して渡し、「じゃ」と頭を下げて、すぐに右手をポケットに入れた。拳銃の銃把を再び静かに握り、深く息を吸い込んで、それからむっつりとエレベーターに向かった。

エレベーターは満員だった。三階からは、各階に停止し、元気のない人々がそれぞれのデスクに向かって箱から出て行く。七階に止まった時は、四人いた。丸高建設札幌支社ほどの大きな企業であっても、白崎以外の三人はそれなりに顔見知りらしい。お互いに軽く会釈などして、見覚えのない白崎を目の端でちらりちらりと見ている。

白崎は、自分がすっかり丸高建設に馴染《なじ》んでいる、と思い込んでいた。だが、今思い返してみると、彼のことを知っているのは、七階の総務経理部の連中と、四階の総合開発局の数人だけで、ほかの部署には知り合いが誰もいない、ということに気付いた。今まで、そんなことはどうでもいい、と思っていた。考えたこともなかった。丸高建設ほどの大手のゼネコンに直接食い込めたこと、そのことだけで得意になっていたが、自分は所詮は、使い捨ての「業者」に過ぎなかったのだ。そのことを思い知った。怒りのような感情が膨れ上がった。

(見てろ。今は、お前たちはおれのことをなにも知らない。だが、すぐに、おれの顔を忘れなくなるはずだ。そして、自分の会社がどんな酷《ひど》いことをしたのか、そのことも知ることになる。お前たちが、近所の人間や、親戚や、女房子供にも顔向けできなくなるほどに、この会社は酷い)

白崎は歯を食いしばり、エレベーターから出た。七階で降りたのは、彼ひとりだった。目の前に、「丸高建設　総務経理部　受付」のプレートがあり、山吹色のスーツを着た若い娘が座っている。白崎の視線を捉《とら》え、すぐに誰なのかわかったらしい。にっこりと笑って、「いらっしゃいませ。お世話になっております」と丁寧にお辞儀をした。

「磐元次長、いらっしゃいますか?」

「磐元ですね。畏《かしこ》まりました。少々お待ち下《くだ》さい」

娘は、電話に手を伸ばし、心持ち小首を傾げて受話器を耳に当てる。

ここで、面会を断られたら、すぐに総務経理部に突進する覚悟だった。もちろん、右手の「九ミリ・オートマチック」を先頭に、突っ込むのだ。次長は、いつも通り、次長室には閉じこもらずに、部下たちの気詰まりを、自分の権威の証《あかし》と考えているらしく、いい気分で総務経理部の広いオフィスに出ているだろう。一番奥の、窓を背にした大きな机にふんぞり返って座っているはずだ。そこに向かって、走る。邪魔するものは、射殺する。

……女は殺すまい。……若い男は、まぁいい。殺す。だが、幼い子供の父親を殺すのはイヤだ。殺すのは、本来は磐元次長だけでいいのだ。そして、警察を待ち、声明文を発表して、自決する。それが目的だ。だから、余計な殺人はしたくない。だが、磐元を殺すことができないのであれば、その邪魔をするものが出るのであれば、そいつを巻き込むことも仕方がない。……だが、女は殺したくない。幼い子供の父親も……。

「応接室Aへ。はい。畏まりました」

娘は丁寧に受話器を置き、それから「白崎様」と呼びかける。

「ん？」

「磐元、ただ今参りますので、応接室Aでお待ちいただけますか？」

「ああ。ありがとう」

総務経理部の重い鉄の扉が開き、白いブラウスに水色のベスト、という制服の娘が出て来た。

「白崎さん」

「やぁ」

白崎は、笑顔で頷いた。少なくとも、そうしたつもりだ。笑顔が自然なものだったかどうか、自信はない。だが、娘はそんなことを気にしないようだった。

「お元気?」

「まぁね」

「体調は?」

「まぁまぁ」

白崎のいい加減な相槌《あいづち》に頷きながら、水色ベストの娘は、山吹色の娘にお辞儀する。

「それでは。ご案内いたします」

山吹色の娘も丁寧にお辞儀する。

「よろしくお願いいたします」

「じゃ、こちらへどうぞ」

水色ベストの娘は、白崎の先に立って歩き出す。

「風邪、流行《はや》ってるみたいですよ」

「へぇ。そりゃ大変だ」

白崎の口から、意味のない言葉がスルスルと滑り出す。言葉には本当に意味がない、と白崎は胸にしみた。意味があるのは、現実的な行動だけだ。

復讐。

「御存知かしら、岡田君て……」

「そう。彼が、寝込んじゃって。四十二度ですって、熱。で、彼を先頭に、もう、あちこちでバタバタ倒れて……」

「あ、主任の?」

「今年のインフルエンザはタチが悪いって話だから」

「ホント。恐《こわ》いわよねぇ。次長もね、磐元も、いつも言ってるわ。ヘンだな、と思ったら、とにかくすぐに休めって。その方が、周りに迷惑を掛けないで済むからって」

そして、ハハハ、と笑う。この娘にとって、あるいは総務経理部にとっては面白い話なのだろう。白崎は、なんとも思わない氷の世界にいたが、娘に合わせてハハハと笑ってみた。なにも面白くなかった。

応接室では、二十分ほど待たされた。だが、白崎は焦らなかった。一度、お茶を運んで来た水色ベストの娘が、「具合、本当に大丈夫ですか?」とちょっと心配そうな表情で尋ねた。

「寒いですか?」

白崎はコートを脱がずに、ソファに座っていたのだった。

「ああ、いや。別に。あれだな。ちょっと二日酔いでね。ボゥっとしてるのかもな」

娘は、両目と鼻の付け根の三角地帯にシワを作って、キュッと笑顔になった。

「あんまり飲み過ぎちゃダメですよ。白崎さん、まだ独りなんだから」

三十八歳で独身であることと、二日酔いに、どういう関係があるのか、白崎はわからなかったが、適当に笑った。娘は、「そろそろ磐元、参りますから」と言って小さく頷き、それからドアの脇にあるエアコンの小さなコントロールパネルをちょっといじって、「じゃ」と会釈して出て行った。

白崎は、妙に落ち着いていた。自分が今、現実の中にいる、ということが信じられなかった。あと何分かすると、磐元次長がやって来る。あの、傲慢さを覆い隠す人なつっこい笑顔を浮かべて、「やぁ」と入って来るはずだ。それに向かって、ピストルを撃つ。

本当に、そんなことが現実に起こるのだろうか。自分の手で。撃たなければ、それで済む。全てを失った今、また最初の一歩からやり直すつもりで、人生に立ち向かう、という道もある。それなのに、自分は、磐元次長を射殺して、そして自決するつもりでいる。

本当に、自分はそんなことをするのだろうか。せずにおけば、これらはみんな現実のものとはならずに、また平凡な……過酷ではあるが、とりあえずは平凡な日常が戻って来る。磐元次長も死なずに済み、自分も殺人者にはならず、そして自決しなくても済む。

済む？

おれは、しないで済むならしない方がいい、と思っているのか？　そうじゃない。どうしても、磐元次長は生かしてはおけない。彼を殺して、声明文の形で丸高建設がどれほど酷いことをしたか、ということを暴露し、その上で死ぬ。おれは、それを望んでいるはずだ。

本当か？　それ以外に、方法はないか？　やり直すことはできないか？

そりゃもちろん、やり直すことはできるかもしれない。丸高建設にすがって、なんとか、細々と。

おれはそれを望んでいるのか。

まさか。

思い知らせたい。

磐元次長に代表される、ああいう連中に思い知らせたい。それができるなら、死んでもいい。家族はいない。ともに六十なかばの両親はまだ健在だが、そしてふたりは嘆き悲しむだろうが、それはもう、諦《あきら》めてもらうしかない。それ以外に家族はいない。子供ができる前に離婚したのは本当によかった。

由佳……。

由佳は悲しんでくれるだろうか。

友人たち、そして解雇した元従業員三人の顔が、瞬時に白崎の頭の中を駆け巡った。驚くだろう。中には悲しんでくれる者もいるだろう。だが、それはそれで、お互いにそれほどの負担ではない。交通事故で死んでも同じだ。

由佳。由佳は、おれのことをどう思っていたのだろう。おれを見上げる時の、あのまん丸な瞳。

おれは、本当に撃つのか。本当に。それとも、磐元次長の声を聞いて、やっぱり、いつものように丸め込まれてしまうのだろうか。

三億二千万円。

これを、どうすればいいというのだ。

おれには落ち度がない。もしもあるとすれば、それは、磐元次長を信じた、ということだ
その一点だけだ。

磐元さん……

その時、部屋のドアが前触れなしに開いた。仕立ての良いスーツを着た磐元次長が、ぬっと入って来る。このスーツは、例の通り三越でオーダーしたものだろう。丸高建設の幹部たちは、創業以来、背広は三越で作るのだそうだ。強制ではなく、自然にそうなる、なにか習慣のようなものらしい。どうしてそうなったのか、はっきりとはわからないのだぞうだ。磐元次長は、「腐れ縁、てやつかな。おそらく、明治維新の時か、あるいはその前からかもしらんな。とにかく、なにか繋《つな》がりがあったんだろうな。今となっては、どういうことなのかわからんがね」と自慢するような口調で言っていた。そのことを、なぜか唐突に思い出した。

「よぉ。どうした?」

磐元総務経理部次長は、いつものように、傲慢さをうまく覆い隠した、人なつっこい笑顔を浮かべて、左手を上げた。

その笑顔を見た時、白崎は、「殺すしかない」と心が決まった。

「今んとこは……」

そう言いかけた磐元の声を聞きながら、白崎はすっとソファから立ち上がった。ポケット中の右手で銃把をしっかりと握り、銃口を磐元の方に向け、親指の腹で安全装置を外し、引き金を引いた。

信じられないほどの衝撃を受けて、白崎は横様に体を捻《ひね》りながら吹っ飛んだ。あ、と思った時には、床に叩きつけられていた。ソファの後ろに転がり落ちたのだ、とわかった。なにも聞こえない。何かが膨れて耳をふさいだような感じだ。

ぐずぐずしてはいられない。磐元を仕留め損なったら、全ては無意味になる。

白崎は、右手にピストルを握ったままポケットから出し、機敏に立ち上がった。時間から自由になったような感じだ。体が、静かに、そして滑《なめ》らかに動く。引力が消えた。

磐元が、右肩を押さえて倒れている。呆然《ぼうぜん》としたその表情。顔色は蒼白で、見開いた目で白崎を見つめている。

「おい。まさか」

磐元の声が、へんにぼやけて聞こえる。白崎は腕を突き出し、九ミリ・オートマチックの銃口を、まっすぐ磐元の顔に向けた。

「まさか」

磐元はもう一度言った。

言いたいことはいろいろとあった。たくさんあった。不思議なことに、恨みつらみを述べた後に、一言感謝したい、そんな気分もあった。だが、それを無視して、白崎は、両足を開いて立ち、ふんばり、右腕にしっかりと力を込めて、もう一度引き金を引いた。

磐元の顔が、あらかた飛び散った。


白崎は、銃を持った右腕をだらんとぶら下げたまま、のっそりと廊下に出た。

引き返せない一線を越えた、ということを何度も頭の中で繰り返した。

廊下には、人がいっぱいいた。みんな、こっちを、応接室Aの方を見ている。白崎が姿を現すと、廊下の端から端まで、動揺が走った。世界はぼんやりとしているが、すぐ近くで、女が悲鳴を上げたのがなんとなく聞こえた。白崎が腕を水平に上げ、銃口を向けると、そっちの方で悲鳴が上がり、人々が伏せ、あるいは扉の向こうに逃げ込む。

向こうの方で、エレベーターの扉が開き、制服の警備員がふたり、飛び出した。白崎に駆け寄ろうとして、右手の拳銃に気付き、トムとジェリーのマンガのような感じで、慌てて立ち止まった。若い方の警備員が、床にべったりと伏せた。

「磐元次長を……」

白崎は口を開いたが、囁《ささや》くような声しか出なかった。白崎は、慌てて「ウン！」と咳をして、唾を飲み込んだ。

「磐元次長を！」

今度は怒鳴ることができた。

「磐元次長を！」

その先が、どうしても言えない。

「おれは！　磐元次長を！」

なにをモタモタしてるんだ！

「……磐元、磐元次長を、今、射殺したぁ！」

廊下の端から端に動揺が走った。誰かが泣き出した。

「いいか。わかったかぁ！　おれは、今、磐元次長を、射殺した！」

突然、白崎の目に涙が溢れた。

泣くな、みっともない。

「警察を呼べ！　抵抗するつもりはない！　すぐに、警察を呼べ！」

そう怒鳴って、白崎は応接室Aに下がり、ドアを閉めて、鍵をかけた。

終わった。全てが終わった。

白崎は声明文を上着の内ポケットから出して、テーブルの上に置いた。それから、その前に座り、右手にピストルを持ったまま、警察の到着を待った。

どれくらい時間が経《た》ったのかわからない。白崎は、ふと我に返った。おかしい。周囲があまりに静かだ。ドアを叩く者は誰もいなかった。誰も声をかけない。そもそも、パトカーのサイレンの音が一度も聞こえなかった。中央署は、このビルから歩いても五分とかからない、至近距離にある。これはおかしい。

白崎はソファから立ち上がった。いきなり、ほとんど顔のない磐元次長の死体が目に飛び込んで来た。白崎は思わずよろめき、テーブルに手をついて、吐いた。

テーブルの上にあったお茶で口をすすぎ、コートの袖で口の周りを拭《ぬぐ》い、白崎はドアに近付いた。鉄のドアに耳を押し付ける。向こう側には、なんの物音もないようだった。人の気配もない。

(どうなってるんだ?)

白崎は、大きなガラス窓に向かった。ビルの正面玄関あたりが真下に見える。見下ろした。街は、普通通り、平穏だ。予想していたような、パトカーの列も、非常線も、警官の群も、一切ない。

(………)

分厚いガラスに顔を押しつけた。いくら視点を変えてみても、街は通常通り、平日の午前中の風景だ。

そこで、白崎は気付いた。目の下、正面玄関前の車道を、濃紺のベンツが一台、それに続いてBMWが一台、通り過ぎた。左のウィンカーを点滅させている。そして、居心地悪そうにオドオド走るエスティマを挟んで、その後ろにまたベンツ。後ろのベンツも左ウィンカーをチカチカさせている。

（先週、俺の事務所を取り囲んだ、あの連中じゃないのか？）

北栄会花岡組系列、幌中会の連中。間違いない。

白崎の体の中で、憤怒が燃え上がった。恐怖はない。どんなことになろうとも、右手にこの九ミリ・オートマチックがあれば、即座に死ねる。おれの命はどうでもいい。また、丸高建設も、幌中会も、おれの命などどうでもいいのだろう。連中は、おれが、警察でなにを話すか、それを気にしているわけだ。丸高建設は、警察に通報する前に、幌中会の連中におれを始末させるつもりだ。

白崎は、テーブルの上の声明文をポケットにねじ込み、部屋のドアに駆け寄った。思い切り、力を込めて、開け放った。

廊下には、ふたりの男がいた。制服の警備員。ふたりとも、驚いて尻餅をついた。白崎は年配の方に銃口を向けた。若い方が「うわぁ！」と悲鳴を上げた。

「撃つな」

年配の警備員が、必死の顔つきで言う。声がかすれている。

「鍵をよこせ」

年配の警備員は、せわしなく頷き、蛭《ひる》のカタマリを体から引き剝《は》がすような感じで、ベルトにはさんであった鍵束をむしり取り、白崎の足許に放った。

「助けてくれ！」

向こうの方で、部屋のドアが開いた。誰かが顔を出す。白崎は、狙いを付けずに、足だけはふんばって、そっちの方にデタラメに撃った。悲鳴が聞こえて、ドアが閉まった。天井の建材が砕け散った。

白崎は、ふたりの警備員に交互に銃口を向けながら、足許の鍵束を手に取った。

「マスター・キーは？」

「あ……あ……赤いテープで印がしてある。規則違反だけど……」

年配の警備員が、もどかしそうに口を動かして、モグモグ答えた。その横で、若い警備員が、いかにも誠実そうな表情で、真剣にコクコクと頷く。

白崎は、ひとつ頷いて、それから廊下を全力で疾走した。


ビルの裏側の壁伝いに非常階段を駆け下りた。その途中、隣のホテルの非常出口の扉が開いているのに気付いた。白崎は、地上三階あたり、丸高ビルの非常階段とホテルの非常階段が交錯する地点で、ホテルの階段に向けて飛び下りた。そして、今度は駆け上る。ホテルの非常出口から中に入ると、そこはパントリやガレーにつながる通路だった。何十年もの間積み重なった、食材と料理と生ゴミのニオイが分厚く漂っている。

白崎は、拳銃を握った右手をコートのポケットに入れた。その時初めて、コートのそのあたりがボロボロに裂けていることに気付いた。拳銃の安全装置をかけて、ポケットに収めたままコートを脱ぎ、くるくると丸めて、左脇に抱えた。そういう姿になれば、あとは茶色のコーデュロイのパンツにチャコール・グレーのジャケットという、普通の格好だ。

用件を持ってやって来た「業者」の誰かだ、と思ってくれるだろう。白崎は背筋を伸ばして、平然と歩いた。顔つきがおかしいかもしれないが、それは自分ではわからない。

込み入った通路を闇雲に歩いた。途中、壁一面に大きな鏡がはまっているところがあって、そこに「服装チェック」と書いてあった。「お客様に不快感を与えないように、自分で常日頃からチェックしよう」と手書きのポスターが貼ってある。その通りだ、と白崎は考えて、入念に自分の姿を点検した。目が血走っているが、あとは特に問題はないようだ。磐元次長とは離れていたし、彼の死体にも触れなかったから、どこにも血は付いていない。

白崎は、自信を持って、再び歩き出した。

向こうから、白い上っ張りと白い帽子の、小柄なオバチャンがふたり、けたたましい口調で誰かの悪口を語り合いながら、近付いて来た。白崎は軽く会釈してすれ違った。そして、左に曲がる。薄汚れたエレベーターの扉が三つ並び、従業員専用・従業員専用・運搬専用の三つのプレートが並んでいる。そして、右端にドアがあり、その上に「ドアの開閉は静かに！　お客様がいらっしゃいます」と書いてあった。白崎は、そのドアを静かに押した。一歩踏み出すと、彼は分厚い絨毯《じゅうたん》ときらびやかなシャンデリヤと正装した人々の世界にいた。クリスマス・ランチのパーティの受付らしい。白崎はその人混《ひとご》み中にすっと溶け込み、静かに突っ切って、階段に辿り着き、降りた。

ロビーに出て、そのままファサードに向かう。制服を着た、背の高い、しっとりとした顔立ちの美女が、柔らかな笑顔を浮かべて、「いってらっしゃいませ」と頭を下げた。白崎は落ち着いて頷いた。両手に大きな荷物を抱えた中年の男が、あたふたと入って来る。美女は、そっちの方に近寄った。

その中年男が乗って来たレガシーが、後ろを開けてぼんやりと停《と》まっている。まだ荷物が車内に残っているらしい。エンジンをかけたままだ。白崎は振り向いた。中年男は、制服の美女に、騒々しい身振り手振りでなにか熱心に話している。その横に、台車を押して、制服を着た青年が姿を現した。白崎は、静かにまっすぐレガシーに近寄り、平然と後ろを閉めて運転席に滑り込み、落ち着いて発進させた。

世界の全てが後ろに滑って行く。

3

榊原健三は、午後三時半に、谷間の街に着いた。十二月二十日に大雪が降り、山道は一メートル以上積もった雪の下に完全に消えていたが、それでも今回は、重たい荷物がなかったので、二時間半で山を下りることができた。〈鈴木民芸店〉に裏口から入ると、みんなが店先のテレビの周りに集まって、熱心に画面を見つめている。

「お邪魔します」

健三が言うと、みんなこっちを見て、「あ」とか「いらっしゃい」「待ってたんだよ」と短く挨拶して、またすぐにテレビに顔を戻す。鈴木社長が立ち上がって、店の中ほどにあるテーブルの上のポットから熱いお茶を茶碗に注《つ》ぎ、健三に差し出した。

「男女同権の時代は、こういうもんだ。体、冷えてるだろ。あったまれや」

「ありがとうございます。どうしたんですか？」

「札幌でな。人質を取って、保育園に立て籠《こ》もったやつがいる。この、クリスマスに」

「はぁ」

健三は、お茶をすすった。湯気が、冷え切った顔にくすぐったかった。口と喉から、暖かみがじわじわと心の中に広がった。

「その前に、ひとり撃ち殺してるんだそうだ」

「はぁ……」

「子供と、そして保母さんが人質だ。親はもう、居ても立ってもいられんだろう」

鈴木社長が、気遣いを顔にくっきりと刻んで、心配そうに言う。

「そうですね」

健三はそう答え、テレビの前に戻る鈴木社長の後について、みんなの方に近付いた。

画面の建物に、見覚えがある。大きなアパートで、その周りを警官が取り囲んでいる。

パトカーが数台、あちこちに配置され、制服・私服の男たちが忙しく行き交っている。カメラは、その近くの家の屋根あたりから、現場を見下ろしているらしい。

「今のところ、状況には大きな変化は見られないようですね」

落ち着いた男の声が、テレビから流れてくる。

「それにしても、もう四時間あまりですからねぇ。子供たちの体力や、精神状態が気になるところです」

別な男の声が言う。

「そうですね。すでに四時間以上が経過したわけですが、犯人から、具体的な要求がなにも出ていない、ということは、ソリゾノさん、これはどういう風に解釈できますか?」

それに答えて、やや甲高《かんだか》い、早口の声が話し出した。

「ええ、それですね、問題は。まぁ、犯人は、相当混乱している、というのが実際問題として、今の現状でしょう。おそらく、後悔、と言いますか、マズイことをした、というような精神状態の気持ちなんじゃないんでしょうか。なにかこう、隠れた目的、というものがあってですね、それをどう実現させていいか、その方法論、といいますかね。方法、方針、それらが、皆目わからなくなっている、というのが今の現状じゃないでしょうか」

「落ち着きを取り戻したら、またなにか変化が出てくるでしょうか」

「まぁとにかく、人質の子供たちと、……それから、保母さんですか、その方々の、ですね。人命、命、ですね。それをまず最も大切な第一の条件として、ここはひとつ、警察にも、慎重な対応というようなものが、強く求められるところだと思いますよ」

「……ええと、現地リポーターのヤスクニさん、なにか新しい情報はありますか?」

画面が切り替わった。アパートにより近付いた場所で、建物を背にした若い女性レポーターが、沈痛な表情で、マイクを手に、こっちを見ている。

丸高建設の社宅だ、と健三は思った。立ち上がろうとした。だが、一瞬踏みとどまった。

「こちらは、現場の、丸高建設社宅前です。犯人が、子供ふたりと保母さんを人質に、立て籠もっているのは、ちょうど、私の後ろ、建物の三階真ん中あたりにある、社宅内保育所です。ちょうど」と後ろを見て、手を差し伸べる。「あの、カーテンの下りている、クリスマスの飾り付けをしてある窓ふたつ、あそこが社宅内保育所、だそうです。容疑者である、建設会社経営、シラサキモトヒロ、三十八歳は、今朝十時十五分過ぎ、札幌市中央区にあります、丸高建設札幌支社の応接室で、総務経理部次長、イワモトアキノリさん、五十三歳をピストルで射殺し、隣のホテル前に駐車していた車を奪って、この丸高建設社宅にやって来て、折からクリスマス・パーティをしていた社宅内保育所に乱入し、逃げ遅れた小学生ふたりと、保母さんを人質に、立て籠もりました。今のところ、犯人から、要求のようなもの、あるいはなんらかのメッセージなどは出されていません。また、犯人は携帯電話を持っており、保育所にはテレビもあって、白崎容疑者はそのテレビを見ているであろう、と思われるため、慎重に対応しています」

女性レポーターが、カメラの方を睨《にら》み付けた。その脇に、一瞬、多恵子がいるのが映し出された。多恵子は、カメラに気付いたのか、すぐにフレームから出た。

多恵子が画面に映っていたのは、ほんの二秒ほどだった。だが、健三にとっては、それで充分だった。髪を短くして、昔とは容貌が全くと言っていいほど変わっていたが、それでも、面影ははっきりと残っていた。

見間違いようはない。

「人質になっている子供の名前、発表されたんですか?」

健三は静かに尋ねた。みんな、熱心に画面に見入っていて、誰も答えない。鈴木社長が苦笑しながら、首を振った。

「いや。子供の名前はわからない。なんか、人権とか、被害者への配慮とか、いろいろあるんじゃないのか? なにしろ、子供だしな。保母さんの名前は、さっきちょっと話してたみたいだけどな」

「そうですか」

だが、さっきの、ほんの二秒ではあったが、画面の隅に現れた多恵子の表情、憔悴《しょうすい》しきったあの表情は、彼女の息子の恵太が、人質のひとりであることをはっきりと物語っていた。

そうだろうか。健三は自問した。答えは、すぐに出た。

間違いない。

健三は立ち上がった。

ジーンズの尻ポケットには、三万ある。

「社長」

「ん?」

鈴木社長は、健三の声に答えて顔を向け、その顔つきを見て、唇を引き締めた。

「すみません、忘れ物をしました。取りに戻ります」

「……そうか。気を付けてな」

健三は、会釈して、みんなに背を向け、民芸店の出口に向かった。その後ろに、さり気なく鈴木社長が続いた。

外に出たところで、社長は言った。

「金は?」

「いくらか、あります」

「貸すぞ」

「いえ……」

「そうか。……気を付けてな」

社長は、店に戻った。これが二度目の旅だな、と心の中で呟いた。丸高建設社宅で人質事件、と聞いた時、こうなるのではないか、と思っていた。健三と丸高建設社宅に、どういう関係があるのか、それはわからない。知ろうとも思わない。だが、数年前の春の終わり、健三がふと旅に出た一週間の間に、札幌で何人ものヤクザやチンピラが死んだ。その時、ニュースの中で、確かに「丸高建設の社宅」という言葉を聞いたのだ。

橘連合菊志会桐原《きりはら》組の組長、桐原満夫《みつお》は、札幌市宮の森にある〈札幌中央神経内科病院〉のB病棟四階個室のベッドの脇に、ぼんやりと座っていた。ベッドで、長年苦労をともにしてきた相田《あいだ》が眠っている。ついさっき、桐原は、相田と手をつないで、病院の通路を散歩した。往復で数十メートルの距離だが、それで相田はすっかり疲れてしまったらしい。散歩の終わり近くには、足が全然前に出なくなってしまった。相田は、「でぁまぁえらぁー」と悔しそうに言って、ポロポロと涙をこぼした。

「メソメソすんな、バカ」

桐原はそう言って、相田を背負い、病室まで帰って来た。相田は、太ってはいないが、「ガタイがでかい」と言われる、大きな男だ。背が高く、がっしりとしている。その体を、どんどん太ってきた、猪首で短軀の桐原が背負うのは、ちょっと難しかった。だが、桐原は、「でっけぇ体して、始末に負えねぇな」とぶつくさいいながら、なんとか病室まで運んだ。

相田は、ベッドに横たわるのにも苦労して、白いシーツに涙をこぼした。そのまま、桐原が毛布などを整えると、しばらく何か話したそうな顔つきをしていたが、いつの間にか眠ってしまった。

暮れを控えて、忙しい時期である。だが、その中からなんとか一時間捻り出して、桐原は病院に見舞いに来た。

桐原のシノギは非常に多岐にわたっているが、中でも最も大きな利益を上げているのは、サラ金〈マネー・ショップ・ハッピー・クレジット〉で、去年、ビルを建てることができたのも、この安定した収入があったからだ。桐原は、それを多として、ビルの名前を〈ハッピービル〉に決めた。ススキノの外れの、いろいろとややこしいシバリのある土地で、細長い、小さなビルではあるが、それでも、ビルはビルだ。桐原はいささか嬉しかった。

それと前後して、相田のようすがおかしくなった。最初のうちは、昼間っから酒を食らって酔っ払ってるのか、と思った。歩き方がよろよろになり、口が回らなくなってきたのだ。どうもおかしい、と思って、強引に病院に連れて行き、医者に診てもらった。二ヵ月ほど検査が続き、それから〈中央神経内科〉に回されて、また検査が続いた。その間も、相田のようすは目に見えて悪くなっていった。壁伝いでなくては歩けなくなり、箸が使えなくなり、マトモにしゃべれなくなってきた。そして、最初に医者にみせてから四ヵ月ほどして、〈脊髄小脳変性症〉という病名がついた。運動機能を担当している小脳が、変性し、萎縮していく。要するに、小脳の細胞がどんどん死んでいる、というのだ。原因は不明。神経難病のひとつだ、と医者は言った。進行の具合、病状の軽さ重さはさまざまで、中には、発病しても数十年もなんとか動き回れる人もいる、という。だが、相田の脊髄小脳変性症は、進行が最も早く、病態が最も重いタイプだ、と言われた。もうあと数ヵ月で、相田は体が全く動かなくなる、と宣告されたのだ。口も利けなくなるらしい。食べ物を呑み込むことも難しくなるらしい。大小便も、自分ひとりではできなくなるらしい。

そう聞いた時、桐原は不思議な気分を味わった。相田が、そういう病気で、そんな状態になる、ということは、あまり大したことではない、と思った。運不運は、誰にでもある。

それは大したことではない。だが、そのことについて、相田が辛《つら》い思いをするだろう、べッドの上に横たわっただけで、身動きもできずに、こいつはなにを考えるだろう、と思った時、桐原は手放しで泣きたい気分になった。ふたりで過ごした時間、ふたりで経験したあのことこのことが、いきなり全部、桐原に押し寄せた。

（相田よ……てめぇよ……）

相田の、目のあたりに涙の跡が残る寝顔を見ながら、意味もなく、桐原は心の中で呟いた。

ベッドサイドの小さなテレビでは、丸高建設の社宅の保育園に、ピストルを持った男が侵入して、ガキとスケを人質に立て籠もった、というニュースを、実況を交えて、延々と繰り返している。

（相田ぁ……。丸高が、ワヤだとよ）

相田はぐっすりと眠っている。

これが昔だったら、相田が元気だったら、いろいろとバカ話をして、ふたりで、大声でゲラゲラ笑うことができたはずだ。

（花岡の連中も、今ごろ大騒ぎしてんだろうなぁ）

（タベケンのツラぁ見てみてぇもんだなぁ）

（白崎ってのは聞いたことがねぇが、どうせ与太郎だろう）

（花岡も、商売が汚ねぇからなぁ）

(丸高の磬元だってよ)

(安西《あんざい》と磬元がツルんでトウシロウ騙《だま》してよ)

(挙げ句の果てがこの騒ぎよ)

(たまらねぇぜ。ヒャハハハハ)

なにも面白くない。

辛い時もあった。辛いどころか、覚悟を決めたことも、何度もある。そんな時、相田とバカ話をして、大声でゲラゲラ笑って、そして俺はどうにか踏ん張ったのだ。ここまでやって来た。相田が元気なら、この花岡と丸高の騒動で、死ぬほど笑える。だが、今は……

「また、犯人は携帯電話を持っており、保育所にはテレビもあって、白崎容疑者はそのテレビを見ているであろう、と思われるため、慎重に対応しています」

女性レポーターが、カメラの方を睨み付けた。その脇に、一瞬、多恵子がいるのが映し出された。

「!」

桐原は、思わず息を呑んだ。多恵子は、カメラに気付いたのか、すぐにフレームから出た。

「おう!」

桐原は、夢中で、静かに眠る相田の胸を叩いた。

「おう! 相田!」

相田が、びっくりして目を開ける。（なんですか？）と目顔で尋ねる。

「多恵子だ！　多恵子、間違いねぇ」

「えーんず！　けーんず！」

「そうだ、健三の、あの多恵子だよ！」

相田は必死になって、上体を起こそうとする。手を貸しながら、桐原は大声の早口で、状況を説明した。

「で、社宅に閉じこもってるんだとよ！　ガキと、保母のスケェ人質にしてよ」

「けーんでぁー！」

「おう、わかってるさ。とんでももねぇことになるぞ。もしも白崎って与太郎が、多恵子のガキィ押さえてんならな」

桐原と相田は、二人並んで、しばらくじっとテレビ画面を見つめた。だが、多恵子の姿は、もう映らなかった。

「あーじぃだー」

「おう。わかってる。とにかくモタモタしてられねぇ。悪いが、俺は行くぜ」

相田は、左右に首をフラフラ振りながら、なんとか頷いて見せた。

「また来る。のんびりしてろ」

そう言い捨てて、桐原は立ち上がった。

クリスマスの夕方近く、しみったれた日の光が、灰色の雲からぼんやりとあたりを照らしている。〈中央神経内科〉は、規模の大きな病院だが、駐車場の車はどうも地味なものばかりだ。

（病院てのは、どうしてもそうなるもんだ）

桐原はそんなことを考えながら、自分のジャガーが傷だらけでありながらも、燦然《さんぜん》と光り輝いているのを満足げに眺めた。だが、

（こうしてる場合じゃねぇんだ）

ジャガーの中では、若い連中がテレビを見ているようだ。運転席の八田《はった》が、桐原に気付き、ピョン、と跳ねるようにして出て来た。それに続き、助手席の仮屋《かりや》と、後ろに座っていた弾避《よ》けの盛谷《もりや》も出て来る。八田が桐原のためにドアを開けた。桐原はスーツの左ポケットから取り出した古釘でジャガーの車体にチーッと傷を付けてから、のっそりと乗り込む。そして、「健三が来るぞ」と言った。

「は？」

「榊原健三だ。……知らないか」

「はぁ」

こいつらは、歴史にも、伝説にも興味がない。歴史を知らずに、なぜ自分が今ここで生きていられるのか、それが桐原は不思議だった。のほほんと生きるのが好きなら、カタギで充分じゃねぇか。

「知らねぇよな、そりゃな」

桐原が体を落ち着けると、三人が相次いで乗り込んで来る。

「サカキバラっちゅのは……」

「説明すれば長くなる。それに、いくら話しても、お前らにはわからない。お前らは、ものを考えねぇからな」

三人が、ムッとしている。

（いい度胸だ）

桐原は心の中で舌打ちをして、それから盛谷の脇腹を小突いた。

「携帯」

「へぇ」

病院の中では、携帯電話は使ってはならない、と聞いている。普通はそんなことは毛の先程も気にしないが、相田が入院している病院であれば、話は別だ。盛谷が差し出した電話を受け取り、事務所に電話して若頭補佐の小林を呼んだ。

「小林です。ご苦労様です」

「おう。テレビ、見たか？」

「へぇ。丸高が。花岡の連中も、泡食ってんでしょうね」

「まぁな。おめぇ、どこのテレビ見てんだ？」

「これは……SBCですね」

「そうか。なら、気付かなかったか？」

「は？」

「多恵子がチラッと映ったぜ」

「え！」

「来るぞ、健三が」

「………」

「もしも、人質のガキが、多恵子の息子ならな」

「……へぇ……」

小林は粘ついた声で呻《うめ》いた。

「全員に伝えろ。暫《しばら》く、戸締まりして、おとなしく引っ込んでろってな」

「へぇ」

「戸締まりして、引っ込んでるんだ。俺らにゃなんの関わりもねぇ話だからな」

「へぇ」

「丸高の社宅には、絶対近付くな。ススキノも、しばらく放っておけ。なに、一日かそこらでカタが付く話だろう。とにかく、今日一ン日、今晩一晩、おとなしく引っ込んでりゃ、それで済む。そう伝えろ」

「へぇ」

〈鈴木民芸店〉を出た健三は、まず店の前のバス停でバスの時間を見た。次の便まで、二十六分あった。健三は、浜の街に向かって歩き出した。どんどん暗くなる。空気も冷え込んできた。次のバス停まで、歩いて二十分。その間に機会がなかったら、素直にそこでバスを待とう、と考えていた。

機会は向こうからやって来た。緩く大きな右カーブを描いて下る道の向こうから、おそらく時速百キロは遥かに超えているだろう、と思われる速さで近付いてくるライトが見えた。ケタ外れに大きい、芝居じみた排気音が地面を細かく揺さぶりながら聞こえてくる。健三はあたりを見回した。ほかに車はない。その車のライトの光の中に入ってから、おもむろにしゃがんで足許の雪をすくい取り、丸めて硬い雪玉を作り、すれ違いざま、その車のフロントに投げつけた。

車は、雪道の高速走行の中で、可能な限りの急ブレーキをかけて、向こうの方で停まった。健三は、黙って立ち尽くして様子を見た。車は、Uターンするのももどかしいのか、精一杯のスピードでバックして来た。四枚のドアが一斉に開いて、四人の男たちがバラバラと飛び出して来た。まだ若い。みんな、まだ二十歳にもなっていないだろう。

「おい、なんのつもりだよ」

先頭になって、凄《すご》んでいるつもりなのか、ことさら穏やかな猫なで声で詰め寄って来た男は、そのまま無言で崩れ、凍った雪道に転がった。意識がない。

「あ」

　と立ちすくんだふたりを、健三はほぼ同時に倒した。

「ちょっとぉ！」

　残ったひとりが、女のような悲鳴を上げた。尻餅をつき、両手を差し出して、顔を庇《かば》っている。健三は車の方を見た。下品に改造したチェイサーだ。エンジンはかかっている。そのまま、車に歩み寄り、バック・シートで震えていた高校生くらいの娘に「降りろ」と命じて、それが強張《こわば》った顔でぎこちなく出るのを確認してから、開け放しだったドアを閉め、運転席に座り、発進させた。浜には向かわず、山越えのルートを選んだ。こんな浅ましい車は、早く捨てたい。峠の頂上には、道の駅がある。ラジオのスイッチを入れた。札幌の人質事件は、まだ解決していない。

　道の駅で、キーをつけたままのウィンダムを見付けたので、それに乗り換えた。そのまま、なにも考えずに雪道を疾走した。北広島市から札幌に入った時は、午後六時に近かった。一番最初に発見したコンビニエンス・ストアに入り、ピースを二箱買った。駐車場でアイドリングをしていた無人のコロナに乗り、真駒内《まこまない》にある丸高建設の社宅を目指した。

　人質事件は、「依然として膠着《こうちゃく》状態です」とラジオのアナウンサーが言っていた。

4

（なんとかしてくれ）

白崎基弘は、泣きたい気持ちで、頭の中で何度も繰り返した。人生は、完全に彼の手から放れ、自分の人生であるのに、自分でコントロールできないものになっていた。

（なぜ、こんなことをしているのか）

丸高建設は、その幹部は、白崎の行為を闇に葬ろうとした。どのように決着を付けるつもりだったのかわからないが、とにかく、磐元次長射殺を、うまく包装紙にくるんでリボンをかけて、なんとか糊塗《こと》しようとしたのだろう。

（おれが、警察の手に渡ったら、なにを話すかわからない。それが丸高の幹部は心配だったわけだ。で、おそらく、花岡の連中を使って、俺をまず殺させて、状況を整えて、そして警察に連絡するつもりだったんだろう）

そうさせるものか、と白崎は、ほとんどなにも考えずに、とにかく丸高社宅まで突っ走った。ここには保育所があり、ここに立て籠もれば、マスコミの注目を浴びる。世間が黙っていない。その上で、つまりマスコミの連中を集めた上で、用意して来た声明文を発表し、子供たちと保母を解放して、自殺する。

そうすればいいのだ。

（なのに、どうして死ねないのだ！）

（どうして、声明文を発表する、と通告できないのだ！）

非常に簡単なことだ。それが、できない。

時間が、無意味に過ぎて行く。

他人が見れば、白崎は、ただ困惑した表情で、呆然として椅子に座り、ふたりの少年と、小太りの保母を眺めるともなく見ている、どうしようもないバカモノに過ぎない。こんなもんなんだろうか、と白崎は不思議だった。ここまで自分を追い詰め、状況を自分でセットしたつもりなのに、最後のアクションが起こせない。すでに、自分は人を殺した。もう、後戻りできないところに来ている。それなのに、最後の一歩を前に踏み出すことができない。

さまざまな弁解が頭に浮かぶ。それは、決して、死ぬのが恐いとか、ほんの少しの希望に縋《すが》っているとか、そういう情けない理由ではない、と思う。

自分の行為が、意味を持つことが恐い。

変な話だが、煎じ詰めれば、そういうことだ。いや、それよりも、自分の行為が、大きな意味を持っているはずなのに、非常に詰まらないことで終わってしまうのが悔しい。

(あの声明文は、他人が読んだら、笑い出すような滑稽な文章なのではないか)

(おれが自決しても、誰も、おれのこの無念さ、憤りを理解してくれないのではないか)

さっきから、したり顔で、つまらない、下らないことをいろいろと言い合い、しゃべっている、ニュースキャスター、レポーター、コメンテイターたち。自分たちの理解できる形に、全ての事件を解釈し、あっさりと判断を下してしまう連中。

自分が死ぬのはいい。だが、死んだ後で、自分が、血を噴き出す思いで書いたあの声明文が、そして、おれのこの憤怒が、連中の手で、あっさりと解釈され、整理され、ファイルに収められるのが悔しい。それに、自分はなんの抵抗も抗議もできない。事件とは、行為とは、こういうものだったのか。すべて、あっさりと解釈され、整理され、ファイルされるものでしかないのか。

白崎は、ぼんやりとあたりを見回した。蛍光灯の白い光の中に、たとえようもなく平和で馬鹿馬鹿しい、クリスマスの飾りと、小さなクリスマス・ツリー。そして、向こうの壁際に、身を寄せて座っている二人の子供と小太りの保母。さっきから、片方の少年がシクシク泣いている。「ユウちゃん」という名前らしい。保母と、もうひとり、「ケイタ君」が、慰めている。

「ねぇ、あなた……」

保母が、妙に親しみのこもった声で言う。まるで、自分の仲の良い夫に話しかけているようだ。ムカムカするが、その一方で、確かに心がちょっと穏やかになる。だが、白崎は特に返事をせず、ただその顔を眺めた。

「あのね……いろいろと、あなたにも、事情はあると思うの。さっきから同じことを何度も言ったから、もう、そういう話はいいわ。私は、私なりに、あなたを信頼することができたから」

「うるせぇ」

保母は、ちょっと寂しそうな笑顔を浮かべた。そして、話を続ける。

「ただね、子供たちに、なにか食べさせてあげて」

「……さっき、食べただろう」

「でも、あれは、お昼前よ。それに、ケーキやお菓子だったでしょ？　なにか、温かいものを食べさせてあげてほしいの」

それを聞きながら、白崎は別なことを考えていた。

（おれは、さっき、「うるせぇ」って言ったんだなぁ。大人になってから、そんな口、利いたこと、ないのに……）

白崎は、自分でも、温厚な方だ、と考えていた。言葉を荒げる、などということは、大人になってからは、一度もなかった。意識的にそうしている、というのではないが、常に機嫌がいい、というのが好きだったし、そして一人前の男は、辛いときでも機嫌良く、そして優しく話すものだ、と思っていた。

（そのおれがなぁ……）

自分は今、どうも完全に間違ったところにいる、と白崎は思った。そして、やり切れない気分になった。

「おい、……その……ユウちゃん、っていうのか。おい」

メソメソ泣いていた子供は、怯《おび》えて小さくなった。保母にしがみつく。白崎は、哀しくなった。

「おい……おなか、空《す》いたか？」

ユウちゃんは、なにも言わない。だが、その横で、ケイタ君がはっきりした声で言った。

「僕は、おなかが空きました」

（参ったな）

白崎は心の中で呟いた。

（これには、参った。こうはっきりと堂々と言われちまっちゃなぁ）

「そうか。ラーメンでいいか？」

ユウちゃんはなにも言わず、保母にしがみついているが、ケイタ君はこっくりと頷いた。

「わかった」

白崎は、携帯電話を取り出して、オハマという刑事の携帯電話の番号をプッシュした。

どんな男なのか、顔も知らない。立て籠もった直後、ＳＢＣに電話をして犯行を告げてから一時間ほどして、いきなり電話をかけてきた男だ。現場の責任者だ、と名乗っていた。

「オハマだ。落ち着いたか」

「……ラーメンを、四つ、頼む」

「ラーメンな。味は？」

「え？」

「ラーメンだろ？」

「そうだ」

「だから、味は、と聞いてるんだ」

「味……あ、そうか。ええと。……おい、ラーメンは、なに味がいいんだ？」

「僕は、塩です」

ケイタ君がすぐに答える。保母は、味噌がいい、と言った。ユウちゃんは、黙って保母にしがみついている。

「味噌一つ、そして塩が三つだ」

「わかった。届けさせる」

「届いたら、知らせてくれ。受け取り方を考えておくから」

「ああ、まぁ、ちょっと待て。ラーメンが届くまで、ちょっと話をしよう。今、丸高建設の方から話を聞いている。白崎さんにも、いろいろと言い分があるんだろ？」

「届いたら、知らせてくれ」

白崎は、電話を切った。


武器は必要ないだろう、と健三は考えていた。金も、それほど必要ではないだろう。なにかの事情で逆上した男が、まぁ、丸高建設に怨みを持ってはいたのだろうが、偶発的に保育所に飛び込み、引っ込みが付かなくなって立て籠もっている、ということだろう。だとすれば、武器は必要ない。必要であれば、現金と、武器を調達する方法がいくつかあるが、今はそっちの道草は不要だ、と決めていた。とにかく、まっすぐに真駒内に向かい、丸高建設社宅に行って、状況を判断する。もしかすると、自分の出番はなにもないかもしれない。それならそれでいい。恵太と、そして多恵子の無事を確認して、そのまま静かに山に戻ればいい。帰る道々、絵里香に、彼女の踊りを見ることができなかったことについて、あのおしゃまな娘が納得するような事情を捻り出さなくてはならない。

はっきりとは言えないが、妙な気配が漂っている。そのことを、小泉弘《こいずみひろし》はなんとなく意識した。交番から駆り出された一介の巡査が、そんなことを気にしてどうする、と思うのだが、なにか落ち着かない。最前線の人員が、あちらこちらと頻繁に移動を繰り返し、配置が替わり、新たに増援されたり、交替したりを繰り返すうちに、いつの間にか、見覚えのない刑事たちが目に付くようになった。

ことさら不思議なことではない、と小泉は思う。上級職の連中はそうではないらしいが、「現業職員」や「現場」と、いささかのひがみの気配がないでもない言葉で自称する一般職外勤には、他部局との交流というのは、ほとんどないのが普通だ。だから、丸高の社宅を取り巻いて配置されている制服・私服の警官同士が、あまり面識がないのは当然ではある。だが、小泉が感じた妙な気配は、そういうこととはちょっと違う。現場の、最も保育所に近いあたりに配置されている刑事たちの中の数人が、なぜか、強い連帯感で結ばれているような感じがするのだ。

具体的に、なにがどう、とはっきりとは言えない。だが、彼ら数人がお互いに交わす視線や、小さな頷き、ちょっとした指での合図などが、やや不自然に親密すぎる、そんな感じがするのだ。

（共犯者）

その言葉が頭に浮かび、小泉はびっくりした。だが、そう思い付いてみると、彼ら数人には、他人に知られてはならないような秘密を共有している、という雰囲気がある。

（またこれか）

小泉は苦笑いした。子供の頃からそうだった。ひどく気弱で、他人の目が気になる子供だった。なぜそうなったのか、理由はわからない。家庭は普通だった、と思う。だが、家庭とは、父親と母親がほとんど言葉を交わさないものだ、という思い込みがある。ということは、冷え切った夫婦が営んでいた家庭、ということになるのだろうか。だが、そのことで、特にイヤな思いをしたことはない。

自分では、そう思っている。

だが、なぜか、小泉は他人の目を気にして、いつも、なんとなくオドオドしている子供だった。その傾向は成長してもあまり変わらず、大人になった今も、つい、他人のことが気になる。そして、他人が、自分に対して好悪いずれの印象を持っているか、それが常に対人関係の基本になってしまう。「たいていの人は、他人のことをそんなに気にしてはいないものよ。そんなことを気にするのは、ナルシストだわ」と、学生時代付き合っていた女は言った。そして、そのことを露骨に嫌がり、結局は離れて行った。このことを思い出すと、小泉はなんとなく滑稽な気分を味わう。結局、彼女は、おれのことを嫌いになったわけだ。だから、おれは、そこらへんのことが気になるのだ。……この反応も、どこがどうとはっきり言えないが、ちょっとヘンな感じがする。

とにかく、小泉は、他人が自分のことをどう思っているかが常に気になり、そして、他人の思惑や、誰かと誰かの関係、その親密さの濃淡が気になる。

そのことは、警察という組織に勤務する公務員としては、やや有利な方向に働いているようだった。組織の中で、それぞれの人間との距離を常に気にして、目立たぬように、邪魔にされぬように、出しゃばらぬように、ひっそりと暮らしていくにあたって、小泉のそのような小心で細心な気質は役立った。誰かが自分を憎んでいることを知っても、それによってなにがどう変わる、というものでもない。小泉も、意識して……あるいは意識せずとも、そういう自分の内心の評価を表に出すことはなかった。ただ、警戒している。そして、もしも誰かが自分になにがしかの好意を持っている、と感じても、その場合でも、気付かぬ振りをしてやりすごす。敵意を浴びせられるのはイヤだが、好意や期待を寄せられるのも恐ろしい。小泉にとって人生とは、ただただひたすら体を伏せて、暴風雨が過ぎるのを待ちわびるという体《てい》のものであった。

（ヘンだな、と一旦感じると、もう、全てがヘンな考えと結びつくものだ）

小泉は、もう三十年近く、自分のそういう気質と付き合ってきたので、如才なく自分のヘンな気分から身をかわす方法を身に着けていた。

（ヘンだな、と思うのは、おそらくきっと、退屈しているからだ。そのことをあまり気にせずにやり過ごせば、ヘンだ、と思ったこともなにもなく終わる。もともと、実体のない思い込みに過ぎない場合が多い。そして、万が一、本当にヘンだった場合は、ちゃんとした人やシステムが、そのヘンな具合を正すものだ。「正す」と言っても、別に、正義や道徳の面で正しい、という意味ではないけれども、取り返しのつかない間違い、というのはそもそも少ないし、大抵のことは、現状を穏やかに維持する方向で働くものだし、ある程度不明朗でも、不正義でも、全体として、システムが、ほぼ穏当に維持されるのであれば、それはそれで充分で、文句を言う筋合いは、まぁ、ないんじゃないかな)

小泉は、黙って立って、ひたすら待機している、という退屈さの中で、ぼんやりとそんなことを考え続けていた。考えが、どんどん拡散して、意味がなくなっていくのを自覚していた。でも、それがまた、「暇つぶしの考え」の面白いところだ。小泉は、そう呟いて、また考えを続けた。

注意深い人間なら、その小泉の表情、目つきが、やけに虚《うつ》ろで、いささか不気味なものが漂っていることに気付いたかもしれない。だが、今までは、だれもこの事に注意を向けたものはいなかった。

「ラーメン、来たな」

誰かが呟いたのが耳に入った。本当かどうかはわからない。だが、たぶん、そうだろう。小泉のような「末端」には、今、なにがどうなっているのか、ほとんど知らされないが、それでも、指揮所で把握する状況の推移は、それとなく伝わって来るものだ。

ほどなく、警備の人垣が少し動いた。社宅アパートの前にある児童公園の片隅に指揮車が停まり、その周辺が仮設の指揮所になっているのだが、そこを分厚く取り囲んでいた警官の壁に、三メートルほどの空間ができた。この動きは、ほぼ自然に見えたが、小泉は、そこに作為を感じた。もっとも、動いているひとりひとりの警官たちは、指示によって、ほんの少し右に、あるいは左に場所を移しただけで、なんの作為も自覚していないに違いない。だが、その配置を指示した指揮所の連中には、あきらかな意図があるはずだった。

警官の人垣に、わずかな隙間ができ、しかもその時、手持ちのカメラマンたちに対峙《たいじ》していた警官たちがなにかの拍子で後ろに少し退《さ》がったので、カメラマンたちは、前に出たいというほぼ無意識な動きで、それぞれ斜め前に動き、隙間に群がった。照明の光の中に、大きなジャンパーを着て白いラーメン屋の帽子をかぶった、小柄な男が戸惑ったような表情で浮かび上がった。肩をすくめるような姿勢で、カメラをキョロキョロ見回しながら、横に立つ屈強な警官の言葉に耳を傾けているらしい。屈強な警官は、携帯電話でなにか話している。カメラマンたちは、揃《そろ》ってその二人にカメラを向けた。警官たちは、押し戻そうとしているが、その動きには妙に熱意がなく、肩にカメラを載せた連中は、ジリジリと前に出た。

（なるほど）

小泉は、心の中でひっそりと笑った。警察という組織は好きではない。また、警察官僚は虫酸《むしず》が走るほどキライだ。また、無能だ、と思っている。そして、バカだと思っている。だが、少なくとも、狡猾《こうかつ》ではある、と納得した。

一方、道路を隔てたところに並ぶテレビ局の中継車の屋根の上でも、カメラマンたちが忙しく働き始めた。現場に動きが出たので、それまで人垣に隠れてうまく撮影できなかった現場の状況がつかまえやすくなったのだ。このアングルからだと、頼りなさそうな足取りで、周囲をキョロキョロ見回しながら、へっぴり腰で前に進むラーメン屋の男と、その向こうの無人の暗い通路、そして静まり返っている社宅がよく見える。

「よし。そいつひとりだけ、中に入れろ」

白崎は、テレビ画面を睨みながら、携帯電話でオハマに命じた。出前持ちは、いかにもおどおどした、頼りないヘナチョコだ。オハマになにか言っている。イヤだ、と二の足を踏んでいるのだろうか。

「この人に、そんな危険なことは頼めないよ」

オハマは、非常にゆったりとした声で、親しみすら漂っている口調で言う。

「なにが危険だ」

「少なくとも、白崎さんは、ピストルを持っている。それに、ひとり、もう、撃った。だから、恐いんだよ。私は、この人の気持ちもわかる」

「絶対に、撃たない。おれがしたいのは、そんなこととは違う。おれは、そんな人間じゃない」

「ああ、それは、私はわかってるつもりだ。私は、白崎さんを信頼できる。だが、それをこの人に言っても、無理だよ」

「クソッ！」

「だから、最初に私が言ったように、私に行かせてもらえないかね。なんなら、裸になってもいいんだが」

「その手には乗らない」

「……いいか、考えてくれ。今までの話し合いで、私は、いろいろとわかってきた。この、私の気持ちを、無駄にしないでくれないかな」

「その手には乗らない」

「じゃぁ、どうすればいい？」

真正面、向こうの壁際に身を寄せたふたりの子供と小太りの保母。三人が、じっと白崎を見つめている。

「……なんとか、そいつにここまで持ってくるように言ってくれ」

画面の中では、オハマが携帯を耳から離し、ラーメン屋の男になにか語りかけている。

ジャンパーを着た男は、必死に首を振っている。

無理もない、と白崎も思う。立場が逆だったら、おれも断るだろう。

「無理だよ、白崎さん」

オハマがそう言う向こうで、「ここまで持って来ればいいって話だったから」と切羽詰まった声で言うのが聞こえる。

「わかった。女を、取りに寄越す」

保母が、はっと表情を引き締めた。

「どこまで」

それには答えず、白崎は携帯を手で覆うように握り、「逃げないな?」と尋ねた。保母は、ふたりの少年を抱き締めて、「もちろんよ」と強く答えた。白崎は携帯電話を耳に戻した。

「聞いてるか? おい、白崎さん!」

「聞いてる。社宅の玄関まで行かせる。そこで渡してくれ」

「わかった。聞いてみる」

画面の中で、オハマが携帯を耳から離し、出前持ちに語りかけた。出前持ちは頑強に首を振る。オハマが苛立《いらだ》たしげに出前持ちの肩に手をかけ、軽く揺すぶった。出前持ちが下唇を噛み、困った顔で空を見上げ、それから、怯えたような表情で白崎をまっすぐ見つめた。白崎は一瞬うろたえたが、すぐに、別に自分を見たわけではなくて、並ぶカメラをひとつひとつ見遣《みや》っているのだ、と気付いた。出前持ちは、本当にしぶしぶ、という感じで頷いた。

「持って行ってくれるそうだ」

「わかった。今、女を寄越す。……保母の先生だ。玄関から外には出ない。小細工をすると、テレビで見てるぞ」

「わかってる」

「マスコミに、変な手を回すなよ。テレビ画面が見えなくなったら、すぐに……」

子供を殺す、と言おうとして、言えなかった。できないはったりをかますのは、なんとなく卑劣、という感じがする。

（卑劣！　こうなってしまったおれが、そんなことを気にするとはな）

それにまた、少年たちを無意味に脅かしたくない、とも思ったのだ。

オハマは、白崎の考えを読み取ったようだ。少なくとも、なにを言おうとしたのか、それはわかったらしい。

「わかってる。こっちは、そんな危険を冒すつもりはさらさらないから」

「当たり前だ」

小泉は、なんとなくあたりを見回した。本当になんとなくで、意味も意図もなかった。子供の頃から、そうだった。みんなと違う方を見るのが好きだった。小学校の時、全校朝礼で、校長先生が壇上に上がり、礼をする。みんなも、「おはようございます」と礼をする。その時、一度だけ、礼をせずに周りを見回してみたことがある。

あの時の壮麗さが忘れられない。数百人の人間が、先生たちも含めて、みんなお辞儀をしているのだ。その光景を、ほんの一瞬見られただけでも、小泉は興奮した。もちろん、気の小さい子供だったから、慌ててみんなに追いついて頭を下げたので、みんなよりも一瞬早く頭を上げた校長先生にも見つかることなく、誰も小泉の冒険を知らなかった。その、知られていない、ということも、ドキドキするほどの興奮だった。

周囲のほぼ全員、そしてテレビでこの場面を見ている人間のほぼ全員が、出前持ちに注目している。その瞬間に、みんなとは別な方を眺める。そのことは、小泉にとって、ひそかな喜びだった。もちろん、刑事たちは、そして、小泉のような制服警官の中でも何人かは、出前持ちが、おそらく刑事の誰かであろう、ということは知っている。それでも、今この瞬間に、彼から目を離すことができる人間というのは、なかなかいないはずだ。

(みんな、あっちを夢中になってみてら)

小泉はそんなことを心ひそかに考えて嬉しさを噛みしめながら、周囲を見回した。そして、さっき気付いたあの刑事たち、妙な連帯感を漂わせて、最前線に展開していた連中がひとりも見当たらないことに気付いた。

(マル被は殺されるんだな)

そんなことが頭に浮かんだ。

この時は、それが別に不思議ではなかった。

5

榊原健三は、カメラ・クルーの中に混じって、出前持ちと大きな体の刑事のやりとりを見ていた。大きなゴム長、粗末な作業ズボン、汚れたセーターに、裾がほつれた古びたジャンパーという姿は、昼間の街中では目立っただろう。だが、照明があちこちで光を落としているとはいえ、夜の暗闇の中では、それほど目立たなかった。また、カメラマンはさておき、その助手たちや照明を手に掲げている連中は、いささかみすぼらしい格好をしている。それはきっと、撮影のために場所を選ばずに踏み込み、分け入り、時には汚れた地面にも泥の中にも座り込まなければならない、というような日常の業務のせいだろう。彼らの中では、健三は、やや年齢が高すぎるように見えるものの、それほど不自然な風体ではなかった。テレビ局の下請けの撮影会社に、中途採用された雑用係、というあたりで受け入れてもらえるはずだ。

児童公園の灯《あか》りの下、各テレビ局の照明が向けられる中、気弱そうな出前持ちが渋々進む。さっきまで彼を説得していた体の大きな刑事は、励ますように頷きながら、見送っている。社宅の玄関に、女の姿が見えた。内側から、ガラスの扉を押して開けた。健三の周りのカメラマンたちが、一斉に身を乗り出す。つぶった片目と口を歪《ゆが》めている。出前持ちが、女の前に岡持を置いて、すぐに戻ろうとする。走り出したいのを、なんとか我慢している、という感じだ。女が岡持を持ち上げようとした。力を入れる。ほんの少し持ち上がったが、よろめいて、下に置いた。もう一度。女は小太りだったが小柄で、あまり力はないようだった。なにか言ったらしい。それと同時に、離れたところに立っていた、体の大きな刑事もなにか声をかけた。内容はわからなかったが、声だけは、健三にもなんとか聞こえた。嘆声、という感じだった。

その間で、出前持ちが困惑している。

体の大きな刑事が、また携帯電話で話し始めた。出前持ちの方に近付こうとして、電話の相手が何か言ったのか、慌てて立ち止まり、なにも持っていない左手を高く差し上げて、三歩後戻りした。玄関の方を見ると、女が壁にもたれて、俯《うつむ》いている。疲れているんだな、と健三は考えた。それでも、女は気丈に顔を振り上げ、壁から離れた。もう一度岡持を持ち上げようとしている。だが、ほんの少し持ち上がっただけで、また諦めた。ここで持ち上げることができたとしても、その後この女は、三階の真ん中あたりにある保育所まで持って行かなければならないわけで、エレベーターはあるにしても、なかなか骨だろう、と健三も思った。

(武器を忍ばせてあるか?)

そうは考えたが、その可能性はないだろう、と思う。

体の大きな刑事が、一つ頷いてから、出前持ちに声をかけた。なにを言っているのか、相変わらずわからないが、「……できんかなぁ」というような、懇願調の語尾が耳に届いた。出前持ちは、心の底から迷っているらしい。それから、突然、スタスタと女の方に向かった。女が何度も何度も頭を下げている。出前持ちは、すっと岡持を持ち上げて、女の先に立って、社宅アパートの中に、あっけなく消えた。女の姿もそれに続いて見えなくなった。

ほどなく、出前持ちは出て来るだろう。そしてまた、周囲の注目を浴びるはずだ。社宅の中に入るとすると、その時がチャンスだ、と健三は考えた。考えたのではなく、自分ではなにも意識しないままに、行動の手順を組み立てていた。

さっき、ここに着いて早々、健三は目立たないように現場の周辺をぐるりと回ってみた。昔の記憶が甦《よみがえ》った。ここで健三は、数人の若いチンピラを殺したことがある。多恵子と恵太を守るために。

今、社宅全体が隙間なく警官に包囲されているように見えるが、一ヵ所だけ、隙間があった。社宅は二棟並んで建っており、犯人が立て籠もっている社宅内保育所は、北側に建っている。保育所の窓も北向きだ。社宅の南側には、窓と、一階住居のベランダがあるだけで、北側のような社宅全体の玄関はない。そのあたりは、ふたつの社宅に挟まれた細長い裏庭、という感じだ。警察は、社宅の構造を調べた結果か、犯人が南側に出て逃走する、という可能性は低いと考えたらしい。この細長い裏庭は、その東西の出口にそれぞれふたり、手持ちぶさたに制服警官が立っているだけだった。

多くの注目が、生還する出前持ちに集まっている時なら、健三は、ベランダ伝いに三階までは登れる、と考えた。いたるところに雪があるので、難しいだろうが、不可能ではない。ジャンパーのポケットには、滑り止めの付いた軍手もある。三階まで上れば、あとは東側の壁、つまりカメラたちが集まっているのとは反対の壁にある避難階段で屋上まで楽に上がれる。屋上からは、おそらく簡単に中に入れるはずだ。もしかすると、警察はひそかに屋上に人員を配置しているかもしれない。だが、もしそうであっても、最悪の場合でも、英雄気取りの野次馬を装って切り抜け、別な機会を待てばいい。

計画を、ひとつひとつ確認しながら、健三は静かにカメラ・クルーの群から離れた。目立たぬように人の壁を大きく迂回して、暗闇を選んで、社宅の南側を目指す。

その時、こもったような、しかし勢いのある、バッというような音が聞こえた。思わず健三は立ち止まった。女が叫んだ。廊下を走るらしい足音がふたつ、聞こえた。次の瞬間、轟音《ごうおん》が響いた。すでに、怒号と罵声《ばせい》と混乱の物音が、社宅北側で沸騰していた。健三は、思わず南側の壁に駆け寄った。北側正面に駆け出そうとしていた警官が、それに気付いて怒鳴った。

「ちょっと!」

健三は、それに構わずに社宅を見上げた。こっち側は、暗闇で、動きはない。

「ちょっと!」

なにかが聞こえた。男が、怒鳴っている。なにか、意味のある文章を、何度も繰り返している。怒鳴り、怒鳴り、怒鳴っている。

「なんですか、あなたは」

「あ、近所の者です」

「立入禁止ですよ。出て下さい」

「いえ、あの……」

「出て下さい！」

警官は、気負っている。事件の片隅に追いやられ、単に頭数として配置されていた彼に、いきなり使命が、任務が誕生したのだ。深追いするとまずい、と健三は判断した。

「あ、今出ます、出ます。すみません。その上が、ウチなもんだから」

警官が言葉につられて、社宅を見上げた。健三はそのままその場を離れた。

画面は、大混乱だった。カメラのフレーム自体が、激しく揺れている。なにがどうなっているのかわからない。混乱の現場と、その混乱を遠くの方から見渡す画面とが、忙しく切り替わる。

子供を抱いた男ふたり、その周囲にごったがえす制服警官、そして私服の、おそらくは刑事であろう人混み、殺到するカメラマン、静止しようとする制服の列、照明を掲げる若い男たち、その中を、子供に向かって突き進もうとする女がふたり、そのすぐ後に続く男や年寄り。

「確保！」「確保！」「ふたり！　負傷者ふたり！」「無事救出！」

怒号が交錯している。若い女の金切り声が「おめでとうございます！」と割り込んだが、「邪魔だ！」という声のすぐ後に、「キャ！」と叫んで、それで消えた。子供ふたりと、女ふたり、そのほかが、待機していた救急車に慌ただしく乗り込んだ。

「多恵子だ」

画面を見つめていた桐原がボソッと呟いた。

「でしょうね」

小林が頷いた。服を着ていると、五十二という年齢よりもやや老けて見える肥満した男だ。着ているものには金をかけている。根性入れて地味に見せている、ということが明らかにわかるスーツで、お洒落なトド、という雰囲気だ。そのスーツを脱ぐと、贅肉があまりついていないことに、たいていの人間は驚く。確かに最盛期は過ぎたが、まだドロップ・キックなど朝飯前、というベテランのヘビー級プロレスラーくらいには見える。そしてその背中には俵藤太《たわらとうた》の大蛇退治のようすが、絢爛《けんらん》たる色使いで描いてある。右の脇腹には、長さ十五センチほどの傷跡が盛り上がっている。だからもちろん、人前で服を脱ぐことはほとんどない。

ふたりは、ハッピービルの最上階、六階にある桐原の居室の応接間でテレビを見ている。この部屋は、そうならないように、と桐原が必死の努力をして、いろいろと調度を選ぶ時にも悩んだにも拘《かか》わらず、なぜなのか原因は不明だが、結局、超高級ソープランドの待合室のような雰囲気になってしまっていた。

「この、画面の外のどこかに、健三がいるな」

「でしょうかね」

「ま、一件落着だ。たいしたことなくて、まぁ助かったな」

「ですね」

「あとのことぁ、健三は知ったこっちゃない、ってとこだろ。このまま、山に帰るんだろうな」

「でしょうね」

「顔、出さねぇかな」

「え？　ここに、ですか？」

「出されても、困るか」

「ですよ」

「酒をな。一杯だけでも」

「ですかね」

「ちょっと、そんな気分になっただけだ」

小林は、無言で頷いた。オヤジは今、きっと相田のことを考えているんだな、となんとなく感じた。

刑事に抱かれて、救急車に運び込まれるふたりの子供の、表情が気になった。ひとりは、ただもう手放しで泣いていた。これは、あるいは普通のことか、と思う。だが、多恵子の息子、恵太の顔つきがどうしても気になる。なにかを思い詰めているような、自分の中をひとりで凝視しているような、不思議な表情だった。ちらりと、一瞬だけ多恵子が見えた。泣きながら、恵太と、そして恵太を抱いている刑事にすがりつこうとした。恵太は、母親の方に目をやったが、それほど喜んでいるようには見えなかった。もちろん、嬉しいのだろうが、自分が喜ぶ前に、まず、納得しなければならないことがある、そんな感じで、ちょっと心ここにあらず、という雰囲気だった。

（それも普通だろうか？　恐ろしい経験をして、まだぼんやりしているのか？）

だが、それにしても、気になる。それに、子供が解放される直前の、あの物音。バッという音が聞こえて、それから女が悲鳴を上げ、男ふたりの走る足音。轟音。そして、なにかを繰り返し怒鳴っていた男の声。

それともう一つ、気になるのは、テレビカメラだ。多恵子が、画面に出たかもしれない。髪型も、着ているものも、昔とは全く変わっている。別人と言ってもいい。だが、誰かが気付いたかもしれない。それを見極める必要もある。

（スーッと散髪、そして車が必要だろうか）

健三は、ちょっと考えた。すぐに結論は出た。

（要る）

6

数年ぶりのススキノ。街のようすは結構変化していた。クリスマスの夜更けで、人出は多い方だろう、と思うのだが、それにしては活気がない。車道には、タクシーが溢《あふ》れている。地下鉄はもう走っていない時間だから、こんなにタクシーが余っているのは変だ、と思う。地下鉄で帰ったのか。だから、こんなに人出が少ないのか。不景気な話だ、と健三は心の中で呟いた。

昔、伯父貴筋に当たる遠藤の遠藤組の事務所があったビルを目指したのだが、そのビル自体がなくなっているのにはいささか驚いた。遠藤の命を奪ったのは健三自身だから、今はすでに遠藤組がなくなっていても驚きはしない。だが、その跡を誰かが継いだだろう、と考えていた。それが、実際に行ってみると、ビル自体がなくなっていて、とりあえずはビジネス風のホテルが建っている。ここはダメだな、と健三は目標を変えた。回れ右をして歩き出すと、やけにダブダブの服を着た、だが顔つきは素直でまともそうな少年が近付いて来た。まだ十代後半、という年頃だ。顔に見覚えはない。筋のニオイもしない。そのまま普通にすれ違おう、と思ったら、そのコドモがいきなり「おにいさん、いい女いるよ。お楽しみのアテはあるんですか」と話しかけてきたので、健三は驚いた。目の前の少年は、明らかに客引きなのだが、そんな気配は全くない。ただの、そこらにいくらでもいる普通の青少年だ。

健三は無言で、無視して歩き出した。そこに、別なコドモが声をかける。

「先輩、あのう、僕は、観光客の人に、危ない店を教えてるんです。そういう被害が多いんです。ですから、要注意の店を教えます。あのですね」とジャンパーのポケットから地図を取り出す。ススキノのイラストマップらしい。「あのね、あのですね、これ、ここ見て下さい。この通りは、危ないです。声をかけられても、今みたく無視してください。それで、安心できる店を知りたかったら、もしも僕でよかったら、教えること、できますけど」

すでに健三は聞いていなかった。追いすがろうとするコドモを軽く睨《にら》んで黙らせ、ラブホテルが林立する街に足を向けた。

ススキノの中心部は、歩道にも雪がない。除雪は行き届いている。だが、ラブホテル街は、なぜか除雪が不十分だ。歩道もない。非常に歩きづらい街を、大きなセダンがゆっくりと動いている。その脇を、転ばないように気を付けながら、健三は静かに進んだ。〈ホテル・アバンチュール〉が適当だろう、と考える。おそらく、呉《お》はあのまま、変化もなく進歩もなく、暮らしているだろう、と思う。

ちょっと昔と違って、この十年ほどは、普通の男が電話で娼婦をホテルに呼ぶことが当たり前になったのは知っている。これが十年前なら、男ひとりの客を断るラブホテルは普通だったし、夫婦に見えない男女の客は、シティ・ホテルに泊まる時は、やや苦労したものだ。だが、今は、どこでも受け入れてくれるはずだ。それに、呉は、昔から、自分のホテルに誰が泊まろうと、誰が休憩しようと、ほとんど気にしていなかったから、中に入るのは簡単だろう、と考えた。

薄っぺらい芳香の中を、健三はフロントに向かってつかつかと歩み、その脇にあったカラー・コルトンの室内写真を適当に眺めて、最上階の八一四号室が空室だったので、「八一四」と言いながら一万円札を出した。

「畏《かしこ》まりました。お車でいらっしゃいましたか?」

「いや」

フロントの娘は、健三の視線を巧みに避けながら、健三の頭から爪先まで、素早く一瞥《いちべつ》した。ゴム長、汚れたジャンパー、無精ヒゲ、ぼさぼさの髪。だが、こういう客もいるだろう。健三は、自分の身なりを気にしなかった。たとえば、五万円入りの財布を拾った労務者。呉のホテルは、客を選ばないはずだ、と確信している。

「こちらの鍵をお持ちになって、エレベーターでお越し下さい。本日は、クリスマスですので、休憩は二時間となっております」

そう告げながら、五千円あまりの釣りを寄越す。なるほど、不景気なのだ、と健三は今さらながら納得した。部屋代は、十年前と同じか、下手をすると少し値下がりしているようだ。

「わかった」

健三が短く言って鍵を受け取ると、「お連れ様が後ほどいらっしゃる場合には、フロントまでご一報下さいませ」と娘が言った。健三は頷いて、エレベーターに向かった。八階で降りて、いったん八一四のドアを開けてから、中には入らず、キーを鍵穴に置き去りにして、そのまま通路を突き当たりまで進んで、防火扉を押した。階段室に出て、ゆっくりと上る。

フロント近くの客用の普通のエレベーターは、八階までしか上れない。フロントの中にある専用エレベーターは九階までつながっていて、ここにオーナーの呉の〈PRIVATE ROOM〉がある。階段で行く場合は、八階から階段を上ることになる。上り切るとまた大きな鉄の扉があり、それを開けると短い通路があって、正面にも大きな鉄の扉、右手に専用エレベーターがある。そのあたりに、若い者がふたり立っていて、人の気配を感じると、精一杯凄みを利かせたつもりの目つきでこっちを睨むはずだ。このふたりを倒し、どちらかが持っている鍵で鉄の扉を開ける。それから、素早く動く必要がある。呉は、とにかくマージャンをしているはずだ。少なくとも四人、多ければ有象無象も入れて八人程か。それらを制圧すれば、あとは部屋の中に適当に放り出されている金を集めて帰ればいいだけの話だ。それほどの金額は期待できないが、それでも、五百万くらいにはなるはずだ。

だが、おかしい。

階段をゆっくりと上りながら、健三は異変を感じて立ち止まった。

音楽が聞こえるのは、いい。このホテルは、ロビーもフロントも通路も階段も、とにかく全館、BGMを流している。だから、音楽が聞こえてくるのは不思議ではないが、上の方から、人の気配が、それも相当大人数の人間が詰めかけているような気配が漂ってくるのはどうしたわけだ。

健三は壁にぴたりと体を押しつけ、用心しながら上った。一番上で、そろそろと頭を出してあたりを見回した。

目の前には、非常に落ち着いたバーがあった。ガラスの大きな壁に沿って、長いカウンターが延びている。そこに、それぞれめかし込んでいるらしい男女のカップルが、ずらりと座っている。目の前の夜景を眺めている者もいるが、ほとんどは、ぴたりと寄り添って、固く抱き締め合い、中には相手の服の上から、あるいは服の中に手を入れて、体をまさぐっている者もいる。夢中になって口づけを交わしている。

以前、目つきの険しいふたりの若い者が立っていた鉄の扉は、これも大きなガラスの扉になっていて、その上の、銅でできているように見える板に、〈WAITING BAR SUCC-SSES〉と刻んであった。

健三は、八一四号室に戻り、ちょっと考えた。とにかく、呉は、自分の居室を、待合室として改装したらしい。だが、ホテルには空室はまだあった。あの連中は、なにを待っているのだ、と思ったが、推測はできた。おそらく、いかにも特別な夜を過ごすのにふさわしい、「ゴージャス」な部屋がいくつかあるのだろう。設備、照明、バスなどが、ほかの部屋よりもずっと金がかかっている、あるいは、金がかかっているように見える、そんな部屋だろう。その部屋の空くのを待っている、そういうカップルなのだろう、ということは想像ができた。だが、最も肝心な、今現在、呉がどこでマージャンをしているか、ということは想像できなかった。

とにかく、貴重な時間を無駄にはできない。フロントに電話して、「これから帰る」と告げた。

「はぁ……あのう、お部屋代はお返しできませんけれども……」

健三は受話器を置き、そのまま部屋から出て、フロントで鍵を返してホテルから出た。

パチンコの景品交換所は、この時間はもう閉まっているはずだ。ゲーム喫茶は、店内の至る所に隠しカメラを設置してあるから、やや気が引ける。隠しカメラは、ひとつやふたつなら、どうと言うことはない。遠藤組事務所や、ホテル最上階の呉の〈PRIVATE ROOM〉にも、ひとつふたつは設置してあったはずだ。そのことを意識して、早い段階で目を付け、壊せばいいだけだ。だが、数が多くなると、自分の姿をうまく隠し切れないことになる。

そんなに気にすることはない、とは思う。自分が、今ススキノにいることが知られても、それほど問題ではないはずだ。相手が突き止めて騒ぎ出す頃には、自分はきっと、もうススキノを離れているだろう。だが、どこでどう話がこじれるか、そのことを考えると、迷う。カジノ・バーや売春関連・射精商売の店、あるいは暴利バーも、同じような理由で、避ける方がいい。射精商売の店から、夜間金庫に売り上げを運ぶ途中を襲ったことが一度ある。もう一度、とも思う。おそらく成功するだろう。だが一方で、あの一件で連中の中の誰かは教訓を得たかもしれない、とも思う。だとすると、やや危ない。用心するに越したことはない。健三が今まで生き延びてきたのは、明らかに、用心と細心さのおかげでもあった。用心するからこそ、大胆に動ける。

（時間が、あまりない）

おそらく、救出された子供たちは、今晩のうちに家に帰されるだろう。病院で数日過ごす、ということも考えられるが、子供本人も、親たちも、そして多恵子も、子供を家に帰し、そこで元気を回復させたい、と願うだろう。既に二十六日になったが、そして子供はどっちにしてもぐったりと眠っているのだろうが、父親がおんぶして、母親がその横で荷物などを持ち、若い家族が家に向かい、警察車か何かにのりこむようすが目に浮かぶ。

（とにかく、戻ろう）

健三は、通りかかったタクシーに手を上げた。

（二万三千円と小銭）

所持金を、頭の中で確認した。

7

数十人の報道関係者が集まっている。局長を真ん中に、道警刑事局の幹部たちが前に進み、それぞれの席に着いた。それに向かい合って椅子に座っている記者たちの後ろ、ずらりと並んでいるビデオ・カメラのレンズの上の小さなランプが、一斉に赤く点灯した。幹部たちの右手後方、部屋の隅に立って、記者会見を眺めている刑事局捜査一課副課長補佐、松岡文夫《まつおかふみお》は、「ほう」と心の中で呟いた。初めて見るものは、なんでも面白い。

「え〜。お集まりいただきまして、ありがとうございます」

局長が、ふんぞり返って礼を述べた。彼は、礼を言う時、かならずピンと背筋を伸ばす。決して頭を下げない。意識しているのか、無意識なのか、松岡はまだはっきりと見極めが付いていない。どっちにしても、非常に面白い精神構造だ、と思う。今は、六：四で、おそらく無意識なのだろう、と推測した。

「え〜昨日、十二月二十五日午前に発生し、同日夜半に解決いたしました、丸高建設社員射殺、および人質籠城事件に関しての、概要を発表いたします」

椅子に座っている記者たちが、一斉にメモを取り始める。

「え〜、まず、本日……ではない、昨日、十二月二十五日、午前十時十五分、札幌市中央区北一条西四丁目、株式会社丸高建設札幌支社から、同社同支社総務経理部次長、磐元章規氏五十三歳が、来訪者により射殺された、との一一〇番通報がありました。磐元章規氏は、一般的、の般の字に石、のイワ、ええ、会津磐梯山のイワ、元日の元、立つに早い、書物の第一章のアキ、え〜、規則、規範の規のノリであります。え〜、それで、通報を受けまして、現場は、中央警察署から至近であり、即座に巡査および捜査員を臨場させましたが、すでに犯人は逃走しておりました。犯人は、白崎建設代表取締役社長、白崎基弘、三十八歳であります。黒白の白、神奈川県川崎市の崎、基本の基、弓にムの弘。白崎は、丸高ビル非常階段から、隣接する札幌グランドホテル非常階段に飛び移り、そのままホテル正面へ逃走し、キーを付けたまま駐車していた自家用車を奪って、逃走したものです。警察では、緊急配備を敷いて白崎の行方を追っておりましたが、え〜、十時五十二分、札幌市南区真駒内曙町、三条七丁目の丸高建設社宅アパートの中にあります、丸高建設保育所〈子供の国〉から、白崎本人による電話で、え〜、子供ふたり、高見沢恵太君、森本祐《もりもとゆう》介《すけ》君、そして保母である襠野《まちの》優美子《ゆみこ》氏、え〜、これは、裁縫の言葉のマチ、衣偏に、当たる、当、という字の旧字、の襠、野原の野、優しい美しい子供、襠野優美子氏。え〜、子供たちは、小学校二年生、襠野先生は、二十七歳でありました。え〜、この三人を人質に、保育所に立て籠もっている旨、通報が、白崎本人からあったわけです。その通報を受けて、即座に、札幌南署に対策本部を設置し、現地に現地指揮所を設置し、およそ二百名を投入して現場を包囲するとともに、鋭意交渉に当たりましたが、犯人からの具体的な要求というものもなく、事態は膠着状態に陥りました。その後、午後十時四十八分、犯人から、ラーメンの差し入れの要求がありまして、え〜、その要求に従ったわけですが、犯人は、おそらく相当混乱していたものと見え、ラーメンの出前を案内する形で、保育所に入った、保母、襠野優美子氏を、いきなり射殺、子供に銃口を向けたため、かねてより現場付近に潜伏して、救出の機会を求めておった捜査員が、万止《や》むを得ず、犯人、白崎基弘を銃撃いたしました。え〜」

一課長は、そこでちょっと言葉を止めて、光る額をハンカチでツルリと拭った。

「襠野氏は、正面から喉を撃たれまして、ほぼ即死状態、犯人白崎も、銃弾が心臓を貫通し、ほぼ即死状態でありました。両名の命を救うべく、すぐさま、現場至近の仁慈会札幌南総合外科病院へ搬送し、懸命の手当てを尽くしましたが、病院に到着した時、すでに両名とも自発呼吸停止、心拍停止、の状態でありまして、残念ながら、え〜、回復に至らず、え〜、亡くなった、ということであります」

もう一度、ハンカチを使った。それから、気を取り直して、という感じで、声に力を入れて話を再開する。

「なお、子供たちは、救出後、すぐに、前述の札幌南病院で診断を受けましたが、ふたりとも無事で、至って元気でありまして、事件のショックで、非常に疲れておりますけれども、怪我もなく、体調もまぁまぁよろしい、ということで、おそらく今ごろは、すでに両親に付き添われて、自宅に戻っていることと存じます。え〜。以上が、概要であります。御質問は」

そう言った時、局長の口許が、微妙に鋭くなった。松岡は、この警察官僚が、「え〜」を連発したり、戸惑ったような顔で光る額をハンカチで拭うのが、すべて演技なのだな、と考えた。もしかすると、汗をかいているのも演技かもしれない。うろうろしているような外見に隠していた冷徹な正体が、口許に一瞬姿を現したような気がした。

「犯人が所持していたピストルは」

手を上げながら、野暮ったいジャケット姿の長髪の中年男が尋ねた。

「口径は九ミリ、オートマチック。種類の特定はまだできておりません」

「入手経路は」

別な記者が、追いかけるように慌ただしい口調で言う。

「現在調査中です」

「射殺されたのが、丸高建設の、しかも総務経理部次長、ということで、いろいろな憶測が流れていますが、取引でのトラブルなどの有無は」

「現在、丸高建設の積極的な協力を受けて、調査中です」

「犯人の要求は、なにもなかったのでしょうか」

「ラーメンの差し入れ以外には、具体的にはありません」

「犯行声明文、あるいはメッセージのようなものは」

「現状では、ありません」

「現状では、ということは？　これから出て来る、という可能性は」

「どんなことにも可能性はある、そういう意味です。少なくとも、現状では、そういうものは存在しない、と言っている」

「立て籠もった犯人が電話したのは、警察ではなくて、SBC報道部だった、というのは事実ですか」

「そのように聞いている」

「つまり、マスコミに最初に接触しようとした、と」

「犯人の真意は不明です」

「さっきのお話では、すでに捜査員が、保育所の近くに潜伏していた、ということですが」

「そう言いました」

「もっと早期に、そして人的な損害を出さずに、解決することもできたのではないですか」

「人質と、犯人の安全を第一に考え、慎重に対応していた、としか申し上げられない。もちろん、今となっては、いろいろなことが言えるが、こちらとしては、最善を尽くした、ということです」

「結果として、二名……それも、一名は無辜《むこ》の被害者ですが、その方が亡くなった、ということは」

「そのことに関しては、誠に申し訳なく、言葉もない。深謝する、としか、申し上げようがない。だが、不測の状況の中で、警察の判断は正しかった、と考えている」

「人的損害は不可避だった、と」

「そうは言っていない。だが、警察も、最善を尽くした」

「ラーメンを運んだのは、ラーメン店従業員ではなく、変装した刑事だったのでしょうか」

「ああいう状況で、非常に危険な現場に、一般市民を赴かせることは、非常に難しい」

「刑事だった、と」

「今申し上げたとおりです」

「武装はしていたのでしょうか」

「それは、ありません。とにかく警察としては、人質と、犯人の人命を最優先に考えていた。犯人を刺激したくはなかったし、多くの危険が予測される、強硬手段は断固避ける、という方針だった」

「銃撃が始まったきっかけですが」

「それは、詳細は現在も調査中。異様に興奮した犯人が、突然、福野さんを撃った、と。それで、臨場していた捜査員が、万止むを得ず発砲した、と。そういうことです」

「子供たちの反応は」

「非常にショックを受けており、暫《しばら》く自宅で静養する必要がある、と」

「今後のカウンセリングなどの予定は」

「専門家に検討を依頼している。警察が下手に口を出すべき問題ではない、と認識している」

「子供が、目の前で、人が射殺されるところを見たわけですよね」

「大変不幸なことだった、と認識している」

「犯人と、丸高建設の関係は」

「取引先だった、ということです。そのほかの事情については、丸高建設の積極的な協力を得て、現在調査中」

「暴力団との付き合いは」

「現在調査中」

「どっちのですか?」

「どっちの、とは?」

「犯人と暴力団との付き合いか、あるいは、丸高建設と暴力団との付き合いか」

「調査中」

「白崎建設の取引銀行は」

「承知していない」

「関心はない、と」

「現状では、承知していない」

「最近、北一銀行破綻を受けて、各銀行の貸し渋りが一段と厳しくなって、中小企業が相当数、倒産していますが……」

「本件との関係は不明です」

「調査しているのですか」

「本件との関係は、現状では不明、と申し上げている。もしもなんらかの関係があるのであれば、調査の中で、明らかになる、と考える」

「零細企業の経営者の失踪、自殺なども数件起きていますが」

「本件との関係は不明」

記者たちの質問が途切れた。記者会見は儀式のようなもので、警察が公表してもいい、と判断したことしか明らかにならない。いくら質問しても、そのうちに、「不明」「調査中」「承知していない」という言葉が連発されるようになると、それで、会見はそろそろ終了、ということになる。局長が、「やれやれ」という感じでテーブルの上に広げてあった書類をたたみ、記者たちもメモを読み返す態勢に入った。その時、黒いセーターに黒のコーデュロイのズボン、という姿の、すらりとした体つきの中年男が手を挙げた。

「先程のお話では、丸高建設札幌支社から、一一〇番通報があったのは、二十五日午前十時十五分、というお話でしたが」

「その通り」

「犯人である白崎が、丸高建設札幌支社を訪れたのは、二十五日午前九時十二分、というように聞いております」

「それから、通報まで、ほぼ一時間。結構な時間がかかっていますが、この間、どのようなことがあったんでしょうか」

「………」

「……あなたは……どちらの」

「北海道日報の松尾と申します」

松岡は、そう言った記者の顔を見た。名前が似ているからでもあったが、ほかの記者たちの、平凡な質問とはどこか違っているような感じがしたからだった。松尾という北海道日報、略して「北日」と呼ばれている新聞の記者は、ほかのサツ廻りの新聞記者よりも、ちょっと年配だった。神経質そうな顔つきに、なにか傲慢な余裕のようなものを漂わせている。非常に落ち着いて、局長の顔を正面から見据えた。そしてもう一つ、独特のニオイがある。ごく一部の人間にしか感知されないものだが、松岡は、そのことを嗅《か》ぎ取った。

(ほう……こいつ、ホモだな)

「え～、白崎が、何時に丸高建設札幌支社を訪れたのか、というお尋ねですが」

「犯人が、丸高建設を訪れてから、丸高建設が一一〇番通報をするまでの一時間に、なにがあったか、という質問です」

「現在、丸高建設の協力を得て、調査中です」

松尾は、苦笑いを浮かべて、メモを閉じた。

「ほかになければ、これで」

局長は、ふんぞり返って「ご苦労様でした」と言い、立ち上がった。幹部たちも一斉に立ち上がった。記者たちは、それぞれ立ち上がり、あるいは座ったまま、歩きながら、携帯電話に早口に情報を伝えている。

「先程の、……ええと、北日、ですか。あの記者の質問ですが」

エレベーターの中で松岡が口を開くと、周囲の幹部たちがうろたえたような表情になった。お前、なにを言うんだ、という感じである。だが、言葉を向けられた局長は、さして驚くでもなく、松岡の方を見て軽く頷いた。

「白崎が丸高建設を訪れた時間、これは、どこから知ったのでしょうか」

「気を付けないとな」

局長はむっとした表情で言った。

「は?」

「丸高の対応に、問題があるのかもしらん。あの連中、どうもおかしい」

「丸高がですか?」

「なんで青柳《あおやぎ》班があそこにいたんだ」

「は?」

わけがわからず立ち往生した松岡に代わって、光り輝く禿《は》げた頭に髪の毛の筋を何本か貼り付けて、それをポマードで固めている一課長が、小声で答えた。

「その点は、現在鋭意調査中です」

そして、エレベーターの中には沈黙が漂った。誰も、松岡を相手にしてくれない。

(クソオヤジども)

松岡は、心中で呟いた。

8

高見沢恵太は、とうとう目を開けて、暗い天井を見上げた。体中に汗をかいているのを感じる。浅く、苦しい眠りが続き、何度か目を醒《さ》ましかけた。その度に、頑張って眠りの中に逃げ込んだのだが、とうとう目を開けてしまった。真夜中で、何時かわからないが、外は真っ暗である、と感じた。横ではお母さんが眠っている。疲れたらしく、軽いいびきをかいている。軽く揺すってみたが、起きない。

どうすればいいだろう、と恵太は考えた。優美子先生が殺されてから、ずっとこのことを考え続けていたのだ、と思う。驚き、恐れ、心の底から怯《おび》え、なにをどう考えていいのか全くわからない混乱の中で、僕は、ずっと考え続けてきたのだ。

(どうすればいいんだろう)

お父さんやお母さんに話せばいいのか。でも、そうした結果、なにがどうなるか、恐ろしい。あの大きな男の人が言ったようなことになったら、大変だ。

でも、本当のことを隠していると、いつなにがどうなるかわからない。人は、人を殺して、それで済むのか。そんなはずはない、と思う。周りに誰もいなくても、誰かが見ていて、そして、悪い人に罰を与えるはずだ。でも、誰も見ていなかったら。いや、誰も見ていなかったわけではない。僕と、ユウちゃんは見ていた。いや、ユウちゃんは見ていないのかもしれない。それでも、僕は見た。みんなは、僕が見たこととは違うことを言っている。それでいいんだろうか。でも、本当のことをお父さんやお母さんに話すと、大変なことになるとあのおじさんは言った。僕が見たことが間違っているからだ。僕が、自分で見た、と思ったことは、間違いだったのか。

そうは思えない。

でも、僕が間違っている確率もある。いや、確率ではなくて、可能性だ。可能性と確率を間違えると、お父さんが、「それは違うぞ、恵太。言葉はちゃんと使いなさい」と言う。この場合は、確率ではなくて、可能性だ。僕が間違っている可能性。そのことを、どうやって確かめればいいだろうか。

自分が、見た、と思っていることと、みんなが言っていることが違う時、どうやって確かめればいいのだろうか。

恵太は、その方法がない、ということを知って、不思議な気分を味わった。

水が零度で凍る、ということは、本で調べればわかるし、お父さんやお母さんに聞いてもすぐに確かめられる。僕が、間違えて水は十度で凍ると思い込んでいて、誰かがそれは間違いだ、と言って、どっちが正しいかわからない時は、本を調べればいい。お父さんやお母さんや先生に聞けばいい。それに、いざとなれば実験すればすぐに本当のことはわかる。水は十度では凍らない。……でも、自分が見た、と思ったことが間違いだ、と言われた時には、どうやって確かめればいいのだろう。

悪者が悪いことをした時、それを見た時、どうすればいいかというと、一一〇番に電話すればいいのだ。警察に知らせるのだ。でも、警察の人は、ピストルを持ったおじさんを撃ち殺した。そして……

その時、恵太の頭に、新しい考えが閃《ひらめ》いた。

(あの人たちは、警察じゃなくて、ヤクザなんじゃないだろうか)

そう思い付くと、いちいち腑《ふ》に落ちる。恵太はどんどん考えた。

あの人たちは、警察の人たちじゃない。ヤクザの人たちだ。なにかの理由があって、あのおじさんを殺したのだ。そうだ、だから、ほかの人たち、警察の人たちが駆け付ける前に、いなくなったのだ。

さまざまな状況が、途切れ途切れに甦る。恵太は確信した。あの人たちは、警察じゃなかったのだ。ヤクザで、人を殺して、警察が来る前に、逃げたのだ。そして、自分たちが犯人であることを隠したくて、秘密にしろ、と僕とユウちゃんを怒鳴ったのだ。

だとすると、急がなくてはならない。警察に、本当のことを知らせなくてはならない。

お父さんとお母さんも、危ない。あのヤクザたちが、安心して戻って来たら、僕らは全員、やられちゃう。

今、本当のことを知っているのは、僕とユウちゃんだけだ。つまり、僕の一家と、ユウちゃんの一家が、危ない。

お父さんとお母さんを起こして、この話をしよう、と思った。

だが、すぐに思いとどまった。

お母さんは、心配性だ。僕がちょっと怪我をしただけで、おろおろして、手が付けられなくなる。現に、僕が人質になっていた時、お母さんはとんでもなく恐かったらしい。病院に行く救急車の中で、気を失った。あまり長い時間じゃなかったけど、青い顔をして、いくら呼んでも返事をしなかった、あの時は僕も怯えた。だから、こんなことをお母さんに話したら、どれほど恐がるかわからない。それに、お父さんは、もう、酔っ払って眠ってしまった。僕のことを心配して、そして安心して、一緒にお風呂に入って、そしてその後にビールとウィスキーを飲んだから、今は起こしても目が醒めないだろうし、もしも起きても、酔っ払っていて、僕が話しても、ちゃんとわかってくれないだろう。

恵太は一度、去年のお正月に、父親が泥酔したところを見たのだった。社宅内の上司の家に親子三人で年賀に行き、そこで飲み過ぎて、人格が変わった。上司にネチネチと絡み、意味不明のことを言い、しまいには泣き出したのだった。恵太は、その父親の姿にショックを受け、「僕は死ぬまでお酒は呑まない」と固く決心している。

（一一〇番に電話しよう）

恵太はそう思った。そう決めた。きちんと見たことを話し、自分の考えも伝え、どう思うかを警察の人と話し合い、そのうちに、お父さんやお母さんが起きて来たら、落ち着いて、あったことを説明する。

（それがいい）

恵太は決心し、隣で寝ている母親を起こさないように気を付けて、静かにベッドから降りた。

恵太は、暗闇はそれほど恐くはない。もちろん、どこだかわからないところで真っ暗な中にいる、というようなことは、考えただけでも胸が苦しくなってくるけれども、自分の家の中だから大丈夫だ。それに、部屋から出ればすぐに居間で、そこには豆電球の光が……ドアを開けると、パッと明るくて、恵太は目をパチパチさせた。お父さんが、ソファで寝ている。イビキはかいていない。右手がダラン、と床に落ちている。ぐっすりと眠っているようだ。テーブルの上に、空のビール瓶と、半分ほどビールが残っているジョッキがあった。

恵太は、足音を忍ばせて、ダイニング・キチンに向かう。そして、カウンターの右端にある電話の受話器を持ち上げた。明るい光の中で、1・1・0を押した。

小さなランプがオレンジ色に点灯した。すぐにモニターの液晶ウィンドウが、ゆっくりと数字を表示する。1……1……0。逡巡《しゅんじゅん》している様子で、ゆっくりと数字が並ぶ。

〈0〉が表示されると同時に、青柳は素早くレシーバーのスイッチを入れた。

「はい、一一〇番です。もしもし」

相手はなにも言わない。青柳の周囲で、男たちが身を起こす。青柳は、レシーバーのマイクを手で覆い、小声で言った。

「いきなり一一〇番だ。根性のあるガキだ」

「ガキじゃないかもな」

田中がそう呟いた時、子供の声が、囁いた。

「もしもし……」

「もしもし、一一〇番ですよ。どうしました?」

いかにも根気強い、落ち着いた口調で青柳が言う。舛田《ますだ》が、声を出さずに、腹を抱えて大笑いした。

「もしもし……あのう……」

「さっき、事件のあった高見沢さんのお宅ですね?」

「はい、そうです」

少年の声は、小さいながらも、力強かった。

「恵太君かい?」

「はい、そうです。札幌市立真駒内曙小学校、二年四組、高見沢恵太です」

「そうか。電話をどうもありがとう。みんな、とても心配していたんだよ」

「はい」

「もう、おうちに帰って、すっかり安心だろ?」

「…………」

「お父さんやお母さんは?」

「今は、眠っています」

「そうか。恐くて眠れないのかい?」

「いいえ。……そうじゃないんですけど、……言わなきゃダメなんじゃないか、と思うことがあるんですけど……」

「なるほど。それで、一一〇番に電話をくれたわけだね」

「はい、そうです」

「そうか。ありがとう」

「ボクが……」

「ええと、お父さんとお母さんは? 今、君が電話していることを知っているの?」

「いえ、ぐっすりと眠っています」

男たちは、顔を見合わせた。好都合だ、と思いつつ、この子供の独立心とでも呼ぶべきものに、いささか感心した。とにかく、おかげで話はだいぶ楽になる。

「そうか。……こういう大事な話は、電話ではしない方がいいんだけどな」

「あ……はい、そう思います」

「恵太君の家は、わかっているから、すぐにお巡りさんを向かわせます。できたら、玄関の前で待っていてくれるかな？」

「はい、わかりました。……時間は、どれくらいかかりますか」

「お巡りさんが行く時間？　すぐだよ」

「……お話を聞いてもらうのに、どれくらい時間がかかりますか？」

「それは、そんなにかからないよ」

「……お父さんやお母さんに知らせた方がいいかどうか、僕は今、迷ってるんです。知らせない方がいいんですけど、僕が急にいなくなったら、お父さんも、お母さんも、とても心配すると思うんです」

「あ、それはそうだね。でも、その点は大丈夫だよ。きちんと、警察の本部から、連絡するから。まず、そっちに行ったお巡りさんが説明するし、それから、恵太君の話を聞いて、必要だと思ったことは、全部きちんと手配するから……手配、わかる？」

「はい」

「そうか。立派だ。じゃ、とにかく、君の家の玄関の前に出ていて下さい。お巡りさんがすぐに行って、あとは、ちゃんと安心できるようになるからね」

「わかりました……なにか、メモを残した方がいいでしょうか」

恵太は、父親によく言われるのだ。どこかに行く時は、必ずお母さんに言って行くこと。

もしもお母さんがいない時には、ホワイト・ボードに伝言を残しておくこと。

「いや、すぐに着くからね。もう、五分もかからないから、その必要はないだろうな」

その方がいい、と恵太も判断した。あのようすでは、お父さんもお母さんも、きっと目を醒まさないだろう。だから、心配をかけることはないはずだ。

「わかりました」

「じゃ、すぐに行くからね」

「ありがとうございました。よろしくお願いします」

恵太は、丁寧に受話器を置いた。お父さんに、そうしなさい、と言われているからだ。


「すげぇ子供だな」

受話器を置いて、青柳が呟いた。それから、舌打ちをする。青柳は、きちんとしつけられた子供を見ると、イライラするのだ。鼻持ちならない、偽善的な家庭で、偽善的な幸せを楽しんでいる一家。その産物だ。しゃんとしていて、明るく、はきはきしていて、機嫌がよく、「両親の愛を一身に受けた」ような、そんなガキ。考えるだけでムカムカする。

「一人前によ」

そう言う青柳に、舛田が唇を歪めた笑顔で応える。

「いいじゃねぇか。お利口さんでよ」

「聞き分けの悪い、頑固なガキだ。おかげで仕事がひとつ増えた」

「ま、すぐにいなくなるわけだから」
「喋《しゃべ》るな、うるせぇ」
「なんだか、ひでぇアタリだな」
「うるせぇ。お前みてぇに出前持ちの格好が似合う間抜けは、まずいねぇよ。一人前の口、利くな」

お母さんを起こさないように、静かに、慎重に、恵太は着替えた。ピカチュウの靴下、ジーンズのズボン、アンディ・フグの顔がプリントされている黒いTシャツ、灰色と青のストライプのトレイナーを、自分のタンスから手探りで引っ張り出し、いびきをかいているお母さんの寝顔をちらちらと見ながら、身に着けた。足を忍ばせて玄関に向かう。その途中、テーブルの上にあった、自分の腕時計をポケットに入れた。お父さんの友だちの、ハマノのおじさんが、UFOキャッチャーみたいなゲームでゲットして、くれた時計だ。でも、ああ、ボクはダメだな。また、ゲットという言葉を使ってしまった。この言葉を使うと、お父さんが怒るから、気を付けること。

それから恵太は、外套掛けにぶら下がっている、緑色のベンチ・コートを着て、スパイク付きのゴム長靴を履き、そっとドアを押して通路に出た。

それから、ちょっと考え直して居間に戻り、明るい光の中で眠りこけているお父さんを起こさないように、静かにホワイト・ボードに近付いた。警察の人はああ言ったし、僕もその通りだとは思うけれども、万が一、お父さんやお母さんが目を醒ました時のことを考えると、簡単なメモくらいは残しておいた方がいいだろう、と思う。そこで、〈げんかんにいます〉と書き残した。あまり詳しく書いても、わからないだろう、と思ったのでそれだけにして、また慎重に玄関に戻り、ドアを押して通路に出た。

恐い、と思った。だが、お巡りさんが来て、いろいろと「手配」してくれて、それで、問題は解決するのだ。そう思うと、勇気が出て来た。

玄関のドアをそっと閉め、それから、ちょっと考えた。お巡りさんが電話で言っていた「玄関」とは、ここでいいのだろうか。それとも、アパートの玄関のことだろうか。どっちかはわからないが、もしかすると、この社宅アパートの玄関に出ていた方がいいかもしれない。僕がここで待っていて、お巡りさんが下で待っていて、すれ違いになる、というようなことが起こると、ややこしい。僕が勇気を出して、アパートの玄関まで行けば、その確率はなくなる。確率じゃない、可能性だ。通路を通って、階段を降りるのは恐いが、お巡りさんと会えないと、もっと困る。なにかあれば、走って家まで戻ればいいのだ。

誰もいない、暗い通路や階段は、恐い。

だが恵太は、恐い、と感じる時、その怖さを押さえつけて、前に進むのが好きな子供だった。勇気を、カッコイイ、と思う。

もっとも、周りに誰かが、たとえば同じ年頃の子供たちがいれば、キャァキャァと恐がる彼らと一緒になって、恐がっているふりをして見せたかもしれない。学校や公園で、みんなと違うところを見せると、なにかと面倒だからだ。みんなよりも勇敢だったり、みんなよりも物知りであることを知られるのは、ややこしい。だが、今はひとりだ。だから、気にする必要はない。自分が、カッコイイと思う通りに、勇気を出して、前に進んでいいのだ。誰も、「おうおう、カッコつけちゃってよ!」「チビがよ!」などとバカにしない。

バカにされても、自分とはなんの関係もないから、どうでもいいのだが、そんな時に感じる、相手への軽蔑の感情の手触りが、恵太は嫌いだった。はっきりとその理由を言葉で説明はできないが、この「軽蔑」の感情には、なんだかよくわからない気持ちよさがくっついている。そしてその気持ちよさは、決していいものではない、ということはわかる。そんな、つまらないことを考える必要はない、と恵太は自分に言い聞かせる。だが、やはり暗い通路と階段は恐いから、しっかりと前に進むためには、つまらないことでもいいから、なにかを考えた方がいい。

通路を端まで進んで、階段を上からのぞき込む。〈非常口〉の緑の光と、たったひとつだけの蛍光灯の白い光がぼんやりしているだけで、足許がやっと見えるか見えないか、というくらいの暗さだ。

さすがに、恐い。いっそのこと、おうちに戻って、お父さんかお母さんを起こして、いっしょに行こうか、とすら考えた。だが、それはやめた方がいい、ともう結論が出ている。そして、こういう恐い気持ちを抑えて、大人たちもほとんどが寝ているこの暗い夜の時間に、ひとりで歩き回るのは、いささか楽しい。恐ろしさの分を引いても、まだおつりが来るくらいの、大人っぽい楽しさがある。

(頑張ろう)

恵太は自分を励ました。

恐い時は、なにか好きなもののことを考えればいい、とお母さんは教えてくれた。恵太はピカチュウのことを考えた。そして、冬休みの間に、お父さんとお母さんと一緒に、東京の〈ポケモンセンター〉に行けたらいいな、と考えながら、二階まで降りた。

そこで、突然、怖さが頂点に達した。お尻の上、腰の後ろ側のあたりで、なにか泡のような感覚が広がり、背骨に沿って、頭の方に駆け上って来た。

(ウワッ!)

恵太は心の中で悲鳴を上げて、残りの階段を一気に駆け下り、通路を思いっ切り突っ走った。その勢いのまま、社宅アパートの玄関から飛び出した。

9

田中の運転は、いつものようにぞんざいで横柄だ。だが、彼の運転するワゴン車自体は、無駄のない動きで的確に、そして滑らかに進む。どうも、この男のここが気に食わねぇ、と助手席の青柳は思う。だが、そう言えば、田中に関して、気に入っているところなどヵケラもない。つくづくイヤな奴だ、といつも思っているのだが、こいつの運転ぶりを見る時、いつにも増して、嫌悪感が膨れ上がる。

後ろでは、舛田と森が、なんとなく座っている。本来なら、このふたりにはなんの用事もない。ガキひとりをどうにかするくらい、田中と青柳のふたりで充分だ。だが、いつの間にか、この四人は、なんとなく離れ難くなってしまったのだ。友情とか信頼で結びつけられているのではない。その逆で、この四人は、お互いを全く信用していない。だから、自分がいないと、その自分の不在をいいきっかけにして、寝首を掻《か》かれることになるのではないか、と心配になってしまうのだ。いっしょにいれば安心できる、というわけではない。だが少なくとも、いっしょにいる限りは、自分抜きでなにかが企《たく》まれる、という不安は、気休め程度には減じることになる。

田中が、右手の指で面倒臭そうにつまんだステアリングを、左にグッと回した。いつも口を半分開けっ放しにしている、典型的な薄馬鹿ヅラだ。ライトが、丸高建設の社宅アパートの駐車場を滑る。

「あれだな」

田中が、呟いた。

(また、無意味なセリフだ)

青柳は、イライラして、心の中で独り言を言う。

(この薄馬鹿ヅラ。そして、言うまでもないことをいちいち口にする、この馬鹿さ加滅!)

そこまで考えて、青柳は、ちょっとおかしいな、と思う。このところ、田中のセリフのひとつひとつが、そしてこいつの一挙手一投足が、気に障《さわ》る。

(頭ん中が、ヘンな具合になってるかな……)

その可能性もあるから、慎重に考えよう、と心に決める。

田中は、アパートの玄関にワゴン車の頭を向けて駐《と》めた。ライトが、玄関を照らす。

「まず、話を聞くか?」

舛田が、後ろから言う。その声に、やや迷いがあるらしいので、青柳はまた苛立った。

今さら迷ってどうなる、と思う。

「そうだな。まず、話を聞くさ」

青柳はそう答えて、右腕を後ろに伸ばし、舛田の足許に無造作に置いてあったスチールの箱を叩く。森が横から手を出してその箱を開け、スナップ・ノーズの三八口径を取り出した。手渡す。

「まず、話を聞くんだろ?」

舛田が、あやふやな声で言う。

「そう言ったろ?」

青柳は拳銃を受け取り、面倒臭そうに答えながら、クルマから出た。田中も後に続く。

心配そうにそれを眺めていた舛田は、森から小突かれてはっと気付き、ワゴン車のスライド・ドアを開けた。

その時、建物の入り口から、子供が駆け出して来た。

恵太は、無我夢中で玄関から飛び出した。そこに、思いがけず、何人かの大人の男たちがいたので、また飛び上がるほど驚いた。ワゴン車から何人か降りて来ている。お巡りさんだ、と安心して、恐がっていたことを照れ臭く思ったが、顔に見覚えのある男がいたので、凍り付いた。一瞬、ピストルが見えた。

（あの人殺しだ！）

恵太は、息を呑んで立ち尽くした。

男たちは、一瞬はっとした。青柳が、右手に持った拳銃を、慌ててコートのポケットに押し込んだ。

「高見沢恵太君だね？」

相手を安心させ、油断させることで定評のある〈青柳スマイル〉を顔に刻み、朗《ほが》らかな口調で言う。少年は、その笑顔を不気味そうに見つめ、硬い表情で頷いた。

「電話してくれてありがとう」

青柳が一歩近付いた。恵太は、一歩後退した。子供の表情に、不信と敵意があるのを見て、青柳は大きな笑顔を作った。

「もう大丈夫だよ。車の中で、見たことを全部、お話ししてくれるかな」

青柳は静かに足を開いて、中腰になり、恵太がどの方角に駆け出しても、すぐに対応できるように、自分の重心をゆっくりゆるやかに左右に動かした。顔の笑いが、ますます大きくなる。

「青柳……」

不安そうな舛田の声を無視して、青柳はもう一度言った。

「さぁ、車に乗りなさい」

一瞬、恵太は「見間違いだろうか」と思った。だが、すぐにそうではない、と確信した。なぜかはわからないが、お巡りさんが来る前に、あの人殺しがやって来た。

(この声……)

さっきの電話の声だろうか。もしもそうだとすると、……この人は、お巡りさん？　警察の人？

(まさか……)

わかっていること。この人が、優美子先生をピストルで撃ち殺した。間違いかもしれない、と思ったけれど、そうではない。犯人を撃ち殺したのも、この人だ。僕の肩を揺すぶって、大声で、優美子先生を撃ったのは犯人だ、わかったな、と何度も何度も怒鳴ったのも、この人だ。

（なぜ笑っているのだろう）

人間は、自分がした悪いことの目撃者の前では、笑わない。それなのに、なぜこの人は、僕を見て、笑う？

さっき、この人がポケットに押し込んだもの。やっぱり、ピストル？

「さ、早く車に乗りなさい。悪いヤツに見付かると、君だけじゃなくて、お父さんもお母さんも危険なことになるよ」

そう言いながら、この男の人は、サッカーのゴールキーパーのように、腰を落として身構えている。

（逃げろ！）

恵太は、自分に向かって叫んだ。

だが、一体が動かない。

どっちに走ればいいか、それがわからない。どっちに駆け出しても、すぐに追いつかれるような気がする。どこにも逃げ道はなかった。後ろを向いて駆け出して、おうちに逃げ込むか。だめだ。階段で、追いつかれる。狭い道をジグザグに駆け回れば、大人から逃げることもできるかもしれない。でも、階段じゃだめだ。大人の男の人は、二段抜き、三段抜きで階段を駆け上るから、絶対に捕まる。

「どうしたの？　早くおいで」

気持ち悪い顔で、ニコニコしている。僕が、絶対に逃げられないことがわかっているのだ。

大声で泣こう、と思った。

その時、駐車場の向こうで、ライトがふたつ、光った。ゆっくりと近付いて来る。四人立っている男たちのうち、一番向こうの男が、自分の足許から伸びる影に気付いて、振り向いた。

「アオ」

「ん？」

ニコニコ笑いの不気味な男が、「アオ」と呼ばれて返事をした。この男は、「アオ」の付く名前だ。

「車だ」

「なに？」

残りの三人の注意がちょっと逸《そ》れた。その隙をついて、恵太は左に、駆け出した。

「逃げた！」

誰かが叫んだ。恵太は、中庭目指して疾走した。隠れる場所が、いくつかある。トモちゃんやショウヤと作ったカマクラ。コトネの秘密基地。冬囲いで余ったムシロや竹、縄を置きっぱなしにしてある場所。お母さんたちは、後片付けをきちんとしないで行ってしまった〈ギョウシャ〉の人たちのことで腹を立てているらしいけど、子供たちは、かくれんぼの隠れ場所になるので、喜んでいる。恵太は突っ走った。唇を固く結んで。

「まずいぞ！」

「押さえろ、スダ！」

男が迫る。突然、恵太は自分が眩しい光を浴びていることに気付いた。自動車のエンジンの音。恐ろしい音。恵太は、涙よりも、恐怖よりも早く、駆け抜けた。

ボクッという音。グシャッという響き。

「あ！」

「スダァ！」

恵太が思わず立ち止まって振り向くと、白い車が停まっていた。ボンネットから、男がゆっくりと落ちるところだった。窓のガラスがスッと下がった。目をギラギラ光らせた、おっかない顔をしたおじさんが恵太を睨む。おっかないけれど、助けてくれる人だ、と恵太はわかった。

「恵太。乗れ。早く」

恵太は、車に駆け寄った。

「後ろだ」

頷いて、素早く後ろのドアを開けて、飛び込んだ。汗のニオイがした。

「つかまってろ。思い切り」

おじさんは、静かな声で命令した。次の瞬間、恵太はソファから転げ落ちた。車が猛スピードでバックしたのだ。

「つかまってろ」

「はい！」

「……ほう……いい返事だ」

恵太は、そのまま左後部に吹っ飛んだ。車は猛スピードで右折して、道路に向かう。体勢を立て直そうとして、恵太は闇雲に手近のなにかにつかまった。それが、グン、と動いたとたん、後部左のドアが開いた。恵太はドアといっしょに飛び出した。

「落ちる！」

突然車は停まった。恵太は圧雪の地面に転がり落ちた。星空が見え、駐車場の街灯が見え、圧雪の上に伸びる光と影が見えた。回転している、そのことがわかった。誰かの手が、恵太を抱え上げた。汗と、埃のニオイがする。さっきのおじさんだ、とわかった。

「中に乗ってろ。動くな。ちゃんとドアを閉めておけ」

ソファの上に放り投げられた。恵太は一回弾んでから、慌ててドアを閉めた。ロックする。そして、ウィンドウから外を見た。

ワゴン車が、アパートの玄関の前で、バックしている。ぐるりと回って、こっちに向かう。そして、思ったよりもずっと近いところに、「アオ」と呼ばれて返事をした、あのニヤニヤ男が迫っていた。「アオ」に向かって、おじさんが、スッスッと不思議な足取りで迫って行く。

「なんだ、あんたは」

走りながら、「アオ」が怒鳴った。右手に、ピストルを握っている。あのおじさんは気付いているだろうか。警告しよう、と思った。

「おじさん！　ピストル！」

聞こえていない。

「そこまでだ。近付くな」

そう言って、「アオ」が右腕を突き出し、ピストルを構えた。おじさんは、止まらずに、スッスッと近付いて行く。

「止まれ」

おじさんがつまずいたように見えた。だが次の瞬間、右足が伸びた。ワゴン車が、すぐそこまで近付いている。おじさんが、滑るように「アオ」にぶつかった。「アオ」の右腕を抱え込んだ。光。おじさんの足許で飛び散る雪。銃声。一瞬の出来事だった。「アオ」は、沈むように倒れた。おじさんが体の向きを変えて、向かって来るワゴン車にピストルを向けた。ワゴン車は、大慌てで向きを変えた。おじさんは、ワゴン車の窓に一発撃ち込んで、駆け出した。

「誰か、死んじゃった⁉」

運転席に滑り込んだおじさんに、恵太は必死の思いで尋ねた。

「いや。誰も死んでいない」

それを聞いて、恵太は安心した。

「つかまってろ」

「はい！」

恵太はソファに吹っ飛ばされた。車が跳ね、夜の明かりが、後ろに猛スピードで流れ飛ぶ。

「もういい。やめろ。お前は、下手だ」

桐原はそう言って、股間にあった女の頭を手荒くどけた。全裸のままソファから立ち上がる。左手に、携帯電話を持っている。女は、さほど気分を害した気配もなく、素直な仕《し》種《ぐさ》で立ち上がり、ベッドの上に散らばっていた衣類をまとめて、「シャワー、浴びて来ます」と軽く会釈をして、消えた。

「シャワー浴びて、来なくていいぞ。シャワー浴びて、帰れ」

桐原が言うと、「はい」とバスルームからこもった声が答えた。それで、桐原はすぐに女のことを忘れた。

女の裸もつまらねぇ。フェラチオも、どうってこともねぇ。なにやったって、つまらねぇ。相田があんなんなっちまってから、世の中の面白いことが、みんなどこかに行っちまった。

桐原は、腰の回りにバスタオルを巻いた。その間も、左手の携帯は放さない。壁際の大きなキャビネットを開けると、中には膨大な量の酒瓶が並んでいる。十二オンスタンブラーに氷をひとつ入れ、タンカレーを四分の三注いで、ティオ・ペペをつぎ足し、マドラーで丁寧にかき混ぜる。レモンジュースを入れて、呑んだ。もちろん、レモン・ピールの方がうまいが、今は面倒だ。

タンブラーを手にソファに戻り、なにを考えるでもなく、ぼんやりと酒を呑んだ。向こうの方でドアを開ける音。女が帰るのだな、と気付いた。

「おい、ちょっと待て！」

「はい」

女が素直にやって来る。前に立った女を、座ったまま見上げて、桐原は言った。

「悪かったな。お前が下手なんじゃない。俺の気分の問題だ」

「はい」

「御苦労賃だ」

手を伸ばし、ベッドに脱ぎ捨てたスーツから財布を取り出す。金はさっき払ったが、一万円札を五枚、抜き出して、女に握らせた。

「あ、どうもすみません」

女は素直に受け取る。

「あのな。こういう時は、『ありがとうございます』と言うんだ。『すみません』てのは、言葉が違う」

「あ、すみません……いえあの、御免なさい……あの……」

「いや、その『すみません』はいいんだ。謝ってるわけだからな。礼の時に『すみません』ってーのは、間違いだ」

「はい……これから、気を付けます」

「気を付けろよ、ホントに。この間違いだけで、人が死んだことがあるんだ」

「え……本当ですか？」

「いや。冗談だ」

女は、クスッと笑った。なかなかいい娘だ、と桐原は思った。だがもう、すでに顔を忘れつつある。ここから出て行けば、どんな顔だったか思い出せないだろう。

「待ってろ。電話してやる。それから、帰れ」

「はい」

ベッドサイドの受話器を持ち上げ、内線一を押す。

「は。正面です」

一階にある〈マネー・ショップ・ハッピー・クレジット〉の窓口が出る。普通は当然店仕舞いしている時間だが、今夜は特別だ。桐原組の構成員たちは、ほぼ全員が待機しているはずだ。電話に出たのは仮屋の声だった。

「こっちにはまだ電話が来ないんだ。そっちはどうだ？」

「ええ、こっちもまだです」

「ヤッチは俺の携帯を知ってるよな」

「ええ。間違いないです」

「参ったなぁ。……待つのは嫌いだ。……あ、それからな、女が帰る」

「わかりました」

「送ってやれ」

「わかりました」

「ヤッチがそっちに電話したら、すぐに俺の携帯にかけ直すように言えよ」

「はい」

桐原は、女に頷いた。女は会釈して、ドアにつながる階段に向かった。

（思った通りだ）

桐原は心の中で呟いた。

（もう、顔を忘れちまった）

その時、左手の携帯が鳴り出した。

胸が弾んでいる。そのことを、桐原はぼんやりと意識した。吉兆なのか悪い予感なのか、それはわからない。

「桐原だ」

「あ、社長。保田《やすだ》です」

「おう。どうなった？」

「あのアパートの前に、エクスプローラが来まして」

「おう。ナンバーは?」

「ちょっと遠くて……」

確かに、保田のマンションから、あの社宅までは、結構距離がある。それに、暗いから、無理だろう。

「わかった」

「で、男たちが四人、降りて来たところに、玄関からガキが飛び出して来たんす」

「ほう」

「で、そのガキを押さえようとしたんだ、とオレぁ思うんですけど、ガキが逃げまして」

「ほう」

「でも、子供の足ですからね。追いつかれるかな、と思ったところに、その前から駐車場に停まってた4WDのブルーバードがいきなり突っ込みましてね。男をひとり撥《は》ねて、ガキをかっぱらおうとしたんすよ」

「……ほう」

「でも、ガキがブルーバードから転げ落ちまして」

「………」

「で、ひとりがチャカ持って突っ込んでったんすけど、ブルーバードを運転してたヤツが、降りて来て、素手で……なにやったのか、とにかくそいつを倒して、ブルーバードに戻って、そのままフケました」

「エクスプローラの連中は?」

「まだ残ってます。なにか、相談してるみたいですよ」

なぜフケない? 決まってる。盗聴……サツどもの言う、秘聴の証拠をどうするか、あれこれ思案してるんだろう。撤収した方がいいが、もたもたしてるとややこしくなる。だが、放っておいて逃げると、後になって見付かった時にヤバい。

「チャカは弾《はじ》けたのか?」

「ええ。二発」

「銃声は?」

「もう、ばっちり」

「あたりのようすは?」

「今んとこ……え?」

受話器の向こうで、ユウコが「あ、灯《あか》りが点《つ》いた」と言っているのが聞こえる。「それにほら、出て来たよ、ほら、あそこのうち」

「ユウコは元気か?」

「へぇ。大騒ぎしてます。映画みたいだっつって」

「風邪をひかすな。予定日、来月だろ?」

「へぇ」

「四人はどうしてる?」

「ええと……おい、窓を閉めるぞ。……風邪ひくぞ。ええと、すみません、あ、とりあえずフケるようですね」

「撥ねられたヤッは？」

「ええ、それはさっき、エクスプローラに積み込んでましたけど」

「生きてたか？」

「さっきは動いてるみたいでしたけどね。……あ、エクスプローラが走り出しました」

「今、何時だ？」

「三時……十四分です」

「わかった。窓閉めてな、暖かくして見てろ。なにかあったら、また知らせてくれ」

「へ」

「ああ、ちょっと待て」

「へ？」

「チャカは、どうなった？　そのブルーバードの男は、チャカを手に入れたのか？」

「あ、ええ。二発目は、そいつが撃ったんす。エクスプローラに向けて」

「……そうなったか……」

桐原は携帯を切って、ベッドサイドの電話から内線一を呼んだ。

「正面です」

「便利屋を呼んで来い」

「へぇ」

「ヤサは知ってるな？」

「ええ。でも……」

「ヤサにゃいねぇか。この時間ならな。どっかそこらでフラフラしてるな」

「でしょうねぇ」

桐原は、ため息をついた。とうとう、こんなことになってしまった。

「小林と話して、みんなに、手分けして探させろ」

「へぇ」

「見付かったら、まずオレに電話しろ。それからここに連れて来い」

「素直に来ますかね」

「……金の話はするな」

「へぇ」

「で、俺が困ってる、と言ってみろ」

「それで来ますか？」

「わからん。喜ぶかもしれん」

「…………」

「じゃ、困ってるヤツがいる、と言って、頼んでみろ。事情があって、俺らは動けない、話を聞いてくれ、と言ってみるんだ」

「わかりました。……なんであいつだけ、そうやって甘やかさなきゃならないんですか？」

「……不満か？」

「いえ、そういう意味じゃなくて、……なんちゅうか……社長らしくないような気がするもんで……」

「甘やかしてるわけじゃない」

「へぇ」

「……理由はふたつある。ひとつには、あの男は、身内じゃねぇ。そしてもう一つは、……あいつとの付き合いは、長いんだ」

「へぇ……」

「だから、お前にはわからないような事情があるのさ」

喋りすぎだ、と桐原は思う。だが、相田のこともあって、なにか妙に話がしたかった。桐原は、意外なことに、便利屋に会うのが楽しみな気分だった。いろいろと、気に障る男なのだが。

「ま、どうでもいい。とにかく、あいつを連れて来い。ヘソを曲げねぇように、気を付けてな」

「へぇ」

「いそうな場所は、小林が知ってるから」

「ええ」

「じゃ、頼む」

「わかりました……でも、なんであいつ、携帯を持たねぇんでしょうねぇ。こういう時、不便でしゃーねーっすよ」

「だな。……あいつが持たねぇことにしてるものは、いろいろあるよ」

「え？」

「あいつは、車も免許も持ってねぇ。それに、クレジット・カードも持ってねぇ。腕時計も持ってねぇ。財布も健康保険証も股引《ももひき》も持ってねぇ」

「股引は……股引は要るでしょう、この時期は……」

「あいつは持ってねぇ。ズボンの下は、毛むくじゃらの素足だ。酒呑みで、ハラが緩いらしいんだが、それでも、股引もタイツも穿《は》かねぇ。なにかを気取ってるつもりらしいんだが、なにを気取ってんのか、自分でもわかってねぇんだ」

「バカですかね」

「多分な」

10

午前四時ちょっと過ぎに、小林から、便利屋を見付けた、と電話があった。それから三十分ほどして、便利屋が桐原の前に姿を現した。

「なんの用だよ」

便利屋は、ややくたびれたトレンチ・コートを脱ぎながら、面倒臭そうに言う。とんでもないセリフだが、それでも桐原の部下が消えるまで待つだけのマナーは心得ていた。

相変わらず、太った体を似合わないダブルのスーツに押し込んでいる。スーツは全てオーダー・メイドだが、採寸の時に見栄を張って腹を引っ込ませるので、出来上がってくるスーツは、全部腹のところが窮屈なのだ。ロング・ターン、サイド・ベンツ。今夜のはチャコール・グレーに、臙脂《えんじ》のペンシル・ストライプ。ふたつボタンのふたつ掛けだ。紺色のシャツに銀色のネクタイを締めている。全身から酒の気配が漂ってくるが、酔ってはいないようだ。

「相田の容態はどうだ？」

そう尋ねる便利屋に、桐原は「変わりねぇ」と答え、そして「お前は、〈持谷〉だ」と言った。

「モチヤ？　なんの話だ？　あんたらこの時期、最近は注連縄《しめなわ》の他に、餅も売るのか？」

「持谷調査オフィスの社長になれ」

桐原は、一件書類を〈持谷〉に放り投げた。

「ヤクザは仕種が荒っぽくて困る」

そう言いながら、〈持谷〉は腰を屈《かが》めて書類を拾い集める。

「腹のところが苦しそうだな」

「いや。そんなことはないよ」

便利屋は、腹を引っ込ませて、ソファに腰を下ろした。桐原はせせら笑った。

「まぁ、いい。で、ガキは元気か？」

桐原が尋ねると、〈持谷〉はちょっと肩を揺すって、「元気だそうだ」と言った。

「別れたカミさんは？」

「知らねぇ」

「そうか。今、ガキがひとり、危ないことになってる」

「誰の？」

「ちょっと、手間がかかる話だ。付き合え」

「……まぁ、いいよ。あんたは、ヤクザには珍しく、話がきちんとできる男だからな」

そう言って、〈持谷〉は気持ちよさそうにニヤリと笑う。桐原は腹を立てたが、構わずに話を進めた。

「榊原健三、という名前を知っているか？」

「……聞いたことはあるような気がするけど、……そっちの業界の名前だろ？」

「……ま、そうだな」

「俺に関わりのある名前じゃないな」

「……誰それが誰それの〈子〉で、っつーよーな話に、あんた、付き合うか？」

「やだね。面倒臭いし、バカバカしい」

「そうか。じゃ、簡単に言うと、俺の古くからの……友だちだ」

「麗《うるわ》しいね」

「……で……どこから話すかな……」

「別に話さなくてもいいよ」

「そもそもは……もう十年近く前になるか……関西資本が北海道上陸を目論んだことがある」

「いつものことじゃねぇか。で、結局北栄会が……花岡組が盃を交わしたんだろ？」

「まぁな。まぁ、結局そうなった。だが、俺が話したいのは、その前の話だ。それまで小当たりにちょっかいを出してた関西資本が、その十年くらい前の時、いきなり本気になったんだ」

〈持谷〉は、アクビをした。

「そん時は、ウチも……つまり、橘連合も、北栄会も、敵対関係にはあったが、とりあえず反関西資本ってことでは、まとまってたはずだったんだ。そこに、北栄会系列の正心会が寝返った……んだか、なにかシナリオがあったのか、それはこっちにはわからないが……シナリオがあったんだろうな。甘いシナリオがな。いきなり、関西資本の受け皿になって、客をどんどん預かり始めたわけだ」

「俺が居眠りしても、起こさないでくれ」

「その時に、ひとりで正心会を壊滅させたのが、その榊原健三だ」

「俺も今年の夏、美笛のキャンプ場で、藪蚊《やぶか》の大群を、キンチョールで壊滅させたよ。ひとりでな。でも、すぐに別の大群が襲ってきたけど」

「息子とキャンプか」

〈持谷〉は、しまった、という表情になって、口をつぐんだ。

「健三は……最高の始末屋だった。一度も失敗したことがない」

「……おっかないな」

「ああ。……おっかねぇ。でも、あいつはもう、そん時すでに、業界から足を洗いたがってたんだ。多恵子って女がいてな。この女と、カタギな所帯を持ちたがってる、と俺たちは思ってた。で、それもいいだろう、とウエは考えた。正心会を潰せば、カタギになるのを認める、ということになった。健三は、やる、と言った。で、やった」

「めでたしめでたし、だな。こういう時、どっと笑え、というのはどこの田舎だったたっけ？」

「宮城じゃなかったか？　いや……秋田か、それとも、津軽か。よくわからん。俺は、民俗学概論はサボったんだ」

「……それで？」

「で、その時に、健三は、思いがけない条件を出したんだ。多恵子と別れるから、多恵子には指一本触れるな、ということだった。俺らは、わけがわからなかった。多恵子と身を固める、だから抜けるってんなら、よくわかる。だが、そうじゃなかったんだ。自分は多恵子とも別れて消える、多恵子は放っておいてくれ、という条件だった。今でも、やつがなにを考えていたのか、わからねぇ」

「頭が悪いんだな。それとも、根性が悪いのかな」

「あんたは、わかるか？」

「わかるさ。当然だ」

「健三はあの時、なにを考えてたんだ？」

「わからないヤツには、説明しても、わからない。わかるやつは、説明しなくても、わかる。この世の中は、だいたいそんなもんだ」

「あんた、つくづくイヤな男になったな」

「もとからだ」

「……まぁ、いいや。とにかく、それでこの一件は、決着が付いた」

「どっと笑え」

「ところが、五年ほど前に、ちょっとした事件が起こった」

「だと思った」

「関西資本が、本気になって、今度は北栄会本家に営業をかけてきたんだ。でまた、いろいろとあったんだろうが、要するに、桜庭《さくらば》がいい目を見たかったんだろうな。自分じゃ、あん時はソウルに行ってて、事情はよく知らない、なんてことほざいてるけどな。とにかく、あっけなく、花岡組は、その話に乗った。で、公然と俺らにケンカを仕掛けて来た。花岡組は、関西弁の鉄砲玉を、続々と客にした。この時のケンカは、まぁ、ものすごかった」

「………」

「その時、偶然なんだが、遠藤オジキんとこの若いのが、中島公園で、多恵子を見かけたわけだ」

「その女、バカだな」

「そうとも言えねぇ」

「札幌でのほほんとしてたんだろ?」

「東京で、丸高建設のサラリーマンと所帯を持ってたんだ。健三と別れて、生まれ故郷の川崎に戻って、そのあたりで、亭主と出会ったらしい。で、子供も産んだ。で、亭主が札幌に転勤することになったわけだ」

「別れりゃよかったじゃねぇか。あるいは、亭主に会社を辞めさせるとかさ」

「普通は、それは出来ねぇんだよ。カタギのサラリーマンにはな。まぁ、あんたは簡単に別れちまったから、そこらへんのことはわからねぇだろうがな」

再び、〈持谷〉は、しまった、という表情になる。それを眺めながら桐原は話を続ける。

「会社を辞めるのも簡単じゃねぇ。あんたみたいに、無職で生きてるヤツには理解できねぇことさ」

「別に、そんなことを理解しなくても、死にゃしねぇからな」

「で、結局、多恵子は札幌に来ちまった。髪型を変えてたし、印象はすっかり変わってたけど、それでも、その遠藤んとこの若いのは気付いたんだな」

「それで？」

「遠藤は、それでも、多恵子のことはとぼけていよう、と考えたらしい。約束だったからな。それに、健三がどう出るかわからなかったから。だが、篠崎オジキが……」

「なに？　それはあれか、篠崎が消えた時の話か？」

「ああ、そうだ。あの時の話だ」

「……そうか……あの時のな」

「俺は、篠崎オジキはキライだった」

「……篠崎は、なにをやったんだ？」

「多恵子の写真を持って、健三に会いに行った。そして、花岡と関西資本の連合軍とケンカするから、加勢してくれ、と頼んだんだろう、と思う」

「つまり、橘連合に加勢しないと、多恵子って女がどうなるかわからない、ということか？」

「そういう風に話を持って行ったろう、と俺は思うんだ。オジキは、そういうヤツだったよ」

「で……それっきりか」

「ああ。篠崎オジキと、その坊やだったシンが消えた」

「………」

「で、突然、健三がススキノに降りて来た」

「降りて来た？　どっか、高いところにいたのか？」

「ひとりで日高の方の山奥で暮らしてたんだ。木彫りの修業をしながらな」

「………」

「で、簡単に言うと、健三がススキノに降りて来て、数日の間に、……多恵子のことを知っている連中が全員死んだ。遠藤が死んだのは、そういうわけだ。いろいろと複雑な動きがあってな。遠藤んとこの、多恵子の写真を撮った若いのな、そいつが、関西資本に話を漏らしてたんだ。てなわけで、関西資本どもは、多恵子を健三取り込みのコマにしようと目論んだわけだ。とにかく、健三を敵には回したくなかったんだろう。正心会壊滅の時のありさまは、連中としても、忘れられなかったんだろうよ。だから、健三を敵に回したくない。で、味方に付けるか、それができなきゃバラす、という方針だったんだろう。で、駆け引きに出たわけだ。健三に駆け引きが通じないのを、知らなかったわけだ」

「………」

「で、そいつら……関西資本の鉄砲玉どもが、全員死んだ。最後まで生き残ったひとりが、多恵子の息子を片付けようとしたんだが、これも死んだ。ほとんどが、苦しまずに即死だったが、この最後のヤツは、ちょっと苦しんだようだな」

「………」

「目が醒めるようだったよ。あいつは、……すごい」

「てことは、橘連合は、その健三ってのに、助けられたわけだな」

「そうなる。健三は、そんなことを気にしちゃいなかったろう。あいつはただ、平凡なサラリーマンの女房に収まった多恵子の幸せを、自分にできる方法で守ろうとしただけなんだろう。だが、ま、結果として、乗り込んできた関西資本の尖兵は、全滅したわけだ。ほんの一瞬だったが、俺らも息がつけた。……関西資本も、強硬路線をちょっと考え直したからな。ま、結局は、北栄会が関西資本に骨抜きにされて、今に至るわけだけどよ」

「………」

「とにかく、今はもう、多恵子のことを……あの女、健三の昔の女が、札幌にいるってことを知っている業界の人間はひとりもいない」

「あんたは?」

「……ああ」と桐原は頷き、「知ってる。居場所も、家族のことも、みんな知ってる」と言って、情けない笑顔を浮かべる。

「で、なんであんたは、まだ生きてる?」

「当時は、知らなかった。……でも、たとえ知っていても、健三は、俺を殺しはしなかった、と思う。……どうかな。わからんな。やられてたかもしれないな」

「なんで今は知ってる?」

「……山に帰ってから、健三は、あれこれ考えたんだろうな。多恵子が札幌にいる間は、どうしても気になるんだろう。で、俺に電話を寄越した。誰か、信頼できるプロの探偵を知らないか、というわけだ。そいつに、それとなく多恵子のことを気に掛けてもらって、なにかあったら知らせてくれ、ということだった」

「そんなことまであんたに話したのか」

「そうじゃない。あいつは、信頼できるプロの探偵を教えてくれ、と言っただけだ。で、ま、なにを考えてるか想像できたんで、〈持谷調査オフィス〉というのを紹介してやった」

「誰だ、その持谷ってのは」

「俺だ」

「ほう……なるほど」

「つーか、さっきまで、持谷は俺だった。今はあんただ」

「…………」

「俺の見当は外れてなかった。健三は、〈持谷〉に、多恵子の一家のことを気に掛けてくれ、と依頼したよ」

「…………」

「健三と〈持谷〉は、直接会ったことも、電話で話したこともない。手紙のやり取りだけだ。最初に、ちょっとまとまった金を送って寄越した。で、毎年二回、報告書を送ってるんだ。一応、あれだぜ、ちゃんと調査はしたよ。平凡なサラリーマンが、平凡に暮らしてる。そのようすを、平凡に報告してたんだ」

「なるほどね」

「で、気が進まないだろうが、これを持ってくれ」

さっきとは別の携帯電話を差し出す。〈持谷〉は手を出さずに、それをじっと眺める。

「これを持ってくれ」

「なんだ？」

「知らないか？　携帯電話だ」

「見りゃわかる」

「手に取って見てみろ。あんたなんかが想像もつかないような機能が、いろいろとついてるんだ。文明は進歩したね」

「事情をちゃんと説明しろ。ガキがヤバくなってるってのは、どういうことだ？」

桐原は、ふっと笑って電話をいったん引っ込めた。

「さっき言ったろ。その多恵子って女は、丸高建設のサラリーマンと所帯を持った。子供も産まれた」

「ああ……ん？　丸高？」

「思い出したか？」

「あの、さっきまで籠城事件があったのは、丸高建設の社宅の保育所だったよな」

「そうだ」

「人質にされた子供か?」

「そうだ。高見沢恵太。その報告書の、T・K様だ」

「……だが、あれは解決しただろ?」

「だといいんだがな。なんだかおかしい」

「どういうことだ?」

「あの事件の報道で、多恵子がちらっとテレビに映ってた」

「それで?」

「もしもあのニュースを健三が見てたら、すぐにこっちに来たはずだ」

「その、山ん中にはテレビがあるのか」

「ないだろう、と思う。でもな、山から下りた谷間の街に、健三が連絡場所にしてるアイヌの民芸品屋があってな。そこではあいつは、林って名前で通ってる。そこでテレビを見たかもしらん……いや、見たんだろう」

「ススキノに来てるのか?」

「だと思う。ついさっきまで、もしかしたらってーぐらいの感じだったんだがな。間違いない」

桐原は、さっき保田が報告したことを、かいつまんで〈持谷〉に聞かせた。

「……なにがどうなってるんだ?」

「警察が、なにかを隠してんだろう。で、恵太をどうにかしよう、としてるんじゃないか」

「健三が、それに気付いたってわけか?」

「用心深いヤツだったからな。なにかを気にして、待機してたんじゃないか」

「……」

「で、となると、問題がある。健三は、金を持ってない。武器もない。頼るところもない。俺ん所には来ないだろう。だが、どうしても金はいる。武器もいる。足もいる。隠れる場所もいる。だから、〈持谷〉に連絡を取ろうとするはずだ。俺としては、健三と〈持谷〉の間には、俺の勘違いかもしれないが、なんというか……この……信頼関係、みたいなんができあがってる、と思う。……てなわけで、……頼む」

〈持谷〉は、黙ったまま、桐原がテーブルの上に載せた携帯電話を眺める。

「ウチの電話ん中に、〈持谷調査オフィス〉用に回線を一本空けてあるんだ。で、そこに電話があったら、この携帯に転送されるようにしてある。今までは、この電話が鳴ったことはなかったんだ。……だが、きっと、近いうちに、鳴ると思う」

「……俺を、どうサポートするつもりだ?」

「金は、健三の言う通り、出す。武器も、できる範囲でな」

「ふざけるなよ。いくら金と武器を注ぎ込んでも、解決にはならないだろう。その健三ってのが、どんなに強くても、これからずっと戦い続けたり、逃げ続けたりするわけにはいかないだろうが。子供を親の所に戻して、元通りの生活をさせなきゃならんだろ?」

「ああ。それが当然、健三の目的だと思う。そっちは、こっちでなんとか手筈をする。状況を把握して、手打ちの絵を描くよ。大急ぎでやるつもりだ。……三日だな。三日で手打ちに持って行けなけりゃ、健三も、恵太も、死ぬ」

「三日でか。無理じゃないか？　相手は、ヤクザならまだしも、警察だろ？」

「それと、丸高建設だ。てことは、北栄会だ。花岡組だ」

「……もしかすると、俺、今回、死ぬかもしれねぇな」

〈持谷〉はそう言い、手を出した。

「俺もだ」

桐原が呟きながら、携帯電話を渡した。

11

ダッシュボードの緑色の光が、午前五時を示している。夜明けまで、まだしばらくある。空が明らむ直前で、夜の闇が最も深く、濃い時間だ。後ろでは、恵太が、どうやら眠っているらしい。車の流れに乗って慎重に、だが滑らかに走らせながら、健三は、必死になって考えを巡らせる。

恵太を両親の許に戻すわけにはいかない。それは、なんの解決にもならないようだ。だが、だとするとほかにどうしようがあるか。おそらく、すぐにでも、恵太が何者かに連れ去られた、というニュースは広く報道されるだろう。恵太の顔写真も公表されるかもしれない。そうなると、身動きができなくなる。いや、報道がされなくとも、自分のような男が、小さな子供を連れて歩いていれば、目立つ。……どこかで、立ち止まりたい。立ち止まって、考える時間が欲しい。だが、立ち止まることができる場所は、ない。

谷に戻ろう、と思い付いた。恵太を連れたままでは身動きができない。鈴木社長に恵太を預けて、それから……。

どうすればいいか、まだ考えはまとまらないが、とにかく谷に戻って、鈴木社長に恵太を託す。あそこなら、恵太を守ってくれるだろう。

健三は頭の中で地図を開いた。国道二七四号線を西進、由仁《ゆに》から道道に入る。そして峠を越えれば、すぐに谷だ。三時間ほどで辿り着けるはずだ。都合のいい場所にコンビニエンス・ストアがある。健三は、その駐車場に乗り入れ、車をUターンさせた。

どこからも、連絡が来ない。健三からもなにも言ってこない。〈持谷調査オフィス〉が実はこの桐原組であることを、健三が気付いたのではないか。桐原はそう心配したが、まぁ、そんなことはないだろう、と思う。それに、もしも〈持谷〉が桐原である、と知っているならば、きっとあいつは、すぐに電話を寄越すはずだ。健三が今、どこでどうしているのかはわからない。だがとにかく、ひとりで頑張っているんだろう、と思う。

「健三よ……」

すぐに出かけられるように、桐原はダブルのスーツを着込み、バーバリーの灰色のカシミアを羽織って座っている。目の前では、便利屋が、……〈持谷〉が、がっくりとクビをのけぞらせ、口を開けて、苦しそうな寝息を立てている。常日頃、だらしないヤツだと思っていたが、こうして見ると、ほんとうに、頭に来るほどにふてぶてしい。

「本社より各車。さきほど、大事な忘れ物をしたお客様がいらっしゃいます。お車に乗っておられる模様で、本日午前三時四十五分頃、南区真駒内を出発され……」

無線がのんびりとした口調で語り始めた。TVSテレビ札幌の社屋正面玄関で待機していたオーロラ交通のドライバー、榎木《えのき》牧夫《まきお》は、口を歪めて、苦笑した。パネルの緑色のデジタル時計の数字は、午前五時十二分。やっぱりな、と思う。

「大事な忘れ物をしたお客様」というのは、コンビニ強盗などの容疑者のことだ。警察が、各タクシー会社の無線室に依頼して、情報提供を求めているわけだ。だが、オーロラ交通の無線は、ほかのタクシー会社とはやや異なる。警察からの正式な情報提供要請以外にも、なにかよくわからないルートからの依頼で、呼びかけが行なわれることがあるらしいのだ。今のところ、それにはっきりと気付いているのは榎木だけであるようだが、時折、仲間内で酒を呑む時など、他にも何人か、なんとなく不審に思っているドライバーはいる、ということを最近知った。

やはり、仕事中に「大事な忘れ物」の無線を受けると、気になるのだ。それで、翌日の新聞やテレビのニュースを、少しは注意して見るようになる。たいがいは、「あ、このコンビニ強盗か」とか、「そうかあの無線は、このサラ金が襲われた件だな」などと思い当たる。だが、まったくなにも報道されない場合もあり、その多くは、「お車に乗っておられる模様」のケースだ。しかも、多くの場合、事件発生から一時間以上、時には今回のように二時間もの時間が経過していることもある。普通、こんな呼びかけは、本当に珍しいのだ。つまり、と榎木は考える。

(ウチの会社は、あるいは、会社の誰かが、なにかの組織の依頼で、情報収集に協力しているのではないだろうか。警察か、ヤクザか、警備会社かは知らないが、そこから依頼されて、こういうことをしているのではないだろうか。……おそらくは、個人的な癒着があるのではないか)

タクシー会社の全部が、こういう依頼を受けているのではないらしい。そのことは、時折自分が客になる時に、ドライバーと雑談して、確認してある。榎木が把握しているのは、オーロラ交通、ラビット交通、そして道都栄タクシーの三社だ。ほかにもまだあるだろうが、この三つは確実だ。

「なお、お客様は、小学生くらいの子供をお連れの模様です。車種はブルーバードの4WD、色は白、ナンバーは……」

ほう、と榎木は感心した。ナンバーまでわかっている。これは、ちょっと珍しいことだ。どんな事件かしらないが、とにかく、事件現場にいた目撃者は、ある種の訓練を受けているのかもしれない。

（それにしても、子供連れ、か……）

そこで榎木は、「まてよ」と思った。さっきの住所。真駒内、丸高建設社宅、と言っていなかったか？

「えー、繰り返します。先程、大事な忘れ物をなさったお客様がいらっしゃいます。お車に乗っておられる模様です。住所は……」

確かに、無線は、真駒内の丸高建設社宅前、と繰り返した。

（あの事件か……確か……子供を人質にして、立て籠もったという……）

あれは、人質が一人と、犯人が射殺されたが、子供は二人とも無事助かったのではなかったか。……どういうことだ？　単なる偶然かもしれないが……。

榎木は、自分の前後に並ぶ同僚たちの車を眺めた。動きはない。テレビ札幌の早朝のニュースはすでに始まっているが、スタッフたちが続々とやってくるのには、まだ早い。同僚たちの多くは、無線に耳を傾けながら、雑誌を読んでいるか、仮眠を取っている。もちろん、なんの稼ぎにもならないのに、白いブルーバードの４ＷＤを探しに走り出すような物好きもいない。榎木も、そんなバカらしいことをことをするつもりはない。第一、自分が、なんの手先になっているのか、それがわからないままに動くつもりなどない。

だが、と榎木は左の尻をちょっと持ち上げ、ポケットから手帳を取り出す。今聞いた内容と、日付・時間をメモする。こうして集めた情報は、結構な量になる。なにかのアテがあるわけではないが、いつか役に立つかもしれない、と考えている。会社から手酷《てひど》い扱いを受けてリストラされた時などに、情報を整理して、顔なじみの新聞記者にでも見せれば、いい使い方をしてくれるかもしれない。榎木のノートには、この十五年くらいのドライバー稼業の成果とも言える、細々《こまごま》した情報が並んでいる。芸能人の横柄な態度。逆に、とても親切で丁寧な人柄に見えた有名人。車内で、いきなりセックスを始めた、有名野球選手とススキノのホステス。いきなり運転席の背を蹴りつけた代議士。そして、このいささか不自然な無線などなど。この手帳で、すでに六冊目だ。

夜の暗さは変わらないが、空が、ほんの少し、紫色に変わってきたようだ。健三は、そろそろ車を換えなければ、と気にしながら、走り続ける。ミゾオチの辺りにチリチリした焦燥感があり、これは、なにかの不都合を、無意識が察知したのだろう、と考える。今、南郷通りを北広島市に差し掛かったところだ。健三の記憶よりも、道幅が広くなっている。そういえばこの辺りは、いつも拡幅工事をしていた。それが、何年か前に完成した、ということか。住宅街が続いている。周囲に、車が増えて来た。もうすぐ、朝だ。夜が明け切ると、車を換えることが、やや難しくなる。暗いうちに、どこかの駐車場で、車を調達しなければ、

赤信号。

他の車に合わせ、ゆっくりと停止する。左側にガソリンスタンドがある。健三は思わず

フェエル・メーターを見た。ガソリンは、谷に戻っても充分に間に合うほどに入っている。ほっと安心して、それから気付いた。これはタクシー用のLPG専用のスタンドだ。これでは、たとえガソリンが足りなくても、給油するわけにはいかない。いや、そもそもこれから車を換えるのだから、ガソリン残量など意味はない。ちょっと頭がぼんやりしているな、と健三は警戒した。

子供が、「う～ん」と言った。起きるのか、と思ったが、またすぐに、規則正しい寝息が聞こえて来る。

「三七六五！」

緊迫した声が無線から聞こえた。いつもと、やや調子が違う。榎木は耳を澄ませた。

「三七六五、もう一度お願いします！」

その返答は、各営業車には聞こえない。

（誰かが、さっきの「大事な忘れ物」のブルーバードを発見したのか？）

「なに？　北広島？」

あそこか、と榎木は思い当たる。北広島市の……あそこには確か、オーロラ交通と丹頂タクシー、そして北広島のシラカバ交通が共同運用しているLPGセンターがあるはずだ。そこを、ブルーバードが通りかかったのか。

「了解。御苦労さん」

誰だろう、と榎木は苦々しい思いとともに、心の中で呟いた。少なくともこの無線は、行方不明になった痴呆老人を探し出したり、コンビニ強盗を突き出したり、そういうような自慢できる内容ではないはずだ。なんの根拠もないが、榎木はそう確信した。

（どっかのお調子モンが、得意になって……）

榎木は、唇を歪めながら胸ポケットのモアのメンソールを取り出した。

「とにかく、こっちは入院させなきゃ、どうしようもないね」

医者が、ブランデーを舐《な》めながらくどくどと繰り返す。

「それができるんなら、あんたを呼んでないんだよ。何度言やわかる」

青柳は、右肩の湿布を左手でピタピタ叩きながら、放り投げるような口調で言った。

「何度言っても変わらないよ」

医者は、平気な顔で言う。

「クソッ！　金か」

「金の問題じゃないよ。頭を打ってるんだろう。検査しなきゃダメだ。下手すると、死ぬぞ」

「忘れたわけじゃないだろうな。例の一件をよ」

「またそれか。忘れちゃいないさ。だがな、そういう問題じゃないんだって。いくら金を積まれても、脅されても、不可能なことはあるんだよ。あんた、一億もらっても、空は飛べんだろ？　同じさ」

ベッドの上で、舛田が苦しそうに呻く。こっちの方でソファに座っている森と田中が、暗い表情で舛田を眺めてから、テーブルをはさんでいがみ合う青柳と医者を見つめる。どうなるんだ、と不安を感じている。

「驚くだろうなぁ、札幌市民……いや、善良な全日本国民がよ。キリスト教系の、優しい名前の病院の医者が、美人と見りゃぁ片っ端から全身麻酔で眠らせて、好き放題やってるってことを知ったらよ」

「そういう問題じゃないんだって。あんたもそうだろ？　いくらなんでもできないことがあるだろ。今までの不正を全部バラす、そうされたくなかったら、チンチンを長さ一メートルに勃起させろ。そんなこと言われても、無理だろ？」

「ナメてんのか？」

「別に。もう、あんたらと付き合うのが面倒なだけだ」

「……どうすりゃいい？」

「病院に連れて行くのが一番だ」

「だから、それはできない」

「だから、それじゃ、仕方ない。放っておいて、ようすを見るんだな。体自体の怪我は、打撲傷だ。内臓も、ま、大したことはない、と思うよ。断言はできないがな。問題は、頭だ」

「放って置けってか」

「病院に連れて行けないなら、そうするしかないさ」

「湿布は？」

「無意味だ。ま、気休めだな」

「最悪、どうなる？」

「明日、いきなり倒れて死ぬかもしれない」

「………」

「あるいは、どうってこともなく、回復するかもしれない。どうなるか、わからない」

「確率は？」

「わかるわけ、ないだろ」

「今までの経験からすると、どうだ？」

「わからないんだよ。検査しないとな。受傷の現場を見たわけでもないし」

ベッドサイドの電話が鳴った。舛田が苦しそうに呻く。田中が慌てて立ち上がり、受話器を取った。

「はい？……ああ。そうかわかった。おい、アオ」

「あ？」

「フロントだ。電話だと。オーロラ交通から」

「おう」

のっさりと立ち上がり、受話器を受け取ろうとして右手を出し、「うっ」と軽く声を漏らす。さっきのブルーバードの男に、肩を外されたのだ。肩が外れている間中、死ぬほど痛かったが、さっき、医者にはめてもらう時は死んだ方がマシだと思うほどに痛かった。まだ痛い。あの男を殺してやる、と心に決めている。受話器を左手で受け取り、耳に当てた。

「切り替えてくれ。……青柳。おう。御苦労さん。……ああ……なにぃ？　北広島ぁ？　北広島だな？……ああ、わかる。うん……二七四を西だな。わかった。また後で連絡する」

受話器を置いて、「北広島だとよ」と言うと、森と田中が曖昧《あいまい》な顔で頷いた。

「じゃぁな」と医者が立ち上がる。「こっちには、もう、できることはないな」

「勝手にしろ」と吐き捨てて、青柳は森に顎《あご》をしゃくる。「一緒に行こうぜ」そして田中に向かい「お前は、舛田についてってやれ」と横柄に命令する。

田中は頷き、森は立ち上がる。荷物をまとめる医者には目もくれず、青柳と森は出て行った。

「エライ勢いだな」

医者の言葉に、田中はぼんやりと頷いた。医者は、田中の顔を見て、独り言のように言う。

「あいつは、こんなこと、いつまで続けられると思ってんのかな」

「さぁ……」

「信念の男だな」

「誰が？　青柳が？」

「そうだ。あいつは、揺るぎない信頼を持っているらしい」

「信頼？」

田中は耳を疑った。青柳がなにかを信頼している。それは、ほとんど想像もつかないことだった。

「いやぁ……センセイ、それは違うでしょう。あいつは、なにも信じちゃいませんよ」

「いや、あいつは、心の底から信じてるね」

「なにを？」

「この日本の、腐敗をさ。この国の腐敗を、あいつはとっても強く信頼している。で、今んとこ、それでやって来られたから、その信頼は一層強固になってるってわけだ」

「……………」

「あいつが、吠《ほ》え面《づら》かくところを見てみたいな」

「でも……」

「ああ。そん時は、私は、生きていられないさ。それで充分。清々するよ」

「はぁ……」

暗い中、重機置き場の脇にある詰め所に、ポツリポツリと人が集まり始めた。たいがいは一人暮らしの連中だ。家族持ちは、弁当を持って、もう少し遅く来る。この時間に来る連中は、一人で部屋にくすぶっているよりも、仲間とバカ話をする方が楽しい、という男たちだ。昼食は、それぞれの現場の近くのコンビニで買うわけだ。

二階の社長室の窓際に立ち、藤岡は、ゆっくりとコーヒーを呑んだ。雪明かりの街を、白い息をつきながら歩いて来る男たちを眺めながら、マンデリンを呑むことが、いつの間にか朝の習慣になった。十二歳年下の妻と折り合いが悪く、家にいても気詰まりだ、という理由もある。だが、彼は五十を過ぎてから、自分の会社で働く男たちの姿が、妙に……愛《いと》おしく感じられて仕方がない。こんなことを言うと、みんな大爆笑するだろう。それはわかっている。だから口にしたことはないが、朝のこの時間に、詰め所に集まって来る男たちの姿は、藤岡を切ない気持ちにさせる。

弁当を入れたジャーを肩からかけて、歩いてやって来る男たち。あとしばらくすると、今度は、近くの寮に入っている若い連中が、ゾロゾロとやって来る。それから、ピカピカに磨き上げた自家用車の連中が集まり、七時になると朝礼、ラジオ体操、そして、また一日が始まる。

その繰り返しが、とても大切なことのように思われる。

（それは、どういうことだろう。……俺も、老けたのか……）

藤岡は感慨を噛みしめる。その時、電話が鳴った。

「はい、〈富士興建〉！」

荒々しい口調で受話器に怒鳴りながら、こんな時間の電話はろくなことではない、とぼんやり思う。

「青柳」

思った通りだ。声の質から、携帯電話だとわかる。

「おう。どうした？」

「車を一台、停めてくれ」

「なに？」

「今、二七四をそっちに向かってる。白いブルーバードの4WDだ。わりと珍しい車だから、見逃しはないだろう」

「おい、ちょっと待てよ。こんなに急に言われても……」

「ダンナの頼みだ。聞けるだろ？」

「いくらなんでも……」

「急がないと、通り過ぎるぞ。ナンバーを言う」

「ちょっと待ってくれよ」

と言いながらも、藤岡は慌ただしい手つきでコーヒーをデスクに置き、手近にあったボールペンを摑《つか》む。（ナンバーを聞いたって、どうしようもねぇ。できねぇものはできねぇ）と心の中で怒鳴るが、自分がなんとかする、ということはわかっている。だから、なおさら悔しい。

「控えたか?」

「ああ」

「こっちは、今、そっちに向かってる。停めたら、電話くれ。で、俺らが着くまで、押さえといてくれ」

電話は唐突に切れる。藤岡は、はらわたが煮えくり返りそうな怒りを感じたが、(この、俺の会社を守るためだ)と、歯を食いしばる思いで自分に言い聞かせた。

後ろで、身を起こす気配。子供が起きたらしい。

「目が醒めたか?」

「はい」

「そうか」

「ここ、どこですか?」

「北広島だ」

「北広島……」

馴染みのない地名らしい。ルーム・ミラーで見ると、眠たそうな顔で、声を出さずに、何度か「北広島」と唇を動かしている。

「恵太」

「はい」

「お前のお父さんは、携帯電話を持っているか？」

「はい」

「番号は知っているか？」

「はい」

「何番だ？」

恵太はスラスラと十一ケタの数字を言う。

「わかった。どこかに公衆電話があったら、電話しよう。お父さんとお母さんが心配しているはずだ」

「はい」

その声が、なにか揺れるようだったので、健三はルーム・ミラーを見た。固く結んだ恵太の唇が、細かく震えている。

「泣きそうか？」

恵太は答えず、ただ、勢いよく首を振った。唇は、まだ震えている。

素足にサンダルというのは、やはり無謀だった。ガウンを体に固く巻き付けても、寒さが体全身に突き刺さる。積もった雪の中を歩き回ったので、足にはもう感覚はない。多恵子は、泣きながら社宅アパートの玄関に戻った。ちょうど、夫の雄一が、戻って来たところだった。彼は、酔っ払って寝た時と同じジーンズとセーターを着ているが、それでも、ガタガタと震えている。

「いない」

と言い、涙をこぼした。多恵子は、わっと泣き出した。

「とにかく、家に入ろう。あ、君、裸足《はだし》じゃないか」

多恵子は、泣きじゃくりながら、やっとの思いで「サンダル」と言った。あとはもう、まともな言葉にならない。

「とにかく、警察に電話しよう」

ふたりは、お互いに相手にもたれるようにもつれながら、階段をよろよろと上った。

保育所の籠城事件の時、多恵子は、今にも倒れそうな動揺と不安の中で、なんとか頑張っていた。それが無事に解決し、恵太を抱き締め、その安全を身にしみて感謝し、胸を締め付ける心配から解放された。その直後であるだけに、恵太の不在は、多恵子を苛《さいな》んだ。今にも頭がどうにかなるのではないか、と思われるほどに、居ても立ってもいられない。

ふと、ソファの下に隠れているのではないか、と思い付いた。これで二十回以上、そう思い付き、ソファの下を探したのだ。だから、いないことはわかっている。でも、見落としていたのかもしれない。部屋に戻ったら、まず、ソファの下をもう一度探そう。そして、トイレ、浴室。これでもう三十回目になるかもしれないけれど、ソファの下、トイレ、浴室……よろめくような気分で通路を踏みしめ、壁に手をついて体を支えながら、多恵子はわが家のドアに近付く。その時、〈マイ・ウェイ〉の電子音が聞こえた。雄一の携帯電話が鳴っている。多恵子は、ものも言わずに駆け出し、ドアに飛びつき、家の中に飛び込んだ。

「おい、どうした⁉」

後に続いた雄一も、すぐに気付き、居間に駆け込む。すでに多恵子が携帯を手にしていた。

「高見沢です！」

「もしもし」

聞き間違いようがない。低く、深い、落ち着いた声。歓喜と絶望、そして慕情と哀しみが多恵子の体を貫いた。

（健ちゃん！）

「恵太君は、元気でここにいます」

多恵子は、携帯電話を耳に当てたまま、床に座り込んだ。涙が止めどなく流れてくる。

私は、泣き喚《わめ》いているらしい、とぼんやり感じた。

「なにがあった！」

雄一が血走った目で怒鳴り、多恵子の右手から携帯をむしり取る。耳に当てて、怒鳴る。

「誰だ、あんたは！」

「もしもし」

「なにがあったんだ！」

「落ち着いて、聞いて下さい。恵太君は、今、ここにいます」

「なにぃ!?」

「非常に元気です。立派なお子さんです。今、替わります」

「おい！　あんた！」

「……もしもし、お父さん？」

「恵太！」

雄一の声で、多恵子は床から夫にすがりつくように立ち上がった。雄一も、腰を屈《かが》めて、ひとつの携帯電話にふたりがしがみつく。

「恵太！」

「お母さん？」

それからしばらく、取り乱した親と、泣きながら必死にしゃべる子供の言葉が交錯した。

「僕は大丈夫」と、恵太が何度も言っている。そのことに、やっと雄一は気付いた。

「大丈夫って、君、今、どこにいるの？」

「おじさんに替わるから、話を聞いて」

すぐに男の声が話し始めた。

「落ち着いて聞いて下さい」

「なんだ、あんたは！」

「まず、これは誘拐ではない。恵太君に危害を加えるつもりは全くないから、そのことを信じてください」

「信じるって、あんた、そりゃなんの話だ！」

「もしもし」

「人の子供を、さらって行って……」

雄一は、落ち着け、と自分に言い聞かせた。だが、どうしても罵倒の言葉しか出て来ない。

「少しだけ、落ち着いて聞いて下さい。お願いします」

雄一は深呼吸をした。落ち着け。

「聞こう。とにかく、そっちの要求を聞く」

「要求……」男の、深く低い声は、そう呟いてから沈黙した。雄一は、突然不安になって、

「もしもし！」と怒鳴った。

「お父さん」

恵太の声だ。

「恵太！」

「お父さん、よく聞いて。……あのね、僕ね、……僕が見たのはね、〈子供の国〉でね、急に男の人たちが飛び込んで来てね、いきなり、犯人の男の人を、ピストルで撃ったの。それから、優美子先生も、ピストルで撃ったの」

恵太の声は、涙まじりだった。こういう声になると、と雄一は、ぼんやりと思い出す。恵太は、すぐに泣いてしまうのだ。多恵子が、電話機の中に飛び込みそうな勢いで、「何があったの⁉」と問いかける。

「犯人の人が、いきなり優美子先生を撃って、それで、警察の人が、犯人の人を撃ったって、そういうふうに言えって、ものすごくおっきい声で、怒鳴られたの。肩をガクガクさせられて、大声で、何度も何度も、そう怒鳴ったの。おっかない顔してたの……。間違ったことを言うと、お父さんもお母さんも、僕も、殺される、と言ったの。大声で、何度も怒鳴ったの。その人が。だから、……見たことと、違うことが、あったと思えてきたの……」

恵太が、手放しで泣き始めた。

「もしもし」

また、男の低い声。

「あんたか、恵太を脅したのは」

「違うわ！」

男がなにか言う前に、多恵子が鋭い口調で言った。

「この人は、恵太を助けて……」

「もしもし」

「…………」

「今のところ、わかっているのは、こういうことです」

「………」

「お宅の息子さんは、自分が見たことを、本当のことを、やはり警察に話した方がいい、と思った。だが、そのことで、あなた方が危険なことになると困る、と思った。それで、自分で一一〇番に電話した。電話に出た男は、すぐに行って、話を聞いて保護してやるから、アパートの玄関で待っていろ、と言ったそうです」

「………」

「あとは、私が直接見たことですが、偶然そちらのアパートの前を通りかかったら、恵太君が、四人の男に追われていた。一人は、拳銃を持っていた。明らかに、恵太君に危害を加えようとしていた。だから、連れて逃げて来たのです」

「……ちょっと待ってくれ……全然、理解できない」

「もしもし」

多恵子が夢中になって、携帯に呼びかける。

「もしもし」

（平凡な言葉のやりとり。今、健ちゃんは、どんな顔をしているだろう）

「わかりました。どうすればいいんでしょうか」

（警察には言うな）、そう言おうとして、健三は踏みとどまった。あくまで、なんの面識もない第三者なのだ、俺は。

「とりあえず、警察にはなにも言わない方がいいでしょう」健三の声の後ろで、恵太が泣きじゃくっているのが聞こえる。多恵子の、携帯電話を持つ手が、きつく緊張した。「恵太君が一一〇番して、それで連中が来た、ということは、警察官が、なんらかの形で関与している、ということだと思います」

「そんなことが、あるか！」

雄一は吐き捨てるように言ったが、内心は動揺していた。そもそもの発端である磐元次長襲撃・殺害に関しては、社内にも妙な雰囲気が漂っている。「主任」の肩書はもらっているけれども、出世コースから外れた、単なる経理事務員である雄一は、会社の上層部のことは、そういえば何一つわからない。だが、それにしても……それに、さっきの話では、犯人はさておき、保母さんを殺したのも警官、ということになるが……まさか……しかしとにかく、この男と恵太の間には、危険の感じはない。恵太は、この男を信頼しているようだ。

「とにかく、今の状況を、お知らせしよう、と思いました。それで、電話したわけです。もしかすると、お宅の電話は盗聴されているかもしれない。それで、恵太君から、携帯電話の番号を聞きました。……お宅の息子さんは、とっても立派な少年です」

「…………」

「普通に過ごして下さい。恵太君は、あんなことがあった翌日ですし、もう冬休みだから、家に閉じこもっている、ということにしても、不自然ではないでしょう。友だちが来ても、疲れて寝ている、で済むでしょう」

「………」

「あなたは、普通に出勤された方がいい、と思います」

「………」

「そして、できたら、磐元次長の件について、どんなことがあったのか、事情を把握して頂けると、助かります」

「でも、どうするつもりなんだ」

「もしもなにかわかりましたら、これから言う番号に、電話して、私宛の伝言を頼んで下さい」

「あなたの名前は？」

「あ……林、と申します」

健三はそう言って、電話番号を告げ、二度繰り返した。

「持谷、という人に、林宛の伝言として、お伝え下さい」

「モチヤさん……」

雄一の呟き声をそのままにして、健三は受話器を置いた。電話ボックスのガラスの壁に寄りかかり、口許を必死になって結びながら、スン、スンとべそをかいている恵太を見下ろし、「大丈夫だ」と声を掛けた。

「はい」

「これから、俺の知っているオジサンの家に連れて行く。その人はいい人だから、お前の面倒をちゃんと見てくれるはずだ。その間に、俺は、お前が家に帰れるようにする。何も、心配することはないぞ」

「はい……おじさん、林さんていうの？」

「なに？」

「今の電話で、そう言ってたから」

「ああ。なるほど。そうだ。おじさんは、林という名前だ」

「下の名前には、ケンていう字がある？」

「……なぜ？」

「お母さんが、寝言で、たまぁに言うんだ、『ケンちゃん』て。……なにか、関係あるのかな、と思って」

「……おじさんの名前は、……秀和、というんだ」

健三がそう言う口許を、恵太はじっと見つめていた。それから、何事か納得した表情で、頷く。

「ヒデカズ。そうか」

「そうだ」

健三が顎を動かして促すと、恵太は自分でボックスのドアを押して外に出た。

街は、白んでいる。自分の白い息が見える。紫色の空の下、街灯の明かりが弱々しい。思い出したように行き過ぎる車のライトも、妙に侘《わ》びしげだ。恵太は、とことこと歩いてブルーバードの後部座席に潜り込む。

車を発進させてから、暫《しばら》くはどちらもなにも言わなかった。だが、早いうちに話さなければ、と健三は心を決めた。

「恵太」

「はい」

「……もう少ししたら、おじさんは、車を盗む」

「え?」

ルーム・ミラーの中で、恵太が、眼を大きく見開いて、驚いている。

「盗む? 持ち主の人になにも言わないで?」

「そうだ。いいか、これから話すことを、理解しろ」

「………」

「お前を狙っているのが警察だとすると、俺たちには味方はない、ということになる。もちろん、警察の全部が、お前を狙っているわけじゃないだろう。だが、誰が、敵の仲間なのか、それがわからない以上、警察に助けを求めるわけにはいかない。ここまでは、わかるか?」

「はい……」

恵太は深刻な表情で頷く。自分が一一〇番した、その結果を思い出しているのだろう。

「そして、警察は、きっと俺たちを追っている、と考えた方がいい」

「…………」

「だから、車を換える必要がある。だが、事情を話して車を交換してもらうわけにはいかない」

「車屋さんで、お金を出して買えないの?」

「それは、できない。できるだけ早く車を換えたい。まだ車屋は開いてない。それに、車を買うお金もない。それに、車は、そう簡単には買えないんだ」

恵太は、真剣な表情で、健三の後頭部を見つめている。車を盗む以外の方法を考え出そうとしているらしい。

「だから、車を盗む。これは、決して、いいことじゃない。悪いことだ。だが、そういうことをしなければ、生き延びられない時、それはしかたがないことなんだ」

恵太は、納得していない。硬い表情で、健三の後頭部を見つめ続ける。その、強張った顔つきを見た健三は、後方から迫ってくるトラックに気付き、変だな、と思った。追い越し車線には車がない。抜こうとすればいつでも抜ける。それなのに、なにかのタイミングを計っているような、中途半端な走り方だ。

チャイムが鳴った。

「開いてるぞ！」

桐原が怒鳴ると、使いっ走りのブッチョが、両手に荷物を持って、尻でドアを押しながら後ろ向きに入って来た。

「おう。持って来たか」

「ええ。……しかし……ひでぇ汚ねぇ部屋でしたけど……」

「そうなんだ。あいつ、ゴミ箱に住んでるんだ。ほんのしばらく、キレイな部屋に住んでたことがあるんだけどな」

「まともに歩くこともできませんでしたよ」

「好きなんだろ、そういうのが」

「つくづくバカですね」

「全くだ」

ブッチョは面倒臭そうに、テーブルに鍵を放った。そして、桐原に「おい！」と叱りつけられ、「すんません」と詫びて、テーブルの上に丁寧に置き直した。そして、スーツ、黒いシャツ、ベージュのネクタイ、黒いTシャツほか下着一式を並べる。

そこに、突然大声の歌が聞こえて来た。浴室の、磨《す》りガラスのドアの向こう側に、大柄な肌色の人影が浮かび上がる。曲は、“Fly Me to the Moon”だ。

「お、出て来たな」

そう言う桐原に、ブッチョが不思議そうに尋ねる。

「なんもしないで、突っ立ってますよ。あれ、なにしてるんですか?」

「風呂は終わったけど、歌が終わらねぇんだろ」

桐原の言葉通り、「I love you～～　バッババッバ、バッババ！」と気持ちよさそうに歌い終わると、ドアの人影が消えた。バスタオルなどを取りに行っているらしい。すぐに、タオルを腰に巻いて、〈持谷〉が出て来た。手に携帯電話を持っている。

「まだ鳴らないぞ。……お！　着替え、持って来てくれたか。ありがとう」

「あのう……」とブッチョが言う。「ひとつ、聞いていいすか?」

「ん?」

「なんで、あんなに同じようなスーツばっか、何着も持ってんすか?」

「うるせぇ」

言下に言い放って、〈持谷〉はバスタオルで体を拭い、着替えを始める。桐原が腹を抱えて笑った。

「何でなんですか、社長」

「そりゃお前、決まってるさ。太ってきて、体が入らなくなってるんだよ」

「うるせぇ」

「そこら、濡らすなよ」

「知るか」

「ブッチョ、脱いだ服、クリーニングに出してやってくれ」

道の遥か前方に、ブルドーザが見えた。それに気付いた時、後ろにぴたりとついていたトラックが、すっと右に出て、健三と併走する。トラックの後ろに、もう一台、トラックが走っている。健三は、アクセルを軽く踏んだ。隣のトラックも、それに合わせるように、スピードを上げる。後ろのトラックも同様だ。ブルドーザは遅い。もうすぐに追いつきそうだ。

「恵太」

「はい」

「しっかり、つかまっていろ。何があっても、大丈夫だから、恐がるな」

「はい」

座席の上をささっと動き、恵太はまず、右側後部座席のドアのロックを確認し、それから運転席の背もたれにしがみついた。

「それにしても」と〈持谷〉が、マーライオンの形をしたライターを手に、不思議そうに尋ねる。「なんで、持谷なんて名前にしたんだ?」

「おい、お前、なんだそのライターは」

〈持谷〉がピースに火をつけるために、マーライオンの頭を撥《は》ね上げると、電子音で〈ランバダ〉の曲が鳴り響く。

「これか?」

ピースに火をつけてから、〈持谷〉は短く答える。

「もらった」

「なんでそんなもん、持ってるんだ?」

「知り合いの、シンガポールみやげだ」

「だからってよ……」

「握ってみろ」

放り投げて寄越す。受け取ると、しっかりと重い。握り込み、「馬鹿馬鹿しい」と桐原は露骨に厭《いや》な表情になる。

「な? 握るのにちょうどいいんだよ。頑丈だし、固い。これでぶん殴れば、相当、利く」

「おめぇは、本当にバカだよな」

「自覚してるよ。で、なんで持谷なんだ?」

「おめぇ、マサコ、覚えてるか?」

覚えているわけがない。桐原が連れて歩く女のローテーションは、早い。とても覚えきれるものではない。だが、とにかく、どんな女か想像はつく。

「ああ、あの、乳の大きな女だな」

桐原が連れ歩く女は、顔の美醜はそれぞれ多彩だが、胸と尻は、常に非常に大きい。

「ああ、そうだ」

桐原は得意そうに言う。どうやら自分の好みが、あれほどあからさまだ、ということの自覚はないようだ。〈持谷〉は心の中でニヤリとする。

「なんて名前にしようかな、と思った時によ。なんかこう……高橋とか佐々木とか、わざとらしい感じでよ。で、迷ってたら、ちょうどその時、横にマサコがいてよ。素っ裸で寝てたんだ。その乳が、餅みたいだったんで、モチヤ、と。字は、後から考えた」

マサコじゃなくたって、誰だって同じじゃねぇか、と〈持谷〉はアクビをした。桐原は、マサコの乳房は本当によかった、だから良比古《よしひこ》という名前にしたんだった、と思い出して、ほんの一瞬、懐かしい気分を味わったが、マサコの顔を思い出せないので、その気分は宙ぶらりんになってしまった。

健三は、完全に包囲された。ブルドーザを追い越すことは、もうできない。右を併走するトラックは、ブルに合わせてゆっくりと走る。後ろからは、トラックがもう一台。周囲の状況は、まったくわからない。今年は雪が少ないから、道路脇の雪山は低い。だから、歩道のようすはなんとかわかるが、前後と右側がどうなっているのか、把握できない。歩道には、見たところ雪はない。だが、路面が出ているのか、それとも氷で覆われているのか、判断できない。ところどころ、歩道の向こうに白く雪で覆われた空き地があるが、それが畑ではない、という確証はない。雪の積もった畑に突っ込んでスタックすれば、それでもお終《しま》いだ。自分の背後で、恵太が固く緊張しているのがわかる。

左側前方に、コンビニエンス・ストアが見える。その前の駐車場は、車がない。あそこに乗り入れて、Uターン、あるいは枝道に入ることができるかもしれない。コンビニは、どんどん近付いて来る。幸い、今は、歩道には人がいない。前のブルがスピードを落とした。反射的にアクセルを踏み込み、歩道に乗り上げる。と同時に、「罠だ」と口の中で呟いた。

後ろのトラックの後方に、間を空けて、なお二台のトラックがついて来ていた。車道には戻れない。健三は素早く周囲を見回した。ブルはそのままのんきに走り去って行く。だが、横と後ろにいたトラックは、スピードを落として、向こうの信号を左折した。おそらく、戻って来るだろう。健三は素早く車を切り返した。アクセルを踏み込む。後輪が一瞬右に滑った。だが、すぐに路面をグリップした感触。そのまま飛び出し、後続のトラック二台が停止しようとするその脇の歩道を、元来た方向に戻る。犬を連れた人が歩いている。その向こうには、大きなゴミ袋らしいものをふたつ、両手にぶら下げている人。

「おじさん！　ぶつかる！」

「大丈夫だ」

その声が、恵太の心にすとん、と落ちた。安心していいのだ、本当に大丈夫なのだ、と恵太は思った。だがもちろん、油断してはならない。さっきのように、車から落ちたりしてはいけない。胸がドキドキしている。でも、おなかのあたりに、どっしりとした、重くて力強いものがある。それをはっきりと意識しながら、恵太は首を伸ばして、目を一杯に見開いて前を見つめながら、運転席のシートにしがみつく手に力を入れた。

ガクンガクンと体全体が揺れ、顔があちこちにぶつかる。恵太は歯を食いしばった。視点が定まらないから、よくわからないが、目の前に、生まれて初めて見る光景があった。何台もの車が真正面から、どんどん迫ってくる。ぶつかりそうになってはよけ、その隣の車をかわし、その後ろの車をまたギリギリでよける。

（おじさんは、大丈夫だと言った）

恵太は、黙って口を強く閉じ、真正面を睨《にら》み続けた。

（おじさんは、大丈夫だと言った）

中央分離帯の切れ目が、やっと見えて来た。その向こうに、二十四時間営業の店の看板が見える。本やCD、ビデオ・レンタルを扱っているらしい。中央分離帯の雪山が邪魔になって、よく見えないが、駐車場はあるだろう。健三は、その切れ目に車を滑り込ませた。遠目に、店の前に停まったセダンから、若い男と女が降りるのが見えた。

鋭く曲がり、一瞬停まって、またすぐに飛び出した。恵太は必死になって体を支えながら、前を見つめ続ける。明かりがいっぱいの、白い大きな建物が近付いて来る。恵太は、自分が何度も深呼吸をしているのに気付いた。

（おじさんは、大丈夫だと言った）

バック・ミラーに、トラックが二台、並んで姿を現す。追いつかれるか。このまま逃げた方がいいか。しかし、ナンバーはすでに把握されている。ここで、一瞬でも……セダンのイグゾースト・パイプから、白い煙が出ている。見間違いや、希望的な錯誤ではないだろう。ぐんぐん迫るトラックのライトは無視して、健三は恵太に言った。

「頭を抱えて、そこの下で丸くなってろ」

「どうして？」

「心配するな。大丈夫だ。急に止まるから、飛び出したら困るだろ」

「はい」

ルーム・ミラーから、恵太が消えた。

「しっかり頭を抱えたか？」

「はい！」

次の瞬間、歩道に乗り上げた。健三は、ブレーキを踏み込んだ。歩道は、完全に凍結していた。

ガン、と一度体が跳ねた。そして、車が滑っているのがわかった。頭を車道側に向けて、ものすごいスピードで横向きに滑っているらしい。おじさんが、ハンドルを動かしているのがわかる。車が、うねうねと忙しく向きを変える。

（おじさんは、大丈夫だと言った）

恵太はきつく眼を閉じた。涙があふれそうだ。だが、泣かない。

「力を入れろ！」

車が、ふっと向きを変えた。と思った途端、大きな音がしてなにかにぶつかった。左肩が痛い。

車は、止まっていた。

ほんの一瞬、恵太はぼんやりした。

車が止まっている。あたりは、とても静かだ。急に、ドアが開いた。おじさんだ。

「降りろ。急げ」

慌てて降りようとする恵太を、おじさんは抱え上げ、走った。白い大きな店から、人がどんどん出てくるのがちらりと見えた。〈CD・ビデオレンタル〉と書いてある看板も見えた。駐車場の出口に、トラックが二台、並んで停まっているのも見えた。そして、恵太はポン、と放られた。別な車のソファだ。

「行くぞ。しっかりつかまってろ」

「はい！」

車を、盗むのだ。いやなことだが、仕方がない。恵太は心の中で、ごめんなさい、と呟いた。それから、慌ててドアをロックして、運転席の背もたれにしがみついた。おじさんが、必死な顔で、ハンドルを回している。恵太は左右に揺れながら、その顔をしっかりと見た。恵太は、なにかを必死に行なっている大人の男の人の顔を、初めて見た。車は、駐車場の出口ではなく、大きな白い建物の後ろの方に向けて、ものすごい勢いで走り出した。

何度か上下に跳ね、立て札を撥ね飛ばし、積んであった段ボール箱の山を崩して、ようやく落ち着いて走り出す。すぐにあたりは、夜明けの、静かな住宅街になった。

12

「さてさて、諸君。もうすでにカタギのサラリーマン諸兄は、帰っちゃったところだろうなぁ。聞いてるのは、顔見知りだけかぁ？　そうか。日曜日の朝だもんなぁ。って、ま、それはそれとして、ええと、午前三時に、つまりええと、今を去ること四時間前、午前三時にスタイリスティックスの〈アイキャントギヴューエニシング〉、そう、〈愛がすべて〉をリクエストしてくれたマック＆ケイトちゃんたち、その後どうなったかなぁ？　今は何をしてるのかなぁ？　二人、幸せに枕を並べて討ち死に……ってんじゃなくて、ぐっすりとお休みなんでしょうっか⁉　オジサンはね、あれからもずっと、ここでマイクに向かってひとりでしゃべってたんだよぉ！　ま、趣味でしょ、と言われれば、それはそれで、もうその通りなんだけどねっ！　てなわけで、今日のタッカー・トークは、これでサヨウナラってな感じだな。じゃ、最後の曲は、ええと、アート・ファーマーの、ショパンのプレリュード。思い出すわけだ、ジャック・ニコルソン。よかったねぇ、『ファイブ・イージー・ピーセス』！　わかんない人はわかんなくていいよ～ん！　でまぁ、なんのかんの言っても、『さすらいの二人』は、素っ晴らしい映画だったのよ。これもあれだ、わからない人は、わからなくていいからね。諸君！　てなわけで、じゃ、また今晩二十六時に！　ちなみに私は四十三よ！　プオ～パパ～～！」

高田は手許のカフをすっと倒して、一瞬目の前のガラス越しに自分の店を眺め、それから大きくため息をついてイスに背中を預けた。右手を伸ばし、ボルヴィックの1・5リットルボトルに四分の一ほど残っていた水を、一気に飲み干す。コンコン、とノックの音がして、そっちを見るとタウン雑誌〈へんてこ通信〉の若い記者がヘニャヘニャした笑顔を浮かべて、ペコンと頭を下げる。高田は無愛想な顔で頷いて、入って来い、と腕で合図をしてやった。

「ど～もぉ。お疲れ様です。いやしかし、大変でしたね。五時間ぶっ続けで、あのテンションは、まぁ、素晴らしいです。……そうですか四十三歳でいらっしゃいますか」

「まぁな」

放送が終わると、高田はいきなり無愛想な中年男になる。自分がDJとして人気があるのが、どうしても信じられないのだ。

「じゃ、ちょっとあのひとつ、放送終了直後のお疲れのところを、一枚撮らせてください。

……あのう、不躾《ぶしつけ》ですが……」

この若い記者は、へなちょこ風だが、少なくとも不作法ではない。それは、認める。だから高田は、「ま、いいよ」とひとつ頷いて、それから、記者のカメラに向かってニヤリと笑って見せた。記者は、「あともう一枚だけ」と何度か言いながら、ストロボを何度か光らせる。それから、「あのう、ちょっとよろしいですか、あの、インタビューの仕上げ、と申しますか、あのう、北大の農学部の農業経済の大学院に、オーバー・ドクターとして、ずっと在籍しておられて、ええと……」

「ちょっと待ってくれよ。今、一仕事終わったところだ。ちょっと休みたい」

「あ、ええ。お話は、もう、全部伺ったと思うんですけど、ちょっと確認したいことがありまして……」

「どんなことだ?」

「その、ミニFM局を始めた、そのきっかけですね。……最初は、お友だちのライブハウスを手伝っていて、それから、突然ミニFM局を始めた、というところが、ちょっとわからなかったんです」

「だから。……その店で、60年代70年代ポップスを演奏するグループがライブやってさ」

「ああ、はい。アプレ・ゲールですね。サラリーマン五人組の」

「うん、そう。で、その時、ちょっとステージが盛り上がらなかったんで、俺が……MCっつんじゃないけど、まぁ、そんなようなことをやったんだ。本当は、ちゃんとMCを連れて来るはずだったんだけど、そいつが……」

「いきなり会社の上司のお父さんが亡くなって、葬儀に行かなければならなくなった、と」

記者は、メモを見ながら確認する。

「ああ。でも、そんな事情を事細かに書くことはないだろ。ま、とにかく、助っ人でMCやったら、……やったら、できたんだな。なぜかわからんけど。俺もさ、自分がそんなこと、できると思ってなかったんだけどさ、やったら、できたわけだ。で、結構ウケた。まぁ、それはそれで、その時は終わったんだけど……」

高田は、あの時の高揚感を、なんとなく思い出した。何をどう言う、という考えもなく、とにかく湿りに湿った雰囲気をなんとかしよう、と思って「え〜と……」と口を開いたとたん、なにがどうなったのか、言葉がどんどんあふれ出て来て、彼は止めどなく語り続けたのだった。気が付いてみると、アプレ・ゲールの連中も、彼の喋りに合わせて演奏をしていて、あとはもう、多幸感の中で、高田は我を忘れた。

「で、それからしばらくして、また別なお友だちが入院した、と」

「そう。で、そいつの店をちょっと任されてたわけ。で、そこに、ミニFMの機材があったんで、ま、イタズラしてみたワケさ。勝手に番組作って、店が暇な時に……」

「放送してた、と。これはあれですよね、今のミニFM局のじゃなくて……」

「そう。電波が、半径百メートルにしか届かないってヤツ。免許なしでできるのな。一時、流行ったんだよ」

「で、その放送を、またお友達の店の人たちが面白がって聞いて、で、そのうちに、中継し始めた、と……」

「そう。別に、どうってことないことなんだけどな。そうなっても、初めのうちは、番組も三十分くらいでさ。俺も、店の方がいろいろと忙しいからさ。で、番組が始まると、ほら、そのよその店で聞いてるヤツが、電話でリクエストしてくるわけ。『ドメスで飲んでるミカに、コーキから、レット・イット・ビーをお願いします』なんてさ。で、ただ、それが結構ウケたってだけの話さ」

記者は、うんうん、と頷きながら、メモをあちこち読んでいる。

「で、そのあと、今度は、このお店の権利を買って……」

「借金してね」

「で、こっちに移った。それはあれですか、こっちの方が、ミニFMの機材が本格的だったからですか？」

確かにそれもある。いや、そっちの理由が、実は第一だったかもしれない。だが、高田はそれを認めたくなかった。

「いや、それは偶然。だいたい、本格的ったって、これは要するに、アマチュア無線を、もっとずっとチャチにしたようなもんだから。ステレオだけどね。……ただまぁ、この店には、昔のレコードがいっぱいあったからね。それはまぁ、……魅力ではあったけどね」

「で、ええと……このお店ができた、と……ええと、さっき伺いましたけど、要するに、ショット・バー、と考えていいんですよね」

「そうね。料理には、結構凝ってるけどね。でも、基本的には、ショット・バーだと思ってもらいたいな」

「で、本格的なショット・バーなんだけど、マスターが、毎晩午前二時から、DJになって、放送をする、というユニークなお店だ、と……」

「ユニークって言葉、もう、死語だろ?」

「いえ、もう、クリスマスと同じです」

「ん?」

「外来語ですけど、普通の言葉になってると思いますよ」

「なら、別にいいけど」

「それで、……とりあえず、現在、高田マスターの番組を放送しているお店は、五十軒くらい、と……」

「ま、だいたい、ってことだよ。別に、なんの契約もしてるわけじゃないから。聞きたいヤツが聞いてるだけ。その日によっても、増えたり減ったりしてると思うよ」

「中継アンテナを立ててるのは、八カ所ですね」

「いや、だからさ、さっきはそう言ったけど、中継アンテナってーと、ちょっと大袈裟だな。ただ、窓からチャチなアンテナ一本出してるってだけのことだから」

「なるほど、なるほど……で、午前二時以降は、お店は営業してないわけですね」

「うん、まぁね。俺も、両方いっぺんにはできないから。スタッフを残して対応してもいいんだろうけど、やっぱ、遅くなるしね。ちゃんと終礼やって、スタッフを帰して、それから始めてるよ。ま、趣味だから」

「それ以後は、こちらのお店ではお酒を飲めないわけですね」

「そうね。営業終了で、入り口にも鍵かけちゃうから」

そう答えて、高田は、便利屋のことを思いだした。あいつは勝手に入って来て、勝手に呑んでいるのだ。今夜も、四時過ぎまで、ガラスの向こうで一人で呑んでいた。で、誰かが迎えに来たらしく、ドアのところでちょっと立ち話をしてから、手を振って、消えた。

「それにしても……」と記者はメモをバラバラと眺めながら、感心したように言う。「失礼ですけど、実際、面白い経歴でいらっしゃいますよね」

「そうかな。俺は、その時その時で、なんとか生き延びてきただけだから、そんな自覚はないけどね。……もっと、変な奴はいるよ」

「へぇ。そんなもんですかね。……で、高田さんは、空手の達人でもいらっしゃるわけですよね」

「ん？　誰からそんなこと、聞いたんだ？」

「さっきここにいた人が、そんなこと言ってましたよ。私と入れ違いに出ていった人ですけど」

「ああ、あいつね」

「あの方は、どんなお仕事をなさってるんですか？　誰かに呼ばれて、出て行かれたようでしたけど」

「あいつは……俺よりも、もっと変な奴のひとりだ」

「そうなんですか……」

記者はなんとなく腑に落ちない表情だが、深追いするのをやめて、インタビューに戻ろうとした。

「で、空手の達人でいらっしゃって……」

「いいよ、その話は。別に、そんなに強いわけじゃないんだ、俺は」

高田はそう答えながら、ぼんやりとドアを見た。あそこから、手を振って出て行った便利屋の後ろ姿が、妙に眼に残っている。

13

夜が明けてしまった。それなのに、人通りは少ない。通勤の人々の群の中に紛れ込もうとした健三は、今日が日曜日なのを思い出して、ため息をついた。健三と恵太は今、地下鉄大通駅のホームのベンチに並んで座っている。車は捨てた。健三は、山から出て来たままの格好だ。こういう男が、車に幼い少年を乗せたり、連れ歩いたりしていると、いろいろと目立つ。だから、手をつないで歩くのも避けている。はたから見て、父親と息子に見えないのが、問題だった。田舎から出て来た祖父と孫、というには、健三はまだ若すぎる。金を調達する方法は、いくつもある。健三はそれらに習熟しているが、二度とすまい、と心に固く決めたことだ。だが、多恵子の幸せを守るためにのみ、数年前に一度それを行なった。何人もの人間を殺したが、そのことには後悔の念はない。そしてまた、今も多恵子の息子を守ろうとしている。だが今回は、恵太の前で、それらのことを行なうわけにはいかないのだ。できることなら、車を盗むこともしたくなかった。恵太の前では、現金強奪も、暴力も、もちろん殺人も行ないたくない。

これは大きな制約だった。だから、恵太を鈴木社長に預けようとしたのだが、それも難しいようだ。さっき、なぜあの車が捕捉されたのか、いくら考えてもわからない。あれは、警察ではなかった。ブルにトラック。このまま闇雲に〈谷〉に戻れば、厄災を谷に持ち込むことになるかもしれない。

八方ふさがりだった。

そして健三は、思ったよりも疲れているのに気付いていた。確かに、昨日の午後、鈴木民芸店でテレビのニュースを見て以来、ほとんど休んでいない。いや、その前に、小屋から二時間半、雪に閉ざされた森を歩いた。以来、ほぼ一睡もせずに、動き回っているわけだから、疲れて当然、とも言える。だが、その疲れは、健三の予想をやや超えていた。ベンチに座っているだけで、疲れがたまってくる。横になりたい、と思った。それにまた、恵太も腹が減ってきただろう、と思う。

今までのところは、防戦し、逃げまどう一方だった。こんな不甲斐ないことでは、恵太を守るのに精一杯で、子供が家に帰れる状況を作るなど、及びもつかない。そのことが痛切に胸に応えて、健三は思わず、うん、と短く咳をした。

恵太が、やや不安そうな顔つきで、健三を見上げる。

「なんだ?」

「別に……」

「……そうだ、お前は……もしも、今日が普通の日で、好きなことができる日曜日だったら、何をしたいと思ってた?」

「映画なら、観たいです」

「なんの?」

「ゴジラの映画」

「ほう……」

これは、なかなかいい思い付きだ。ゴジラの映画には、親子連れ、子供連れが多く来るだろう。恵太を連れていても、目立たない。そして、暗闇の中で眠ることもできる。

「今、やってるのか?」

「うん」

健三は、頭の中で計算をした。大人と子供の映画代。そして、朝食代。それほどの出費ではない。大丈夫だろう。だがとにかく、谷を出た時に持っていた三万円も、だいぶ減ってしまった。節約しなければならない。昨夜、ススキノで資金調達に失敗したのが、痛い。健三は、ほとんど無意識のうちに、金と武器を調達する方法をあれこれ考えていたが、恵太の顔を見て、それをやめた。この子供が一緒では、とにかくなにもできない。だが、離れるわけにはいかない。健三の目的は、恵太とずっと一緒にいて、この子供を守ることなのだ。そしてその目的のための、金も武器も手に入らないときている。

「堂々巡りだな」

「え？」

恵太が不安そうな顔になる。

「ああ、これは、遊びの名前だ。おじさんの住んでる田舎では、馬に乗って、『どうどう』と声をかけながら、いろんなところを回るんだ」

「へぇ……それで、『堂々巡り』っていうの」

「そうだ」

「僕も、やってみたいな」

「ま、街の中ではできないから、映画を観に行こうか」

「え？　ゴジラ？」

「そうだ。ゴジラの映画なら、きっとススキノにある映画館だろう」

「そうなの？」

「ああ。時間はまだ早いから、何時から始まるのか、まず時間を確認しよう。それから、なにか食べよう。朝御飯だ」

「はい」

恵太が嬉しそうな顔になって、ベンチから立ち上がる。地下鉄が入って来た。


「スッチーソー……」

リーチをかけた〈持谷〉がそう呟いたので、ブッチョは驚いてその顔を見た。どう考えても、この男、自分の待ちを自分で口にしている。だが、少なくともこのようすでは、こいつは自分のそのクセに気付いていない。オヤジを見ると、ニヤニヤしている。当然、誰も四索七索は捨てずに、イライラしている〈持谷〉の対面《トイメン》で、オヤジがタンヤオをツモった。ドラもなく、小さな上がりで、南場が終了した。

「つまんねぇんな、やっぱ。待ってると、イライラして落ち着かないし」

そう言って、〈持谷〉が立ち上がる。そのままトイレに行った。後ろ姿に、オヤジが声をかける。

「やめるのか?」

「もう、いいよ。飽きた」

オヤジはゲラゲラと笑い、仮屋が苦笑いする。後片付けは一番下っ端のブッチョの役目だ。卓や、その周りのイス、テーブルの握り飯などを動かしながら、オヤジに尋ねる。

「社長」

「あ？」

桐原も、ずっと待機していて苛立っているのだろうが、あまりそれを表に出さない。

「あのう、あいつ、さっき、自分の待ちを呟いてましたよね」

「ああ。あいつのクセなんだ。で、自分じゃ気付いてないんだ」

「……まさか……」

「あいつはな、学生時代は麻雀ができなかったんだと。で、人に教わるのが悔しいから、自分ひとりで、ゲーム屋で、機械相手に覚えたらしいんだな。だから、和了《あが》り方は知ってるんだが、いつまで経っても、スジすら読めねぇんだ。で、機械相手のクセなんだろうな。待ちを呟くんだ。下手すると、でっかい声で怒鳴ることもあるぞ」

そう言って、またゲラゲラと笑った。


「全国の視聴者の方々、国民のみなさんも、恵太君の無事なお姿を、一目だけでも見たい、と願ってらっしゃると思うんですけど」

耳に当てたインターフォンの受話器から、しつこい女のキンキン声が耳に突き刺さるようだ。もうこれで十分以上になる。

「とにかく、まだ眠ってるのでね」と答える高見沢雄一の口調は、徐々に険しいものになっている。「眠っているものを、起こすのも、ちょっとこれは……」

か?」

「どんなことをおっしゃってますか、恵太君。あのう、事件のことをなにか話しました

「ええ、……まぁ、時折は目を醒まして……」

「昨夜以来、ずっとお眠りなんですか?」

ですから……」

「まだ、ちょっとそういうことは……なにしろ、目の前で、ふたりの人が射殺されたわけ

「ええ、そうですね。大変な心の傷になってらっしゃることと思いますけど、なにか、そのあたりのことは、お父さんお母さんと恵太君、なにかお話し合いになりました?」

「いえ、全然。まだ子供も疲れて寝ておりますから」

「朝御飯は?」

「まだ、寝ておりますから」

「どうでしょう、昨日帰ってから、恵太君、なにを召し上がりました? お母さんの心尽

くしのなにか、どんなものを召し上がりましたか?」

「……いえ、本当に、もう、私共もクタクタで、子供も眠っておりますし、ちょっと、勘

弁して下さい」

「お父さん! お父さん!」

今度は、別な男の声が呼びかける。

「私にも、ちょうど小学生の息子がいるんですが、どうですか、父親として、今回の事件

について、どんな御感想を……」

「本当に、もう、勘弁して下さい！」

雄一は、荒々しく答え、そして受話器をそのまま壁からダランとぶら下げた。こうしておけば、チャイムはもう鳴らない。だが、小さな声が漏れ聞こえる。雄一は、憤然とした足取りでキッチンに向かい、布テープを手に戻って来た。そして、ソファのクッションをひとつ、受話器に巻き付け、布テープでぐるぐる巻きにする。

そのようすを、多恵子は黙って見つめていた。涙は、もう流れない。なにも考えることができない。ただ呆然として、この人が、こんなに怒るのを初めて見た、と心の中で呟きながら、夫のようすを眺めている。今の今まで、自分の夫は、怒ることのない人だ、と思っていたのだった。


「なんでお前はブッチョって呼ばれてんだ」

〈持谷〉がハムサンドを食べながら言う。ワイド・テレビのモニターでは、NHKのニュースが、昨夜の「丸高建設社宅籠城事件」のようすを伝えている。日曜朝の民放のワイド・ショーが始まるまでには、まだ時間がある。

「俺っすか？　ブッチョってのは……でぶっちょ、の略っす」

カツサンドで口をモグモグさせながら、ブッチョが答える。

「なんで。あんた、骨と皮じゃないか。いやだな、なんだか体悪そうで。面の皮が濁ってるぞ。シャブでもやってんじゃないのか？」

「いや、俺はそんなバカじゃないっすから」

「ふ～ん。じゃ、なんで、そんなガリガリに痩《や》せてんのに、ブッチョなんだ？」

「それは、俺にはわかんねっすけど、痩せてっから、ブッチョなんじゃないすか、逆に」

「ふ～ん」

「この女子アナ、どうですか。人気、あるんですかねぇ」

そう言いながら、ブッチョは野菜とハムのサンドイッチの包装を不器用に剝《む》こうとしている。〈持谷〉はポン、と膝を叩いて、「それそれ」と意気込み、身を乗り出して喋り出した。

「知ってるかな。俺は、深夜の、WBSの小谷とかってアナウンサーが好きだな。俺にとっては、あれは完璧な顔だ」

「へぇ……」

「……ま、酒井和歌子は別格だけどな。とにかく、あの小谷ってアナウンサーはいい」

「へぇ……好みも、人それぞれですね」

「あの目許がなんとも言えないね」

「そんなもんすかね」

「この前よ、ある週刊誌が、各局の女性アナウンサーの特集をやってたんだ。そのタイトルが、『美人局アナ大集合』よ。俺はお前、そのタイトルをキヨスクで見てさ、『つつもたせアナ』だと思ってさ」

「はぁ」

ブッチョは野菜とハムのサンドイッチを手に、キョトンとしている。〈持谷〉はため息をついて言う。

「……教養も、今となっては失われたアートだな。無用の長物だ」

「はぁ……」

「わからなきゃ、わからないでいいよ」

「へぇ」

折り目正しく冷静に伝えるニュースを眺めながら、〈持谷〉とブッチョがそんな話をしているのを、桐原が苦々しい顔つきで睨む。

「おめぇら、なに下らねぇ話してんだよ。いい大人がよ」

「あ、すんません」

「なんだよ。脇から邪魔臭ぇ」と投げ捨てるように言ってから、〈持谷〉は内心、まずかったな、と思った。部下の前で桐原をコケにするのは賢明じゃない。

「うるせぇんだよ。下らねぇ」

吐き捨てるように言う桐原に、やめた方がいい、と思いながらも、〈持谷〉はつい相手になってしまう。

「イライラするなよ。落ち着かないのは、みんな同じなんだから」

「なに？　お前、なんだそれ」

桐原が、気色《けしき》ばんだ口調で言う。顔がやや赤みを増している。〈持谷〉はその顔を眺めながら言った。

「なに怒ってんだよ。……あ、そうか。この時間なら、アンパンマンを見てるのか、いつも。で、俺らが、大人向けのニュースを見てるもんだから、チャンネル争いってわけで……」

桐原が立ち上がった。こめかみに血管が浮かび上がっている。その時、電話が鳴った。ブッチョが慌てて飛びつく。桐原と〈持谷〉、そして仮屋も、そっちを見た。内線一のランプが点滅している。

「あ、正面す」

ブッチョはそう言って、受話器を取る。

「はい、社長室」

その口調が、いかにも〈社長秘書〉風に、丁寧でありながらも偉そうだったので、残る三人は、思わず笑った。「傑作だ」と桐原が言う。ブッチョは、「あ、わかった」と短く答えて、受話器を置き、「専務がいらっしゃいます」と桐原に伝えた。

「専務？」と不思議そうな顔をする〈持谷〉に「小林だ」と答え、桐原はブッチョに顎をしゃくった。ブッチョは鍵を開け、通路に出て、最敬礼する。仮屋もその後に続いた。

ふたりを押し退《の》けるように姿を現した小林は、大柄の肥満した体格に似合わぬ、せかせかした動きで入って来て、桐原の前できちんと直立した。

（ちょっと髪を短くしたのか）

〈持谷〉は心の中で呟いた。髪型を変えたのか。床屋に行ったばかりなのか。だが、〈持谷〉の知っている小林は、床屋に行ったことがわかるような頭を嫌う男だったはずだ。とにかくパーマをかけた髪が、以前よりも短くなった。そして額の生え際の、長さ十五センチほどの盛り上がった傷跡が以前より目立つ。目立つが、少しばかり古くなってきたのがわかる。傷跡の盛り上がりが痩せてきたので、それを惜しんで、髪を短くしているのかもしれない。スーツもコートも、例の通り、おとなしく地味なものだが、もちろん、オーダー・メイドだということはすぐにわかる。おとなしく地味な服装に、短髪パーマで傷跡が盛り上がった顔が載っかっており、しかもギョロ目の白目が黄色く濁っているので、とにかく物騒な雰囲気があたりに漂う。

（まったく、『お洒落なトド』だな）

内心笑っている〈持谷〉の前で、小林が最敬礼し、「オヤっさん」と短く言う。

「どうだ？」

「ええ」

と顔を上げた小林の目つきを見て、〈持谷〉は、この男、寝てないな、と思った。

「犯人の白崎ですがね、あいつきっと、自分がどんな羽目にはまったのか、それすらもさっぱりわからなかったんだと思いますね」

せわしない口調でそう語りながら、コートをブッチョに手渡す。そして、人形アニメの雪だるま怪人のような動きで、桐原の正面、ソファに腰を落ち着けた。

「白崎ってのは、まぁ、結構気持ちのいい、さっぱりした男だったらしいんすがね」

「何やってたやつだ？」

「ま、棟梁ですかね。兵隊はいない、腕もあまり良くないって感じで。でもま、棟梁は棟梁。図面の引ける若いのをひとり雇って、電話番の女の子と、経理のオバチャンをパートで雇って、あとはこの白崎が、あちこち駆けずり回って仕事を取ってくる、で、出入りの業者に仕事を割り振る、そんな感じで、まぁ、よくある下請けの建築会社ってとこです。白崎ってのはまだ若いんすがね、マメなタチらしくて、結構腰使って頑張ってたらしいんすよ。悪い話は、どこでも聞けなかったっつー話で。工業高校を出て、ちいちゃな建築会社に入って、現場で一から仕込まれたっつータイプで。で、なんかきっかけがあって、独立して、なんとか今日までやって来た、ってとこですか」

「丸高とは、長いのか？」

「結構古い付き合いらしいですよ。ま、丸高ってよりは、例の磐元、殺されたあいつの飼い犬ってとこだったらしいんですがね」

「ふん」

桐原は、苦笑いをして鼻を鳴らす。〈持谷〉が、「なにがおかしいんだ？」と尋ねた。

「いや、別に。ただ、磐元は、まぁ、花岡の桜庭あたりがエラク気に入ってるらしくてな。

まぁ、毎月百万くらいは、飲み食いさせてやってたんじゃねぇかな」

「ふん」

〈持谷〉も鼻を鳴らした。

「まぁ、独立の後押しをしたのが、磐元だったんじゃねぇかな、と俺は読んでんすけどね」

小林が話を続ける。

「それで？」

「後はまぁ、白崎としちゃ、磐元に言われた通りにやってれば、そこそこ儲けさせてもらえて、文句なしってとこだったんでないすかね」

「結構デカくなってたのか？」

「ええ。今回、預金だの、不動産だの、いろいろと担保にして、合計で三億二千万を北一がらみで引っ張ってますからね。それなりの資産は作ってたってことになります」

「……ま、そんなとこだろな」

「ええ。ね、わかりますよね。この白崎、あまり目先が利くっつーか、頭が良く回るって方じゃなかったんでないすかね」

「だな。三十八で、建設会社をやってて、資産を全部担保にぶち込んで……三億？」

「三億二千万です」

「……そんなもんかねぇ……」

「ま、要するに、おいしいところを全部、磐元に持って行かれても、文句を言わなかったんでしょうね。欲がないのか、よっぽど磐元を信じてたのか……」

「………」

「磐元も、桜庭と組んで、いろいろと腰を使ったようっすよ。今、丸高は、あちこちの過疎地に、福祉法人を作って、施設をバンバン建てまくってますからね」

「関西資本は、厚生省と仲良しだからな」

「ま、そんな時の、金と仕事の出し入れに、白崎は都合よく使われてたってわけで」

「………」

「で、白崎本人は、そこらへんのことがわからなかったんでないすかね」

「なるほど」

「こいつは、言われた通りに仕事をもらって、その仕事を言われた通りに手抜きして、いろいろと金を浮かせてたってヤッでないすか。で、言われた通りに、手形を切ったり、融通したり、手形に裏書きしたり、保証人の判をついたり、金を預かって寝かしたり、言われた通り吐き出したり、まぁ、完全に磐元を信じて、その指示に従ってたって感じで」

「で、三億二千万だかの資産ができて、喜んでたのか」

「ま、そんなもんでしょう。自分で考える頭がなきゃ、こんなところで御の字でさ」

「なにかあったら、パクられんなぁ自分だってことは、知らなかったんだろうなぁ」

「でしょうね。……でまぁ、K&Qのからみで、北一が花岡にせっつかれて、いったん金

を宙に浮かせる、と。のクッションに、白崎建設が使われて、とたんに白崎はにっちもさっちも行かなくなった、と。そ

「じゃ、当然、道警の捜査局長も絡んでる話か」

「そうでないすかね」

「おい、ちょっと待ってくれ」

むっつりした顔で、〈持谷〉が話に割り込んだ。

「途中からわからなくなったんだけど、そのケーアンドキューのカラミってのは、なんだ？」

「ほう」と桐原が、これは意外だ、というわざとらしい表情を作って〈持谷〉を見る。

「あんた、俺らの業界の話には興味がないんだろ？　いつもそう言ってるじゃないか」

「いや、それとこれとは別だろう。状況が違うじゃないか」

桐原はニヤリと笑って、小林に「説明してやれ」と言う。小林は「へ」と頷いて、〈持谷〉に正面から向き合った。

「お前、北一銀行の破綻の原因は、知ってるよな」

「まぁな。いろいろとあるんだろうけど、まぁ……」

「人に話を聞く時は、物を食うのはやめろ」

「……悪かった」

「よし。でな、北一の破綻のきっかけは、ひとつなんだよ」

「経営陣が、みんな頭がパーで、金に汚いコジキ連中だったたってことか？」

「それは根本原因だろ。俺が言ってるのは、きっかけだ」

「知らないよ」

「K＆Q、わかるか？」

「ケーアンドキュー？……ああ、あのラブホテルか」

「そうだ」

「一時、いろんなところに建ってたよな。相当派手にチェーン展開してた」

「そうだ。十五年ちょっと前、あのホテルの第一号店が澄川《すみかわ》にできた直後、客室で、当時の北一頭取の醍醐《だいご》が、ふたりの女と3Pやってるところの写真を盗撮されたわけだ」

「なんだ、あの話は、醍醐か。当時で幾つだ？」

「六十そこそこだったはずだ。K＆Qホテルは、兵庫から来た会社で、地場の俺ら業界とは無縁、というクリーン・イメージで売り出したんだが……」

「知ってる」

「実際には、関西資本のスジが絡んでてな。北一幹部は……つまり醍醐も、そんなことは全然知らずに、まぁ接待を受けて、テもなく酔っ払ってよ。で、気が付いたら、あてがわれた女ふたりと御乱行だ。で、御丁寧にひとりは十五歳、ひとりは三十二で、これがお前、シャブの常習で逮捕歴四回のパンスケよ」

「……醍醐は確か、大蔵省から天下りだったんじゃなかったか？」

「そうだ」

「遊び方を知らねぇんだなぁ」

「大蔵省から北一の取締役、頭取ってコースは、まぁ、中の下ってなところでな。醍醐もまぁ、早いうちにラインから外された口だったんだろう。あまり遊んだことのない田舎モンだったんだろうな」

「だから、強請《ゆすり》の対応の仕方もわからなかったってわけか」

「そうなんだろう。結局、いいように金を引っ張られて、K&Qチェーンは急成長してな。で、改装時期になって、元々の経営者たちは、花岡に全部丸ごと譲って、……丸ごとってのは、もちろん、醍醐のネタもだぞ。で、金を持ってほくほく顔で兵庫に帰ったわけだ」

「以来、北一は花岡の言いなりです、と」

「ま、そんなとこだな。それ以来、北一は花岡と、そしてもちろん、道警幹部に食われ続けてたわけだ。それを知ってるのは、経営陣のほんの一部だけでな。で、こいつらは、なんとかして北一を立て直そう、とは考えない連中でよ。花岡や道警と一緒になって、会社の金を盗みまくったわけだ」

「あんたらも、いい思いしたんだろ?」

「冗談じゃねぇよ。北一と道警は、もうべったりでな。で、道警は花岡と持ちつ持たれつだろ。あいつらで金の蛇口をしっかりと持っててさ、こっちには滴も飛ばさねぇのよ。下品な連中でよ。北海道で集めた預金を、東京に持ってってよ、胡散《うさん》臭い土地を担保に、みんなで山分けだ。コジキどもが。俺らはお前、飢え死にの一歩手前だってのによ」

「どうだかな」と〈持谷〉が笑うと、桐原が口をはさむ。「いや、実際、そうなんだ。俺らだって、本部長や局長クラス、そして署長連中や、ススキノ交番の所長《ところちょう》なんてのに、こまめに付け届けをしてるさ。盆暮れだけじゃなしにな。赴任祝い、離任祝い、歓送迎の宴会とかよ。でもお前、アタリが全然違うのよ。確かに、俺らが大目に見てもらってる部分てのはあるよ。でもそりゃ、あくまで、〈大目に見てる〉ってレベルだ。そこいくと、花岡とは、二人三脚で儲けてるわけだからな。やっぱり、配当が大きい方に甘くなるからな。俺らは日々、痩せ細ってくだけよ」

「ま、聞いておく」

「いや、本当なんだ」

と小林が言う。

「花岡は、事業をどんどん合法化させてるんだ。きちんとした会社をいくつも作ってる。で、その取締役の中には、必ず道警OBが入ってるってな具合だ。お墨付きをもらってる連中にはかなわねぇよ。俺ら下々が、四課の刑事と日々小競り合いをしてる間によ、道庁幹部と道警上層部と、それから銀行と花岡組と土建屋が手に手を取って、ザックザックと金を盗んでるんだからな。これで暴動が起こらねぇのが不思議なくらいだ」

「まぁ、あんたらの内輪のグチはいいよ。いつも聞かされてる。で、今回のこの件では、なにが問題なんだ? 白崎は、結局どんな羽目に落ちてたんだ?」

〈持谷〉がそう言うと、「うん」と小林が身を乗り出す。

「そこなんだがな。ま、結局北一は破綻して、国から五千億の金を恵んでもらって再建を図ったわけだ」

「もともとは、北一の経営連中と道警と役人と政治家が盗んだ金だぞ。その穴を税金で埋めてもらったわけだ。それが五千億。いい商売だな、三日やったらやめられねぇだろうよ」

桐原が口をはさみ、〈持谷〉が「わかってるって」といなす。小林が話を引き取った。

「で、いくらなんでも、なにしろ国民の手前もあるしな。北一も、たいていの道民から嫌われてた銀行だし。そんなわけで、以前のまんまで、五千億をポン、と投げてやるわけにもいかない、と。で、一応、態勢を整えて、不良債権をきちんと公表して、悪い根を抜き、悪い芽を摘み取るべしってなことになったわけだ」

「お題目だろ？　市民憲章みたいな。『元気で働き、文化の香り高い街にしましょう』とかさ」

「そうなんだけど、やっぱり、ちょっとはポーズを見せなきゃならん。で、とりあえず、花岡との関係を、一時ストップさせることにした」

「そんなことができるのか？　いや、つまり、銀行が、本腰を入れてヤクザを切ろうと思えば、できない話じゃないだろうさ。警察がバックアップすればな。副頭取や総務部長が何人か殺されるだろうけど、警察がその気になれば、なんとかなるだろう。でも、北一の場合は、ヤクザと警察がコミだろ?」

「そうだ。もとから、誰も、北一が花岡を切れるとは思っちゃいないさ。ただのポーズだよ。で、たとえポーズでも、それを本物に見せなきゃ意味がないし、そのためには、ちょっとモメる必要もあるわけだ」

「ああ、要するに、花岡がゴネる、と。そうすると、事情に疎《うと》いシロウトは、花岡がゴネているからには、北一は本気だな、と判断する。で、そうすると、国が金をくれる。で、その金を、役人と銀行幹部とヤクザと政治家が山分けする、と。つまり要するにそういうことか」

「そうだ。で、そのために、白崎建設がコマになったんだな」

「やっとここまで来たな」

「聞くのが面倒か? 言っとくがな、あんたが聞きたがったんだぞ」

「ああ、うん。それはわかってる」

「で、話はこうだ。北一が、花岡に対して毅然とした態度を取っている、ということをアピールする。で、花岡は、『毅然とした態度を取られちゃいました』ってことをアピールするために、『銀行が融資してくれないから、工事代金が払えない』と不払いを決め込む」

「なるほど。その工事ってのが、白崎建設が請け負ったヤツか」

「ああ。というか、受注元は当然、丸高建設だ。で、白崎が、下請けとして、孫請けに振った仕事だ。K&Qホテルのススキノ一号店の改装工事だ。これは、実は花岡が宮の森に建てたこぢんまりした会館の工事とセットでな。この会館は、まぁ、連中の社交場だ。内装も下品でな。披露目ん時に、うちの四代目も、いちおう義理掛けで顔を出したんだけど、成金の田吾作が建てた豊平館のデキソコナイだとよ」

「……引き渡しは、もう済んでるのか」

「まだだろ。でも、そんなこと、問題じゃないさ。勝手に使ってる。で、花岡は、丸高に『北一が融資を断ったから、金が払えない』と言う。丸高は、『それは言い訳にはならない。ちゃんと工事代金を払ってくれ』と言う。新聞は『悪しき癒着の慣習の温床を廃絶せよ』と書いてくれる。雰囲気、新生北一銀行と、丸高建設が、一丸となって花岡組と対決しているように見える。道警も、『銀行と建設業界の毅然とした態度が重要。警察は、組織を挙げてバックアップする』ときっぱり言う。で、一カ月もすりゃ、みんな忘れちまうから、また北一は花岡組に金を渡し、その中から、花岡は丸高に代金を支払い、そして丸高は、白崎に金を払ってやる、と。メデタシメデタシで終わるはずだったらしいや。で、その後は、前と同じでよ。未来を担保にして、一般預金者の金を盗みまくるわけだ。で、最終的にどうにもならなくなったら、今度はホントに破綻させて、有り金持って逃げるわけだ」

「あんた、もしかしたら……」と〈持谷〉が不思議そうな口調で言う。「あれか？　義憤とか感じてるワケか？　正義感に燃えてるとか」

横で聞いていた桐原が爆笑した。小林も、ちょっと顔を赤らめて、「バカヤロ」と口の中で言う。

「そんなんじゃねぇよ。ただ、現状の分析を話してやっただけだ」

「えらく熱っぽかったね」

「気のせいだよ」

「でも、そう聞くと、ちゃんとシナリオはできてたんだろ?」

「そうだ」

「じゃ、なんで白崎が追い詰められるようなことになっちまったんだ?」

「別に追い詰められちゃいなかったのさ」

「ん?」

「ただ、白崎が、ちょっと先走ったんだな。K&Qが花岡支配になった、ということは、まぁ噂として、土建屋業界じゃ有名だった。要するに、もう街でチンケなパンスケをひっかけても、K&Qは危なくて使えねぇな、というような感じでよ。花岡支配になったら、マイクだの盗撮ビデオだの、どんな仕掛けをするか、わかったもんじゃないからな」

「ふん」

「で、丸高が白崎に仕事を出して、白崎は付き合いのある業者に声をかけたわけだけど、どこも渋ったんだな。花岡が発注元じゃ、支払いが不安だ、という理由で」

「ああ、なるほど」

「今は、どうでもいい公共事業が山ほど発注されてるだろ。だから、現場の業者は、仕事には不自由してない。そんな状況で、花岡がらみの仕事を、喜んで受けるっつーよーな業者は、まぁ、あまりいないさ」

「だろうな」

「で、連中も強気に出て、前金でなら、とやったんだな。で、白崎も、なにしろ丸高と、それから磐元を信用し切ってたから、条件を呑んだんだろう。うまく業者をまとめられなかったってのはカッコワルイし、この工事を受注すれば、十二億は入ることになってたらしい。で、資材費とか、工賃の十パーセントとかって名目で、それぞれの業者に細かく金を前払いしたんだ。それが、合計で三億二千万だ」

「で、白崎の財布はすっからかんか」

「そういうことだ。気持ちのいい男だったたって話だからな。ちょっと、イイカッコしてぇってのも、あったんだろう。でも、どうってことはないはずだったのさ。約束通り、十月末に支払いがあればな」

「十月末？」

「そうだ。予定では、そのはずだった。だが、それが狂ったわけだ」

「なるほど……ランカウイ事件か」

「そうだ。北一の副頭取と専務取締役が、ランカウイ島でゴルフをしてた。そしてなぜか偶然、丸高札幌の支社長御一行様も同じホテルにいた、そしてなぜか偶然、花岡の桜庭と葦野以下四名も、同じホテルにいて、同じ時間、同じところでゴルフをしてた、というワケだ」

「ダタイだったよな」

「そうだ。バカでバカで、あんまり可哀想で涙が出てくるよ。あいつらに、まともな社会生活は無理なんじゃねぇか?」

そういって小林は、目の下の涙を拭う仕種をした。レッツゴー三匹を生で見て以来、なぜか妙にこのギャグが気に入ったらしく、時折こうやっておどけて見せるのだ。あまりウケないギャグだが、今手許に置いている二十四歳のOLが、これをやると「可愛い」と言って手を叩いて喜ぶらしい。〈持谷〉はそれを見て気持ち悪いような情けないような表情になり、顔を背けて言った。

「なるほど。あの件じゃいきなり注目されちまったからなぁ」

「ま、そんなわけで、また新聞は『悪しき癒着の慣習の温床を廃絶せよ』と書くし。あっさりと金を動かすことができなくなったわけだ」

「三億二千万か。……すっからかんのヤツが、一ヵ月持ちこたえるのは難しいな」

「そうだ。十一月の頭から、そこらの街金が追い込みにかかったからな。相当辛かっただろうと思うぜ。それでも白崎は、昨日まで、なんとか突っ張ったわけだ」

「………」

「ただ、磐元も、そんなに白崎が追い詰められてるってことは、知らなかったのかもしれねぇんだ。あいつの感覚じゃ、三億二千万を三ヵ月待たせるのも、子供の一ト月五百円の小遣いをやるのを忘れてて三日遅れになるのと、そんなに違いはなかったんだろう、と思うぜ」

「やるのを忘れたこと、あるのか」

〈持谷〉が尋ねると、小林が顔をしかめる。

「ああ。まだ、娘どもがガキの頃な。たった三日のことなのに、連中にとっちゃ大事件だったらしい。えらく機嫌を悪くしてよ」

「日頃のしつけの結果だろう」

そう言って、〈持谷〉は「しまった」という顔になる。その隙を逃さず、桐原が横で言った。

「あんたはガキに小遣いを渡してるのか」

「で、白崎は」と〈持谷〉は桐原を無視して続けた。「追い詰められた、と思って弾けたワケか」

「ああ。そこらへん、白崎と磐元の意志の疎通は、うまくいってなかったんだろうな。お互い、詳しく話さなくても、相手に通じる、と思ってたんだろう」

「なるほど。ま、そこまではわかった。でも、なんでここまで話がこじれる？　どうして警察が出て来るんだ？」

「白崎が、なにか書き残したんだろう。丸高と花岡としては、白崎を警察に渡すわけにはいかなかったんだろう。おそらく、丸高のビルの中で白崎を殺して、それから警察を呼ぼうと考えたんだと思う。実際、白崎が丸高の社宅に突っ込む前に、桜庭が若いのを何人か、丸高札幌支社に走らせたって話もある。そこでカタをつけよう、としたんだろう、白崎は逃げた。それでも、まぁ、そのまますんなりとどっかに消えれば良かったんだろうけど、選《よ》りに選って、丸高の社宅に籠城した。しかも人質がいる。もう、秘密にしておけない。……で……社長、それから、どうなったんでしょうか？」

それまで自信満々で話していた小林が、突然あやふやな口調になって、桐原に話を振った。思わず、そこにいた全員が吹き出した。

「バカヤロウ、知るか俺が、バカ」

桐原も笑いながらそう答える。

「ですよね」と小林は頭を掻き、それからちょっと真剣な顔になって続ける。「実は、顔見知りのデカどもが、ちょっと機嫌が悪くてね。一課の連中の中に、動きのおかしい連中がいるんだそうっすよ。で、なにか面白いことがあったら、ネタを下ろすってんですけど」

桐原は考え込んだ。〈持谷〉が口をはさむ。

「動きがおかしいってのは？」

「具体的な話はしないさ。まだな。それとなく臭わせて、こっちの出方を探ってるわけだ」

「どこまで金を出すか、とかか？」

「そうじゃねぇ」と桐原が言下に言う。「そんな単純な話じゃねぇのさ。ま、頼まれてチャカを出すとか、そこらへんの方が、恩を売りやすいんだ。持ちつ持たれつってやつよ」

「へぇ」

〈持谷〉はそう呟いて頷いたが、よくはわからなかった。

林田規子《はやしだのりこ》は、不満である。夫が、自分に、ほとんど関心を示さない。結婚してもう九年だから、そんなものよ、とまわりのみんなは言うが、それでは納得できない。夫と視線が合わなくなって、もう何年になるだろう。夫は勝手に生きている。別に夜遅くなったり、無断外泊をするわけではないが、彼の人生の中に、自分の居場所がない。そのことを、痛切に感じる。

興味を引こうと思って、いろいろとやってみた。食事中、夫が自分に一言も言葉をかけないので、それが無性に腹立たしく、食器を洗わずにそのままに放っておいた。すると、夫はなにも言わず、ただ黙々と食器を洗い、背中で、「お前などいなくても困らない」と雄弁に語っていた。その後しばらくして、やはり夫の態度が腹に据えかねて、夫の下着だけを洗濯せずに放っておいたら、淡々とした表情で、自分の汚れ物を洗濯するようになった。同じような経緯で、彼は掃除も自分でするようになった。「おいしい?」と尋ねても無視するので、夫の分だけ夕食を作らなかったら、夫は自分の分だけを自分で作るようになった。そのうちに、息子の貴弘《たかひろ》が、「お父さんの方がおいしい」と言い出したので、気をよくした夫は、自分と貴弘の分だけ作るようになった。今では、夕方早くに帰って来る夫が、自分と貴弘の分の夕食を作り、それが終わってから、規子がそそくさと、あり合わせの物を食べるようになっている。その後、汚れた食器を夫が洗う。

家事のうち、掃除はやはり、なかなか手が回らないらしく、ところどころゴミがたまるようになった。それで、「ここにも、ここにもゴミがたまっている。あんたには掃除はできない」と言ったら、夫はダスキンのメリーメイドと契約し、週に一度、掃除に来てもらうようにしてしまった。通常は夫が簡単に掃除をして、木曜日には、メリーメイドが丁寧に掃除をして帰る。家の中は、それ以前、規子が掃除していた時よりも、きちんと片付き、キレイになった。「あたしのことをなんだと思っているんだ、トイレ掃除は私がやっているんだ」と怒鳴ったら、翌週から、メリーメイドがトイレの掃除もするようになった。夫が契約を変更したらしい。

なにもかにも気に入らない。

そして、今朝だ。朝七時前に起きた貴弘が、いきなり「ゴジラを見たい」と言い、朝食の支度をする夫の前でムスッと立っていた規子は、反射的に息子を怒鳴りつけた。今になってみると、なぜ怒鳴りつけたのか、その理由はわからないが、とにかく腹立たしかったのだ。ちょっと冷静になってみると、自分は、常にイライラして、怒鳴っている、と気付く。その理由はわかっている。夫に無視されているからだ。だがなぜ夫に無視されるのか。五年ほど前になるだろうか、無視が始まった時、規子は尋ねたことがある。「なぜ私を無視するの?」。夫は答えた。「そちらが、常にイライラして怒鳴っているからですよ」

鶏とタマゴ。

とにかく、貴弘が「ゴジラを見たい」と言った時、規子は怒鳴りつけた。「うるさい！」。どんな声の調子だったのか、規子は自分ではわからない。だが、貴弘が呆然とした表情で自分を見つめたので、ひどく怒鳴ったのだろうな、と気付いた。そして、なお一層腹立たしくなり、貴弘を突き飛ばした。そこで夫が立ち上がり、無言で貴弘のジャンパーを手に取って、それから優しい声で言った。「貴弘、お父さんがゴジラに連れてってやるよ。一緒に行こう」。規子は、憤怒で目の前が真っ赤になるか、と思うほどに興奮した。夫の手からジャンパーをひったくり、貴弘の手を引いて、「邪魔だ！」と怒鳴って左手で夫を突き飛ばし、泣きそうな顔で「お父さんと行くよ」という貴弘を「うるさい！」と怒鳴りつけ、子供を引きずるようにして、家から出て来たのだ。

「私はどうなっているんだ。私の人生はどうなるんだろう」

規子は、そう考えると気が狂いそうになる。去年の正月、夫は貴弘を連れてふたりで、ふたりだけで、東京ディズニーランドに行って来た。行きは寝台特急〈北斗星〉で、帰りは飛行機で。帰って来たふたりは楽しそうだった。貴弘は、「また行こうね」と夫によく言う。その度に、規子は気が狂いそうになる。

さらに忌々《いまいま》しいことに、映画館が開場するのは午前九時で、それまでは寒い中を待っていなくてはならない。朝御飯を食べていないから、空腹だ。仕方なく、ミスター・ドーナツに入ったが、規子のイライラは収まらず、店員の娘に、誰彼構わず怒鳴り散らして、その挙げ句、自己嫌悪に陥った。貴弘が機嫌悪そうにしているのも気に障って気に障ってたまらない。

そして今だ。さっきドーナツを食べたばかりなのに、映画館のロビーに入るやいなや、貴弘は、「ポップ・コーンが食べたい」と言うのだ。規子はまず、怒鳴りつけたが、そう言えば、貴弘は、夫と映画を観に行くと、いつもポップ・コーンを買ってもらうらしい。映画館のポップ・コーンはおいしい、とよく言う。

買わなければダメだ。

だが、気が狂いそうなほど、忌々しい。

バカ息子。

規子は、切り口上で、「ちょっとあんた、ポップ・コーン、ちょうだい！」と映画館の売店の娘を怒鳴りつけた。娘は驚いたような顔で見る。誰かが、規子の足をぽんぽん、と叩いている。

全てがうるさい。気に障る。

「ポップ・コーン！　わかんないの！」

「一個二五〇円です」

「なに、なんでそんなに高いのさ！」

足をポンポンと叩いている。

「うるさい！」

見ると、貴弘だった。

「あんた、なにさ！　あんたがポップ・コーン食べたいって言ったんでしょう⁉　だからお母さんが、ポップ・コーンを買ってるんでしょう⁉　食べたいって言ったの、あんたでしょうや！　それなのに、なにさ！　ほんとに、もう！　おとなしくしてなさいや！　ほんとに、もう！」

「お母さん、恵ちゃんがいたよ」

「ケイちゃん⁉　なにさ、それ！　ほれ、ポップ・コーン！　落としたら、承知しないよ！」

「ねぇ、恵ちゃんがいたよ！」

「だから！　それは誰さって言ってるじゃないのよ！　はっきり言いなさいや！　ほんとに、もう！」

まわりの人が、規子の勢いに驚いて、呆然としてみている。なにさ、なにさ、なにさ。バカども、バカども、バカども！　誰も、私の気持ちも知らないで！

「高見沢君だよ。丸高アパートの、恵ちゃんだよ」

「高見沢ぁ⁉　ああ、あの、昨日の事件の子かい？」

怒りで目眩《めまい》がしそうな程ではあったが、規子にも、「ちょっとおかしいな」と思うだけの余裕はあった。昨日、あんなことがあったのに、その翌朝、映画を見に来るものだろうか。

「また、なに嘘言ってんのさ!」

そう怒鳴りながらも、嘘ではないな、と規子は感じていた。

「嘘じゃないよ。さっき、いたよ。恵ちゃん、て呼んだら、こっち見て、笑ったよ」

「お父さんかお母さん、一緒だったの?」

「知らないおじさんといたよ」


さっきまで、ずっと鳴り続けだった電話が、やっと静かになった。マスコミも、諦めたのだろう、と思った矢先、また電話が鳴った。今まで同様、無視しようと思ったが、もしかすると、マスコミ以外の通常の電話かもしれない、という気がして、雄一は受話器を取った。つい、声が緊張する。

「もしもし……」

「あのう、高見沢さんのお宅ですか?」

聞き覚えのない声だ。またマスコミか。

「はぁ……」

「あのう、私、恵太君と同じクラスの、ハヤシダタカヒロの母親なんですけど……」

雄一は、電話の脇、ホワイト・ボードに貼ってある、恵太のクラスの連絡網のプリントに目を走らせた。確かに、林田貴弘という名前がある。

「はぁ、いつも御世話になっております」

「はい……」

「あのう……なにか……」

「いえ、……あのう、昨夜は、本当に、お疲れ様でしたね。とんでもないことになりまして……」

「はぁ」

「あのう……恵ちゃん、お元気ですか？」

「ええ。今は眠ってますけど」

「あ、そうですか……お宅におられるんですか？」

雄一は、一瞬言葉に詰まったが、何事もない風で応じた。

「ええ。まだちょっと、寝坊してますけど」

「そうですか……」

「それがなにか？」

「いえ、あのう……今、私、貴弘を連れて、ゴジラの映画を見に来てるんですけど、息子が、恵ちゃんを見た、というようなことを申すものですから……」

雄一は、言葉に詰まった。立ち尽くしている。そのようすを見て、多恵子がソファからゆっくりと立ち上がった。

（なに？）

声を出さずに尋ねる。

（待て）

「それで、恵ちゃんは、知らないおじさんと一緒だった、と貴弘が言うもんですからね、それで、ちょっと気になったもんですから」

「ああ、それはどうも、御丁寧に」

「ええ。恵ちゃん、お宅にいるんですね？」

「ええ。寝坊してますけど、でも、家におります」

「そうですか。それならいいんですけど。あ、どうも余計なことを……」

「いえ、こちらこそ。どうも御丁寧に、ありがとうございます」

緑色の受話器をフックに戻し、林田規子は息子の頭をひっぱたいた。

すでに、エクスプローラは走り出していた。

「ススキノの東宝だ！」

青柳が、左手に持った携帯電話に向かって怒鳴っている。

「お前の方が近い。向かえ！」

「舛田はどうする？」

田中の、相変わらず落ち着かない声が苛立たしい。

「ようすはどうなんだ？」

「さっき、目を覚ましたよ。普通に、眠ってて起きたみたいな感じで」

「じゃ、大丈夫だろ。放っておいてもいいさ。一日、休んでりゃそれでいい。スダにはそう言って、お前はすぐに東宝に向かえ！」

ススキノまでは、渋滞がなければ、飛ばして十五分。

（渋滞がなきゃな……）

青柳は、鈍く痛む右肩を撫でながら、心の中で呟いた。

「しかしまた、なんで高見沢は、子供が消えたことを警察に届けねぇんだ？」

森は、さっきから何度もそのことを気にしている。鈍いヤツだ、と青柳は心の中でせせら笑った。

（決まってるじゃねぇか。あの男が連絡してるんだろ）

ということは……。

（あの家族には、なにかあるな）

「まさかあれだよな、警察当局の不手際を糾弾する、みてぇな感じで、アカの弁護士にでも話を持って行こうとしてるわけじゃねぇよな」

不審そうな顔でそう言う森に、「そんなんじゃねぇよ」と答え、青柳はなんとなく鼻歌を歌った。（なんの曲だ？）と自分でも不思議だったが、チャイコフスキーのヴァイオリン・コンチェルトの第一楽章のアタマだ、と気付いて、「なんのこっちゃ」と呟いた。

「え？」

「なんでもねぇよ」

（あとは、あのガキがあの男にどこまで話して、それがあの両親にどこまで伝わっているか、だ。……ややこしいことになったな）

再び、ヴァイオリン・コンチェルト。

（いっそ、最初の時にやっちまえばよかったんだが……）

もちろん、それはできなかった。四人とも射殺していれば、今ごろはもっととんでもない騒ぎになっていたはずだ。

（それでも、よかったじゃねぇか、別に）

そう思ったが、やはり、（いやいや、そうじゃねぇな）と思い返した。

「なんとか、しのがないとな」

独り言のように言う青柳に、森が「そうだな」と気軽く応じた。まったく平和なヤツだ、と青柳は陰惨な笑みを浮かべた。

世間は日曜日でも、桐原の稼業には、ほとんど関係はない。〈マネー・ショップ・ハッピー・クレジット〉は、とりあえずは正規の免許を持っており、貸し金業協会の会員でもある。世間並みに休んでも構わないはずだし、現に、金曜午後三時から月曜午前十時までは、じたばたしても仕方がないのだが、追い込みのシナリオ作りや準備などで、やはり忙しい。第一、金を借りたいという人間は、曜日など関係ないところまで追い詰められているものだ。それにもちろん、〈ハッピー・クレジット〉は桐原組の稼業のほんの一部だ。業務は他にもいろいろとある。だから、明るくなったころから、電話がひっきりなしに鳴るのだが、桐原はその対応を部下に任せ、落ち着きなく立ったり座ったりを繰り返し、時には〈持谷〉に手荒い口を利いたり、のんびりとテレビを見ているブッチョを叱り飛ばしたりしていた。

電話がまた鳴った。

一度鳴り、すぐに切れる。

「ん?」

桐原が、首を上げた。その時、〈持谷〉のスーツのポケットから、電子音の〈ランバダ〉が流れ始めた。

「おめぇのライターか?」

それにしては、さっきとは感じが違う。

「いや……」

不思議そうな表情で、〈持谷〉がスーツの内側から、マーライオンのライターを取り出した。

「これは、鳴ってない……」

テーブルの上の電話を見ると、今まで一度もついたことのない、内線五番のランプが点滅している。

「取れ！　携帯だ、健三だ！」

桐原の怒鳴り声で、そこにいた全員、〈持谷〉、小林、ブッチョ、仮屋が色めき立った。

「落ち着け！」

桐原の怒鳴り声にうるさそうに頷きながら、〈持谷〉がポケットから携帯を取り出す。

「……初めて、あの電話が……」

誰にともなく呟く桐原を無視して、〈持谷〉が携帯のスイッチを入れ、耳に当てる。

「はい……〈持谷調査オフィス〉です」

「もしもし……」

おどおどした、頼りなさそうな男の声だ。なんだこいつは、と〈持谷〉は思った。想像していた感じとは違う。こんなやつが、桐原の胸を熱くしているのかと思うと、張り合いがなくなった。向こうで桐原が、(どうだ⁉)という顔つきで心配そうに見ている。〈持谷〉は首を傾げて見せた。

「もしもし、どちら様でしょうか？」

「あのう……持谷さんでいらっしゃいますか？」

音質からすると、PHSからかけているらしい。頼りない、話のくどそうな、もたもたした声だ。〈持谷〉はちょっとイライラした。

「はい、さようでございます」

「私、あのう……林秀和さんから、そちらの電話番号を伺ったものなんですけど」

「林さん？」

思わず〈持谷〉が呟くと、桐原が目をまん丸く剝いて、慌ただしくあたりを見回して、テーブルの上にあった持谷調査オフィスの報告書を鷲摑みにして、ブンブンと振る。健三の偽名だった、と〈持谷〉は思い出した。

「ああ、はい。承知しております。林秀和様ですね」

「林という人が、なにか伝言があったら、そちらに電話するように、と……」

「はぁ。あのう、失礼ですが、お名前は……」

「ああ、失礼しました。申し遅れまして。私、高見沢雄一と申します」

〈持谷〉はハッとしたが、なんとか声に出さずに乗り切った。

「はぁ。高見沢様……」

向こうで、桐原が身悶《みもだ》えしている。

「で、どういったご用件ですか？　林様に、なにかお伝えすればよろしいんでしょうか」

「ええと……ちょっとややこしい話なんですが……」

「はい」

「今、林さんは、私の息子の面倒を見て下さっているんです」

「はぁ。なるほど」

「それで、……先程、ある事情がありまして、林さんと息子が、ススキノの東宝でゴジラの映画を見ているらしい、ということがわかりまして……」

ゴジラ? そりゃまたなんの話だ、と〈持谷〉はイライラした。

「ええと……ある事情がありまして、……林さんは、私の息子を連れて、……逃げている、というわけなんですが、……そのう……私の息子を見かけた、という電話をですね、息子の同級生の親御さんがですね、電話をくれましてですね、……そのう……ある事情がありまして、今、私の家の電話は盗聴されているかもしれないんですね。で、つまり、息子を追っている人たちが、もしかすると、東宝劇場に向かうかもしれない、ということをですね、……あなたに話してどうなるわけでもないかもしれないけれど、……もしも林さんと御連絡がつくようでしたら、そのう……お伝え願えたらと思いまして……」

すでにこの時、〈持谷〉と桐原、小林、ブッチョはハッピービルの階段を、全速力で駆け下りていた。仮屋は連絡係として社長室に残った。

「林さんから連絡があったら、必ず伝えるってさ」

雄一はそう言って、携帯をオフにした。

「心臓かどっかが悪い人なのかな。息を切らして、ハァハァ言ってたよ」

どうも言葉が滑って行く。自分の、居ても立ってもいられない気持ちと、口から出る言葉に落差がありすぎる。まるで普通の日常的な業務連絡のようだ。多恵子の真っ白な顔が、胸に痛い。

「どうかな、僕も行ってみようか」

「……どこに？」

「だから……映画館にさ。恵太があそこにいるんだったら……」

「ダメよ」

多恵子の声は厳しい。

「でも……恵太が今、どんな気持ちでいるか……僕らに会いたい、と思っているはずだよ」

「でも、だめよ。私たちは、ここにいなきゃ。なにかあったら、すぐに連絡ができるように、ここにいるのよ」

「でも……」と口ごもり、それから雄一は取って付けたように呟く。「そうか……あのマスコミをかわしてどこかに行くのは難しいか。きっとついて来るんだろうな」

「………」

多恵子は、真っ白な顔で、うつむいている。なにかを心の中でずっと思い続けている。誰かに呼びかけているように見える。

「君は……」林という男を知っているのか、と雄一は尋ねようとした。

「なに？」

「……いや……疲れてるだろ？　少し休んだ方がいいよ」

14

「いや、話はおかしくねぇさ」

桐原が、必死になってジャガーを駆るブッチョの後頭部を眺めながら言う。西から東に、そこそこ順調に走っていたのだが、ススキノの中心部が近付くに連れて、流れが悪くなっている。ブッチョは隙間を見付けてはそこに無理に割り込むことを続けている。桐原の車は傷だらけのジャガーで、周囲の車は見て見ぬふりをして道を空けるが、それでもなかなか前には進めない。

「いいか、〈持谷〉は、高見沢の家を陰ながら見守っている男だ。そこにあの事件だ。気にしてても不思議じゃない。そこに、なぜかはわからねぇが、高見沢本人から電話があった。健三が映画館にいる、というんだ。子供を連れて。当然、駆け付けるだろうよ。あいつが変に思う心配はない」

「そうか」

〈持谷〉は納得した。

「それよりも、俺が今気になってんのはな……」

桐原の口調が微妙になる。

「この車よ。ジャガーはよしときゃよかったな。目立ちすぎる。俺がいるってことがわかっちまう」

「健三にか?」

「誰にでもよ」

「……少なくとも、その健三にとっては自然なことだろ。あんたが〈持谷〉を紹介したんだから」

「それはいいさ。ほかの連中よ。花岡だの、サツどもだの……」

「…………」

「まだサツは、健三の身元を知らないはずだ。それがお前、ここでなにかの拍子に、今までの経緯までバレちまったら……」

「なにが、どうなる?」

「わからん」

そう言ってそっぽを向いた桐原が、「ん?」と呟いて眉間にシワを寄せた。

「どうした?」

そう尋ねる〈持谷〉に「おい、あれ……」と肩を叩いて指差す。

「なんだよ」

「あのエクスプローラ……偶然かな」

スモーク・グラスで車内が見えないエクスプローラが、前方右側、やや離れたところで、これも渋滞にはまって苛立たしそうに小刻みに動いている。

「あれがどうした?」

「ガキをさらおうとした連中が、エクスプローラに乗ってたんだよ」

「ほう……」

「気に入らねぇな。……小林」

「へ」

「ナンバー!」

「へ」


「なんだ、あのジャガーは」

さっきから後ろを気にしていた青柳が、ぼそっと呟いた。

「やけに慌ててるみたいだぞ」

「ヤッコだろ」

森が吐き捨てる。

「わかってるよ」と気短に応じてから「なんであんなに急いでるんだ?」と独り言のように言う。

「わかるもんか、民間人の事情なんて」

森がそう言って、鼻先でせせら笑った。

健三は、深い眠りの中にいた。だが、その眠りにも、ひとつ外に向かって開いたドアがあって、そこから恵太に気を配っていた。ドアのノブは、左手の中にある恵太の小さな右手だ。健三の意識は、この小さな右手を中心に、その周囲でぐっすりと眠っている。と同時に、健三は時間を計ってもいた。一時間眠って、それから目覚め、映画を楽しんでいるらしい恵太には可哀想だが……いや、もう眠ったらしい……暗いうちに出る。映画の途中で出ると、閑散としたロビーで目立つだろうが、子供の多い映画の場合は、そうでもない。映画に飽きた子供たちと、子供相手で疲れ果て、息抜きを求めた大人たちが、散らばっているものだ。そんな中で、恵太にゴジラグッズなどをひとつ買ってやれば、不自然ではない。そのままさり気なく外に出て、日曜日午前十時半の人混みに紛れて……それから、どうするか。健三は、眠りの中でしきりにそのことを気にしていた。

警察手帳を提示すると、モギリの娘はちょっと顔を強張らせた。慣れた反応だが、いつも、ほんのちょっと気分が良くなる。警官は、どんなに相手から軽蔑されようとも、その気になればそいつをパクることができるのだ。ザマァ見ろ。

「あのう……なにか……」

「なんでもない。すぐ済む」

青柳が言い、二人の男はロビーに入った。

あちこちで、映画に飽きたらしい頭の悪そうなガキや、生きる喜びを知らないらしい大人どもがぼんやりしている。いろいろなグッズを並べたガラス・ケースに群がっているガキどももいる。

だが、高見沢恵太はいない。

「いねぇな」

「中だろう、たぶん」

そう答える森に、青柳は「お前はここに残れ」と命じた。「ロビーからの出口は、あのモギリのところひとつだけだ。あそこらに立ってりゃ、見逃すことはねぇだろう」

「OK」

「田中は遅いな」

「ホテルからじゃ、南進の一通で渋滞にはまってるかもしれんぞ」

「じゃ、来たら、一階席の一番後ろから順に前に行くように言ってくれ。俺は、二階席から当たる。いなけりゃ、いったん戻って来る」

そこに、ワイシャツ姿の中年男がやって来た。

「あのう……なにかございましたか」

映画館のスタッフらしい。青柳は無視して二階席への階段に向かった。

左手の中の、恵太の小さな右手が、ピクリと動いた。ぐっすり眠っているらしい。自分の眠りの中でそのことを確認した健三は、一度目を開けて、あたりを見回した。座っているのは、二階席の後ろから三列目で、目立つ場所ではないが、なにかあったらすぐに逃げ出せる位置だ。二階席のほとんどと、一階席の前半分を見渡すことができる。場内は、満員というわけではないが、とりあえずまんべんなく客が入っている。普通の映画とは違い、やはり通路を歩く子供たちや、ジュースや菓子類などを買いに行く大人の出入りが目に付く。今のところ、気になる動きはない、と健三は判断した。

その時、左目の視野の隅に、男が現れた。両側に視線を向けながら、通路を進む。その、光のある視線。目つきの卑しさ。

間違いない。

健三は、手持ち無沙汰な表情で、スクリーンを眺めた。

（私は、ふと思い付いて甥っ子を映画に連れて来た、ノンキなオジサンだ。その子は飽きて眠ってしまい、私は自分の気まぐれを後悔しながら退屈しているのだ。子供を置いてタバコを喫いに行きたいのだが、もしもその間に子供が目を覚ましたら、不安がるだろう。そうなると、子供は家に帰って、母親に告げ口をするかもしれず、そうなると文句を言われるだろう。やれやれ。それにまた、子供が手をつないだまま寝ちまったもんだから、なにしろ動きが取れないので、参る。子供を起こして、「おじさんはタバコを喫ってくるよ」と言ってもいいのだが、寝起きのあまりいい子ではないので、それでぐずり始めると面倒だ。やれやれ）

……心配なのは、恵太の服装だ。彼らが社宅の前で恵太を見た時は、暗かったし、お互いに必死になって駆けずり回っていたから、はっきりとは視認できなかったろう、と思う。だが、服装は目に焼き付けてあるだろう。こういうことも考えに入れて、ベンチ・コートは脱がせ、健三が尻の下に敷いている。だから、おそらくは気付かないだろう、と思うものの、一抹の不安は拭えない。

卑しい目つきの横柄な男は、健三と恵太の横を通り過ぎた。おそらくなにも気付かなかったらしい。手をぶらぶらさせながら、ゆったりとした足取りで、左右に視線を飛ばしながら進む後ろ姿を見送る。

（しかし、なぜここにいることが……）

健三は、敵の規模を計りかねて、困惑した。警察の、ほんの一部分の腐敗した連中が、花岡や丸高と馴れ合っているのだろう、とぼんやり考えていた。その腐敗部分を始末すれば、一件は落着し、恵太は家に帰れる。そういう見通しを持っていたのだった。しかし、ここに健三と恵太がいる、という目星をつけた、ということは、もっと大がかりな連中なのかもしれない。だとすると、対応が難しくなる。自分ひとりでは無理かもしれない。

（いや、まだわからない……）

健三は静かに手を開いて、右手の人差し指で恵太の右手の甲を撫でた。疲れているらしく、なかなか目を覚まさない。それでも、なんどかくすぐるうちに、眉間にシワを寄せて、ぽっかりと目を開いた。

「行こう」

「え？」

「そろそろ行こう」

「見付かったの？」

「心配しなくていい」

健三は一度腰を上げ、尻の下のベンチ・コートを丸めて、ジャンパーの下に抱え込んだ。

「行くぞ」

恵太は、小さく頷いて立ち上がる。


左通路の両側には、それらしいふたり連れはいなかった。青柳は二階席最前列を見渡し、それから右通路に向かった。子供や親たちが、自分の前を無遠慮に歩く青柳を、さも邪魔そうに体を動かして避け、画面に見入っている。こんな映画が面白いのか、バカども、と青柳は心の中で嘲笑した。そのまま右通路に進み、そこで一度、二階席を見渡した。

なにかが違う。

脳の中に、興奮が充満した。

なにかが違う。

あそこだ。後ろから三列目の、通路脇の席にいたふたり連れがいない。あれは確か……労務者風の四十終わりくらいの男、幼稚園か小学校低学年のガキ。見た時は、違う、と思った。だが、こうして思い出してみると、ガキの緑色のコートは別にして、いかにもクサい。

(なぜ見落とした?)

あのオヤジが、いかにもドヨン、とした、無害な低能、という雰囲気だったからだ。

(やられた)

憤怒が、一気に体中を駆け抜けた。


「頑張れ、頑張れ」

健三は恵太を抱きかかえ、大声で励ましながら、階段を駆け下りた。

「あと少しだ!」

ロビーに散らばっている子供や大人たちが、おや、という顔でふたりを見る。ロビーの出口、モギリのところにひとり、見間違いようのない、下品な雰囲気の男が立っている。猜疑心に満ちた視線を隠そうともせずに、あたりを見回している。仕立てのいいスーツがくたびれている。この男だ、と健三は確信した。

恵太がいなければ、殺す。だが、今はできない。

「頑張れ」

健三はそう繰り返し、キョロキョロとあたりを見回しながら、ポップ・コーンのところの娘に慌てた口調で尋ねた。

「トイレ、どこですか!?」

「あ」と娘もいきなり慌てる。「そこです、そこ、出て左です」

指差す方向に、トイレのサインがあった。

「あ、ありがとうございます」

現場が休みになったので、ふと思い付いて、妹の家に遊びに行き、おそらく昨夜は妹の夫と酒を呑み、今朝、なんとなくそんな気分になって、甥っ子を連れてゴジラを見に来た、無骨で粗野な男。子供の扱いになれていなくて、いきなり「おしっこ」と言われて、慌てている男。恵太は、二年生にしては小柄な方だから、見る者は納得するだろう。

健三はあたふたとトイレに向かった。すでに、例の下品な男が、自分への興味を失っているのを、目の隅で確認している。ポップ・コーンの娘が、ふっと柔らかな笑顔になって、一瞬視線を逸らした。健三は滑らかに横に動き、トイレのドアを押さずに、通路を奥に進んで階段室に出た。駆け上る。下に、人員が配置されている可能性が強い。そう判断した。

階段を駆け下りてくる青柳の形相を見て、森は、自分のミスに気付いた。だが、ミスと言えば、青柳の方だろう、と即座に弁解が組み立てられた。青柳が見逃し、それで自分も見逃してしまった。根本原因は、青柳のミスだ。怒鳴られたら、そう反論しよう。森は、おどおどしながらもそう決心したが、青柳は怒鳴るだけの余裕がなかった。

「ふたり、来ただろ⁉」

「ああ」

「どこに行った⁉」

「トイレだ」

「くそっ！　いねぇな、きっと」

その言葉を待つまでもなく、森はトイレに駆け込み、中にいるのが似ても似つかないガキと、ジーンズにセーターのふにゃけた中年であることを確認した。あのふたりは、影も形もない。

「逃げた！」

思わず叫ぶ森を追い越して、青柳が突っ走る。

「お前は、階段を上れ！　俺は、通路を調べる！」

森は、頷いてすぐに駆け出した。

ゴジラの大きな立て看板の陰から、〈持谷〉が飛び出した。迷わずに、階段に向かい、森の後を追う。

問題は、このビルの内部を、あまり知らないことだった。健三には、得意なビルがいくつもあるが、このビルのことはよくわからない。いや、得意なビルのいくつかにしても、もう何年も前の話で、建て替わったり、大規模な改装が施されたりした結果、わからなくなっているものの方が多いだろう。だがとにかく、このビルについては、ほとんどなにもわからない。

（とにかく、今は日曜日の午前中だ）

基本を、一からやってみよう。日曜日の午前中。ビルのセキュリティは甘くなっている場合が多い。特に、三階の映画館で子供映画を上映しているのだ。ビル全体を封鎖することはできないはずだ。逃げ場は、必ず、ある。

非常口をチェックしながら屋上を目指す。途中、開いている非常扉があれば、そこから離脱し、最後まで逃げ場がなければ、屋上から非常階段を使う。

問題は、時間だ。すでに、追われていると思った方がいい。

恵太を抱え、全速力で階段を駆け上り、それぞれの階で通路を駆けずり回る。

逃げ場が見当たらない。

追っ手は何人だ？

「おじさん」

「心配するな。大丈夫だ」

もっと緻密に逃げるべきだった。相手を迎撃するのではなく、一方的に逃げるのであれば、相手の位置を把握すべきだった。まだ階段を上っているのか、それとも健三のように通路を駆けずり回っているか。あるいは、すでに屋上に出て、健三が来るのを待っているか。自分の足音で、追っ手の足音が聞こえない。焦っている。自分が焦っているのがわかる。気持ちのいいものではない。

八階。非常扉が閉まっている。押す。開いた。向こうは真っ暗だ。ところどころに〈非常口〉の緑色の明かりがあるだけだ。どうやら、大箱のキャバレーかなにからしい。健三は、中に踏み込んで、大きな鉄の非常扉を静かに閉めた。

「おじさん……」

恵太が心細そうな声を出す。

「しっ」

「真っ暗だ……」

「大丈夫だ。おじさんがいる。静かにしてろ」

非常扉に耳をつける。

階段を駆け上る足音が聞こえる。

ふたり、あるいは三人。

大雑把な見当をつけてみる。一番先頭が、おそらく六階あたりだ。階段から、フロアに出たようだ。足音がいったん遠ざかる。その後ろにひとり、これは六階を通過して、七階あたりにいるようだ。止まらずに、着実に上ってくる。そして、その後ろ、相当遅れて、ゆっくりとした足音が続く。この男が、ケツを見てるのか。

「いいか」

健三は、恵太の耳に口を押しつけ、囁《ささや》いた。

「絶対に、しゃべるな。そうすれば、大丈夫だ。お前がしゃべらなければ、どんなことがあっても、大丈夫だ。わかったか」

恵太は、細かく頷く。

「よし」

森を追い越した青柳は、八階の大きな非常扉の前で立ち止まった。森が駆けずり回っている足音が、人気《ひとけ》のないビルの中に響いている。その後ろから来ているらしい足音は、おそらく警備員か、あるいはビルのスタッフだろう。田中ならありがたいが、その可能性はないだろう。あいつなら、ポーズだけにせよ、駆け上ってくるはずだ。ほかに、足音はない。どうやら、ガキと男は止まったらしい。どこだ。おそらく、この扉の向こう側だ。

階段から、また森が駆け上ってくる音が聞こえる。青柳は首を突き出して、下に向かって声をかけた。

「森」

「おう」

「八階まで来い」

「いいのか?」

「七階にはいないだろう」

「なぜ?」

「勘だ」

「いいのか?」

「きっと、八階だ。この扉の向こうにいる」

そう言って、耳を澄ます。扉の向こうに、何らかの反応があるかと思ったが、なにもない。一瞬、間違えたか、と思った。いきなり、ドアを蹴りつけてみる。ガァン！ という音が響いた。その時、明らかに扉の向こうで誰かが身じろぎをした。階段を駆け上って来た森が、肩で息をしながら、眉毛を持ち上げて、「どうだ?」という表情を作る。青柳は、ニヤリと笑って頷いた。森が、うんうん、と慎重に首を縦に振りながら、ゆっくりと大きな鉄の扉を眺め回す。青柳が、扉のノブに手をかける。森が、三歩後ろに下がって、身構えた。青柳は、一度深呼吸をした。耳を澄ます。どこにも足音は聞こえない。一番下にいたヤツは、きっと、どこかの階をのんびりと見回っているのだろう。あるいは、どこかの店の帳簿をつけに来た経理事務員かもしれない。

とても静かだ。

こういう時の、静かな一瞬が、青柳はとても好きだ。

一瞬の後の、状況の激変。

そこにこそ、この世の中の不思議が凝縮する。ついさっきまで、平和な夕食の団欒だったのが、誰かのほんの些細《ささい》な一言で、父親が激昂し、テーブルをひっくり返す。そんな激変。あるいはまた、楽しいバス遠足で、車内が賑やかな時、ほんの些細なハンドル操作のミスで、バスが路外に飛び出し、崖から転落する、そんな激変。

人生とはそういうものだ。

安定の中でのほほんとしてるボンクラども。人生の根本から目を逸らしているクソバカども。頭数だけの連中。そいつらの、驚く顔を見るのは無性に楽しい。

静かにノブを回す。鍵は、かかっていない。カチリという微《かす》かな音がした。向こうのヤツは、今、俺がノブを回したことに気付いただろう。もちろん、それでOKだ。それが狙いだ。

今、どんな気分でいるんだろう。

こっちは、デカだ。チャカもある。

(肩が痛ぇんだよ。楽には死なさねぇからな)

スナップ・ノーズを構え、ドアを思い切り開け放つ。そのまま、中に転げ込んだ。同時に森が突っ込んだ。

一瞬、静かだった。

床に伏せた青柳、その後ろ、ドアの脇に立つ森、ふたりは息を殺して周囲を見回した。暗い。青柳が、すっと立ち上がる。その時、ドアから差す白い光の中に、ジャンパーを着た男の姿が浮かび上がった。両手を下にダラン、と下げている。顔はよく見えない。

「だぁーっ!」

青柳が大声で怒鳴った。

カシャン、と青柳の右側やや離れたところで、なにかがぶつかる音がした。

咄嗟《とっさ》に前に出ようとする健三の進路を森が遮った。と同時に森は「グッ」と呻いて、膝をついた。そのままぐんにゃりと床に沈む。その時すでに青柳は身を翻し、右の方に突進していた。なにかともつれ合って派手に転ぶ音。「わぁっ」と恵太が怯えた悲鳴を上げた。

「子供に手を出すな！」

足下の森をまたぎ越して、闇の中に駆け込もうとする自分の足を留めて、健三は怒鳴った。闇に目を放つ。

「よし、動くな」

青柳は嬉しそうにそう言いながら、ゆっくりと立ち上がった。打ったスネがジンジン痛むが、そんなことはどうでもいい。左手でガキの襟首をつかみ、右手の拳銃の銃口をガキの頭に押しつけて、前に進む。ジャンパーの男の眼は、燃えるようだ。このクズの怒りが心地良い。こいつは今、なにも抵抗できないでいる。そのことを怒っている。

気持ちのいいことだ。

ガキが、歩くのを嫌がっている。

それもまた、気分がいい。

嫌がって、抵抗するクズガキを、後ろから押しつけて、突き飛ばし手前に進ませる。頭数の連中ってのはミジメなものだ。歩く時ですら、自分の自由にならないのだ。

男は、怒っている。ザマ見ろ。

「おい。なんだ、お前は」

男は答えない。

「言葉がわかるか？　なんなんだ、お前は」

男は答えない。両手をぶらりと垂らし、顔はややうつむき加減に、左足を半歩前に出してそこに重心を移し、黙って睨んでいる。

（油断はできねぇ）

そうは思うが、圧倒的に優勢な立場というのは、いくら味わっても味わい尽くせないほどに、オイシイ。素敵な気分だ。

「黙ってるのか。それなら、ま、それでいい」

青柳は、ドアからの白い光を背に、男に正面から向き合って、立った。自分の姿を想像してみる。この男には、俺のシルエットが白い光ににじんで見えるはずだ。

なんと神々《こうごう》しい。

ジャンパーを着た、なんの抵抗もできない、哀れな労務者。確かに、いささか腕に自信はあるらしい。森はまだ気絶したままだし、俺もあの時、肩を外された。

その点は、評価してやる。

だが、目の前でガキの頭に銃口を押し付けちまっちゃぁ、もう、オシマイだ。

「なんだ、その目は」

相手の顔や表情をコケにするのは楽しい。

「なんか文句があるのか？」

そう言いながら、ガキの背中を膝で軽く小突いて見せた。男は、怒っている。怒っているが、どうしようもない。身の程を知れ。ザマ見ろ。

今、こいつの目の前で、このガキの頭を吹っ飛ばしたらどうだろう。さぞかし驚くし、怒るだろう。そう考えると、引き金を絞りたくなる。

(だが、いくらなんでも、それはマズイ)

それくらいのことは、わかるさ。

後始末のしようがない。まず先に、この男を殺さなけりゃならん。子供は、その後だ。

それが、つくづく残念だ。この男に、ガキが死ぬところを見せてやりたい。

「お前はなんなんだ?」

「………」

「目的を言ってみろ」

「子供が、苦しがっている」

わかってるさ。じたばた動いているからな。襟首を絞っているから、息ができないんだろう。なんなら、もっと絞ってやろうか。左手が、子供がヒクヒクとしゃくり上げているのを感じている。

人の命はか弱いものだ。

そんなことも知らずに、平気で生きている頭数ども。

健三は、燃え上がる怒りとともに、見つめていた。隙はないように思える。残念ながら。こっちに近付こうとはしない。その程度の用心はできるやつらしい。どう出るのか。俺に投降を命じるか。それならまた新たな展開が望めるが、それは考えていないようだ。俺を撃つか。それとも、先に恵太を撃つか。

先に撃つのは、俺の方だろう。とすれば、まだこちらに勝機はある。……恵太の命を考慮に入れなければ。

この男は、最低限、ひとり、殺せる。俺が先にやられれば、恵太も死ぬ。恵太が先にやられれば、今までの全ては無駄になる。

健三は、黙って男を睨み続けた。その勝ち誇った目を、怒りを込めて睨み続けた。

俺は死ぬな、と〈持谷〉は心の中で呟いた。最初に、階段を四階まで駆け上がったのが、間違いだった。汗が滝のように流れ落ちる。シャワーを浴びたい。四階と五階の中間までたどり着き、ひと休みしていたら、それまでもつれ合っていた足音が、急にピタリと止《や》んだ。なにかが始まった、と思った〈持谷〉は、再び、静かにゆっくりと上った。息が苦しい。ハァハァと喘《あえ》ぎながら、その喘ぎ声を抑えつけながら、そして足を忍ばせて、ゆっくりと上るのは、難しかった。怒号が響き、大きな物音が飛び交い、人のうめき声が降ってくる。〈持谷〉は、頭の中で「帰りたい・帰れない」を歌いながら、ゆっくりゆっくり、上った。

話し声が聞こえる。

独り言だ。

なにか、気分良さそうに能書きを垂れている。その口調を聞いて、〈持谷〉は頭の中となにかミゾオチの血が沸騰するような気分を味わった。なにを言っているのか、はっきりとはわからない。だが、とにかく、いかにも気分良さそうに、得意そうに話している。

なにかの権威を背負って。

俺は、そういうのが、我慢ならんのだ。

心臓は、ほぼ限界だ。なにしろ、走ったのは久しぶりだから。だが、上に行って、この、得意そうにだらだらしゃべっているクズを、叩きのめすのは楽しいだろう。

頑張ろう、と自分に呟く。そして、頭の中で「タイガー・マスク」のテーマを歌う。

「お前もわかってる通り、このままじゃ、膠着《こうちゃく》状態が続くだけだ」

青柳は、ちょっと真面目な顔を作って言った。こういう演技が、いささか好きだ。親身になって、相手のことを考えてやるような表情を作ってやる。すると、バカの中でも特にオメデタイ連中は、「この人は、優しい人かもしれない」などと、都合のいい希望を心の中で育てたりするのだ。それを、最後の最後に叩き潰すのは楽しい。

「俺だって、別にあんたをどうこうしてぇってワケじゃない。ただ、話を聞かせてほしいんだ」

これで、こいつは混乱する。どうせ、事情がよくわからないままに、なんかの成り行きで、ここまで来たんだろう。なにがどうなってるか、知りたいはずだ。自分の状況判断への迷いもあるだろう。俺は、こういうヤツをあしらうのがうまい。

「とにかく、このままじゃ話が前に進まないだろ。それに、このガキだって、苦しいだけだ」

男が、ちょっと視線をガキに向けた。こいつは、本気でこのガキを守ろうとしている。だが、なぜだ？

まぁ、なんにせよ、こいつはガキのためなら、相当譲歩するはずだ。

「とにかく、ここから出よう。いいか、まず、俺が、このガキを連れたまま、階段の降り口まで行く。その間、動くな。後ろ向きに見てるからな。で、俺があそこにたどり着いたら、お前は、このドアのところまで出て来い。そうやって、少しずつ」

左後頭部で、なにかが爆発した。青柳は、咄嗟に右手を突き出し、ブン、と後ろに振りながら、撃った。

「うわっ！」

誰かが叫んだ。大きな物が前からぶつかる。浮き足だったところで、右肩をキメられた。左腕を振り回し、そして、自分の左手がガキを放したことに気付いた。目の前に、ジャンパーの男の顔があった。自分の右手が、ダラン、と垂れ下がった。手には何も持っていない。

（チャカ！）

頭の中で叫んだが、すでになにかが額にめり込んでいて、あたりは真っ暗になっていた。

15

「いや、驚いた。まさかピストルを持ってるとは思わなかったもんだから」

そう言って、〈持谷〉は健三の目を見て笑った。それから、その目に暗い光が漂っているのを見て、思わず背筋が寒くなった。

（ん？）

そう思った次の瞬間、（殺される！）と頭の中で閃光が飛び散った。

「いや、あの……」

咄嗟に、〈持谷〉は両手を高く上げた。

「林さん、……林さんでしょ？」

健三は、〈持谷〉の目をじっと見つめたまま、腰を屈めて、床に座り込んでいる恵太を抱き上げた。

「あのう……私、持谷調査オフィスの、持谷良比古でございます。……御世話になっております。初めまして」

「持谷さん……じゃぁ……」

「ええ、高見沢さんから、お電話頂きまして。いやぁ、覚えていて下さったんだな、と。とても嬉しかったです」

「……御世話になってます」

「とにかく、下に降りましょう。早く外に出た方がいい」

「ほかには？」

「今のところ、このふたりだけです」

「なぜ？」

「少なくとも、私の見た範囲では」

健三は一瞬躊躇したが、小さく頷き、目に涙を溜めている恵太に言った。

「もう、大丈夫だ」

恵太の、固く結んだ唇が、複雑に動いている。泣くまい、と頑張っている。

「苦しかったか？」

うん、と頷く。

「もう、大丈夫だから」

うん、と頷く。

「じゃ」

持谷が先に立って、エレベーターの方に進んだ。

「恵太君の友だちが、ここに母親といっしょに来てるらしいんですよ。で、恵太君を見かけた。で、母親に話した。母親としては、昨日の今日だから、まさか、とも思い、……どんな性格なんでしょうかね、うわさ話が好きなのか、好奇心が旺盛なのか、高見沢さんの家に電話したわけです。で、その電話がおそらく盗聴されて、ああいった連中がやって来たんでしょう」

持谷の説明に、健三はほとんど反応しなかった。ただ、黙って階数表示のランプを見上げている。

「で、高見沢さんが、携帯で、私共に連絡して下さったわけです」

相変わらず、反応はない。

「で……これから、どうなさいますか？　不躾ですが、……金や道具の提供も、いろいろと可能ですが……」

「なぜ？」

「……桐原さんが、そのように言ってます」

健三はまた、黙ってしまった。持谷は、宙ぶらりんの気分で、一歩前に出た。エレベーターが、どこにも引っかからずに、一階に着いたのだ。恵太を抱いた健三の前に立って、身構える。ゆっくりとスライドする向こうに、男がひとり立っていた。なにか慌てているらしいが、平凡なサラリーマンだ。持谷はそう判断した。そのまま前に踏み出し、サラリーマンと三人は、譲り合い、すれ違った。

一瞬、サラリーマンの表情に、なにかの影が走った。

（え？）

ポカンと眺める持谷の前で、サラリーマンが右手を背広に突っ込む。と同時に、恵太を抱いた健三が身を屈め、（え？）とおたおたする持谷の前で、くるりと回った。健三の右足のかかとがサラリーマンの顔面を捉え、男はのけぞり、そのまま崩れ落ちた。

「…………」

呆然として見下ろす持谷に、健三は「脇の下を」と短く言って、前に進もうとする。

「あ、ちょっと待って」

持谷は慌てて声をかけながら、言われた通りサラリーマンの脇の下を探った。ピストルがあった。（うへぇ）と思いつつもそれをスーツのポケットに落とし、立ち上がる。

「そっちは、人が多い。切符売り場に出ますから。こっちから行きましょう」

そう行って進む持谷に、健三は素直に従った。通路を一度曲がって、ガラスの扉を押すと、外はススキノの路上だ。吹き付ける、雪まじりの風が冷たい。

（冷たくて、いい気分だ）

心の中でそう呟く持谷の横で、健三がひとつ、深呼吸をした。

桐原のジャガーには乗れない、と健三は言う。誰に見られるかわからないから。それは確かにその通りだった。そして、それを言うなら、俺と歩くのもマズイよな、と持谷は考える。それなりに、持谷の顔はススキノでは売れている。

「じゃ」

持谷は、目の前に停まっていたタクシーにふたりを促した。子供をまん中に座らせる。小柄な子供だから、のぞき込まない限りは、外からは見えないだろう。

「どちらまで?」

そう尋ねる運転手に、「麻生《あさぶ》」と適当に答え、持谷は携帯を取り出した。

使い方が、よくわからない。番号をプッシュするのは間違いないんだろうが、その前後、機械にどう働きかければいいのか、今一つピンとこない。ここでモタモタすると、携帯電話の取り扱いに慣れていないことを悟られ、その挙げ句、実は持谷ではないことも見破られてしまうかもしれない。

(携帯電話のかけ方がわからない探偵なんて、いないだろうからなぁ、いま時)

持谷は無意味に舌打ちをして、「ダメだ」と小さく呟き、首を傾げた。それから、その自分の情けない芝居を恥ずかしく思いながら、運転手に「どこか適当な公衆電話のところで、いったん停めて下さい」と頼んだ。

(その方がいいさ。運転手に聞かれなくて済む)と思ったが、(それもやっぱり、弁解だな)と内心赤面した。

「今、一緒だ。三人に追われてた」

「デカか?」

「多分な。俺がはっきり見たのは、いかにも下品なヤッと、小役人タイプの頼りないヤッだ」

「チャカは?」

「持ってた。三人とも持ってたらしい。一コは俺が預かってる」

そう言ってから、もしかすると拳銃を撃つ羽目になるのか、と持谷は憂鬱になった。そんなことはないだろう、と思うものの、ひとつを俺に持たせている、ということは、健三はその可能性を考えているのだろう。

(ああ、いやだいやだ)

これから、どこかで撃ち方を教わる、というような場面が出てくるのだろうか。そんなことはゴメンだ。だが、頭の中に、今まで読んだり見たりした小説や映画の場面が、走馬灯のように駆け巡る。走馬灯……縁起でもない。中指をトリガーにかけて、人差し指で相手を指差して撃て、と書いてあったのは……ル・カレの小説だったたか。シロウトに射撃を教える場面だったと思う。

(中指でか……撃ちにくいな)

そんなことをつい真剣に考えてしまう自分が情けない。

「おい、聞いてるのか?」

桐原が苛立たしそうな声で言う。

「外には、特に変化はない。機動隊が展開してるとか、パトカーがゾクゾクやって来るとか、そういう動きはないな」

「やっぱ、不良刑事の内職か」

「だろう、と思う。組織を派手に動かすことはできないんだろう」

「じゃ、そこらに警戒態勢が敷かれてる、という可能性は低いな」

「たぶんな。だが、油断はできないぞ」

「まぁな」

「とにかく迎えに行くよ。今どこだ?」

「ああ、それなんだけど……」

「これからどう弾けるにせよ、まず、ウチに連れて来て、話はそれからだ」

「どうも、それは避けたいようだ」

「健三がか」

「ああ」

「なんで」

「はっきりとは言わないけど、まず、あんたと一緒にいて、まずいスジに見られると、話がややこしくなる」

「……………」

「それと、あんたに迷惑をかけることになるのを気にしてるんだろう、と思う」

「……で、どうする気だ？」

「とにかく、落ち着きたいんでな。相当疲れてもいるようだ。だから……」

「だから？」

「温泉にでも行こうかと思う」

「あ？」

「ホテルはマズイだろう。きっとフロントは不審に思うだろうからな。ラブホテルの中には、無理を聞いてくれるところもあるけど、今回は、ダメだ。いろいろなスジとつながりを持っているから」

「だからってお前……どっかそこらのカラオケボックスとかよ……いや、そりゃダメだろうけどよ……なにもいきなり温泉じゃなくてもよ……」

「楽がしたいんだ」

「………」

「で、その間に、あんたは、どうカタをつけるのかその絵をきちんと描いてくれ」

桐原は盛大なため息をつき、「で、どこの温泉だ」と言う。

「内緒だ」

「なにその気になってんだ、バカヤロウ。なにかあった時、連絡のしようがないだろうが」

「なんで」

「冗談だよ。篤布《とっぷ》温泉がいいかな、と思ってるんだけど」

「一度も泊まりに行ったことはないんだ。だから、宿の人間は、俺のことを知らない。だから、持谷で通用する」

「それだけか?」

「当別町《とうべつ》だからな。距離も手頃だ。車で二時間もありゃススキノだ。で、泊まったことはないんだけど、一度、行ったことはあるんだ。ドライブの途中で、温泉に入りたくなってな。山ん中の一軒宿で、国道から山奥に入るんだが、正面からの見晴らしがいい。ヘンな車が近付いて来れば、すぐにわかる。そして、建物の裏はすぐ山だ。逃げ込むこともできる。料理がうまい」

「金はあるか?」

「着替えさせて、俺も着替えて、宿に何日か泊まるだけの金はある。でも、俺の口座にいくらか振り込んでくれても、俺は別に文句はないよ」

「道具は?」

「ピストルが、三丁ってとこかな」

「篤布までは、どう行く?」

「JRで。学園都市線に乗って、後はタクシーだ」

「札幌駅や桑園《そうえん》駅は、まずいかもしれないぞ」

「ああ。新琴似《しんことに》まで行って、そこから乗ろうと思う」

「なるほど」

「どうだ？」

「……いいんじゃねぇか、別に。あんたが、非常にラクチンすぎるってのがちょっと気に食わねぇがな」

「じゃ、そういうことで。なにかあったら、電話くれ」

「ああ。……そう言やぁ、これ、公衆電話か？」

「うん。どうして？」

「ナンバー・ディスプレイが公衆電話だったからな。音もキレイだ」

「で？」

「携帯はどうした？」

「……別に」

「使い方がわからねぇのか？」

「…………」

「わからねぇのか？」

「……まぁな」

「しょうがねぇな。おい、ブッチョ！」

ブッチョが出て、クドクドと説明する。持谷は「うんうん」と適当に聞いたが、なんとか呑み込んだ。

「じゃ、そういうことで。あ、社長に替わります」

「わかった」

「おい、あのな、当別駅で降りるんだろ?」

「多分な。篤布までの便は本数が少ないから」

「じゃぁな、当別の駅前に、スーパーみたいのがあるはずだ。農協かなにかの販売部だったと思う、確か。で、そこで健三に買い物をさせろ」

「ああ、わかった」

「じゃぁな。気を付けろよ」


三人の中では、森が一番ダメージが少なかった。それで、ハンドルを握ることになった。その横で、額を両手で押さえ、上体を折り曲げている青柳が、さっきからずっと口汚く、ありとあらゆるものを罵《のの》っている。聞いているとイライラするだけなのだが、口をはさむともっと口汚くなることがわかっているから、森は黙って聞いている。田中は、後部座席で横になって、これも無言だ。

田中は、さっき、突然悟ったのだった。青柳の口汚い罵りも、要するに無意味なものだ、と思い込んで聞き流せば、どうでもいいものになるのだった。そのことに、さっき、突然気付いて、田中はしみじみと感動した。無視すれば、全てはどうでもいいことになる。こんな簡単なことに、なぜ今まで気付かなかったんだろう。

「もっと静かに走らせろ！」

青柳が怒鳴り、「仕方ないんだよ」と森が応じている。無視して聞き流せばいいのに、と田中は思った。

「クッソッ！　とにかく、あいつは誰なのか、だな。あのジャンパーと、それから、ダブルのスーツを着たデブ。なんなんだ、あいつら」

「俺が知るわけねぇだろう？」

「お前に聞いたんじゃねぇよ。自分に聞いたんだよ」

「紛らわしいんだよ」

「うるせぇな。ちょっと黙れ」

「………」

「クッソッ！　三人が三人とも、チャカ盗《と》られちまってよ……」

官給拳銃ではなく、もちろん登録もしていないから、それでアシが付くとは思わない。しらばっくれればそれで済む話だが、また調達するのが面倒だ。まさか金を要求されることはないだろうが、クズどもに「おやおや」と笑われるのが腹立たしい。故障した、と言えば修理してやる、と言われるだろうし、無くした、と言えばコケにされるだろう。それに、三人揃って故障したり無くしたりするのもヘンだ。

「クッソッ！」

誰も答えない。俺が、黙れ、と言ったからだ。それはそれでまた、腹が立つ。

とにかく、ホテルに戻って、話はそれからだ。


榎木牧夫は、車内を丁寧に清掃し、日報と売上金の精算もきちんと終えて、午前十一時には事務所を後にした。本日の売り上げ、六万円少々。まぁ、こんなとこだろう。ススキノの、クリスマスの人出が激減して久しい。その中で、まぁ健闘した、と言えるのではないか。榎木は、それなりの達成感を噛みしめながら、カペラの運転席に腰を落ち着けた。

これから三十六時間、休みだ。疲れは、まだそれほど感じない。だから、気分転換に〈ラピズラズリ〉に行って、コーヒーを飲む。それから、軽いお喋り。心をほぐしてから部屋に戻り、ぐっすり眠って、さて、それからどうしようか。

もしかすると、〈ラピズラズリ〉で、素敵な恋人ができるかもしれないが、もちろん、それほど真剣には期待はしない。

16

大通公園の西の端近く、ビルが建ち並ぶ中にある、古びた喫茶店〈ラピズラズリ〉は、ホモセクシャルたちが集まる店だ。だが、いわゆる「発展場」ではなく、たとえば、映画ファンが集まる喫茶店や、主人が釣り好きで、釣り情報が飛び交う喫茶店に近い。ホモやレズではない、ストレートの客も普通に来て、なにも気付かずにひと時を過ごし、それが別に不自然でもない。逆に、この店で相手を探すのは野暮なこととされている。ここは、同じ傾向の人々が、具体的に話題にするでもなく、なんとなく、馴染みやすい空気の中で、落ち着いてコーヒーを味わう場所だ。マスターはホモだが、それ以前に、天才肌のコーヒー職人（自分で、職人と呼ばれるのを好む）であり、人においしいコーヒーを飲ませることが彼の生き甲斐である。榎木は、仕事明けにここに来て、のんびりと解放された気分で、香り高いハワイ・コナを飲む。その時、生きているということは、なんとなく、いいものだ、という気分になれるのだ。

「いらっしゃい。仕事明け？」

ずんぐりとした体格の、ヒゲの剃《そ》り痕《あと》が青々としたマスターが、目尻にシワを寄せて、柔らかな口調で言う。

「そ」

「おいくら？」

「六万と少々。ま、そんなもんさ」

「あら。頑張ったじゃないの」

マスターはそう言って、スキン・ヘッドをツルリと撫でた。髪の毛が薄くなり、思い切ってスキン・ヘッドにした三年ほど前、照れくささから「ハゲってのは、こうするんでしょ」と冗談で頭を撫でていたら、いつの間にか身についてしまった癖だ。

自分の居場所があるのはいいものだ、榎木はそんな思いを噛みしめながら、カウンターのストゥールに座った。いつもの場所である。

横を見ると、見慣れた黒装束の男がいた。黒いセーターに、黒のコーデュロイのズボン。松尾という、北海道日報の記者だ。確か社会部で、編集委員のポストを断り、未だに遊軍で現場に出ている、ということを聞いたことがある。……松尾から聞いたのではない、マスターがそう言っていたような気がする。そう何度も顔を合わせるわけではないが、なにしろ榎木も松尾も、この店は長いから、お互いに相手の素性を知り、目が合えば会釈し、隣り合わせに座ることになれば、取り留めもない話を、まぁ一時間は語り合うこともできる。

（そうか……）

榎木は、なんの信仰も持ってはいないが、神様の巡り合わせのような気がして、ちょっと面白かった。

「どうも、しばらく」

声をかけると、松尾はゆっくりと顔を上げ、それから穏やかな笑顔になった。

「やぁ、どうも。御無沙汰してました」

店には、都合のいいことに、ほかには誰もいない。無人のストゥールをひとつはさんで、榎木と松尾は語り合った。そのうちに、マスターもやって来て、真剣な顔になる。そして三十分後、「北広島ね」と呟いて、松尾は立ち上がった。

「ありがとう。いい話を聞かせてもらった」

榎木は、ちょっと嬉しかった。松尾は、榎木の遠慮を押し切って、ふたり分のコーヒー代をカウンターに置いて、外に出た。

携帯で道警本部記者クラブに電話し、北日の記者を呼び出した。今朝未明に、北広島でなにかあった、という話は聞いていないと言う。ちょっと探ってみてくれ、と命じてから、今度は社会部デスクに電話をする。

「松尾だ」

「よう。どうした?」

「一課のあんたのネタ元は、まだ健在か?」

「なんで?」

「もしまだ生きてるなら、丸高のコロシの件、なにかおかしな動きがないかどうか、それとなく当たってみてくれないか?」

「だから、なんで?」

そう尋ねるデスクの口調は、とても無邪気だ。食えないタマだ。

「気になることがあるんだ」

「なにが?」

「後で話すよ」

「しゃーねーなぁ。……あ、そうだ。徳光《とくみつ》が怒ってたぞ」

徳光というのは、中央署記者クラブに詰めている若手記者だ。

「徳光が？　なぜ」

「警察発表の時、あんた、ヘンな質問をしただろ。だから、エライさん方が、怒ってるんだとさ。あたりがキツいって、愚痴ってるよ」

「気にするな、と言ってやってくれ」

「自分で言えよ。……あ、それから、伝言がひとつ」

「私に？」

「そうだ。ハッピーの小林、という人から。話をしたいって言ってた。電話をくれ、とさ」

「なるほど。わかった」

桐原組がなんの用だろう、と思う。だが、きっとこれは無関係ではないな、と直感した。

「番号はな、……」

「いい。知ってる」

「そうか。じゃぁな」

「松尾だ」

「よう。話がある」

小林のダミ声が、PHSでよけいに聞きづらい。

「どこで」

「南一の西十に、第三あおいビル、というのがある。五階建てで、地下の飲食街のテナントが全部なくなっちまったビルだ」

「地下に行けばいいのか?」

「南側の階段を降りると、右手が資材置き場のようになってる。撤退したテナントの調度や什器が積んである一画だ。そこんとこだけ、裸電球が一個、生きてるんだ。地下に降りて、その電球を点けて、待っててくれ。三十分後ってとこでどうだ?」

「……どうも、剣呑《けんのん》だな」

「俺とあんたの仲だぜ」

「あんたはどこにいるんだ?」

「一階入り口の脇が喫茶店になっててな。そこで、コーヒーを飲んでる。あんたのケツを見て、問題がないようだったら、店の中から地下に降りる」

「なぜ、俺のケツを見る?」

「別に、あんたがホモだからじゃないぞ」

「つまらない冗談だな」

「気にすんな。……あんた、サッと揉めてるんだろ?」

「なんで?」

「丸高の記者会見で、聞いちゃいけねぇことを聞いたんだってな。しかも、テレビカメラの前でよ。で、偉いさんたちがちょっとヘソを曲げてるって聞いたぜ」

「なるほど」

「行確が付いてるってよ」

「そうか」

「尾行が、だぞ」

「わかってるよ」

「充分、注意して来てくれ」

「できる範囲でな」

「……ま、そりゃそうだ。できる範囲以上のことができる人間なんて、この世の中にいるわきゃねぇしな」

「そういうことだ」

「じゃぁな。待ってるぞ」

「そうだ、相田の具合はどうだ?」

「……まぁ、……あんたや俺とおんなしだ」

「つまり?」

「できる範囲のことしかできねぇ。悔しいよ」

恵太は、電車の中で、おとなしく座っている。日曜日の昼間で、車内はすいているが、小林のおじさんの横にぴったりとくっついている。前には、持谷のおじさんが座っている。お父さんとお母さんに会いたいな、と思う。でも、今はそれは難しいのだ。そのことはわかっている。駅で、持谷のおじさんが買ってくれたガムを嚙みながら、歯を磨きたいな、と思っている。温泉に着けば、すぐに磨ける、と持谷のおじさんが言った。顔も洗いたい。あと少しの辛抱だ。そう自分に言い聞かせ、これも持谷のおじさんが駅で買ってくれた、ポケモンのミニ絵本を読んでいる。

「コンソメパンチ、コンソメパンチ、カ～ルビィだっけっの、コンソメパンチ、コンソメパンチ、し～んとっおっじょう！」

他人には聞こえないように、口の中で、とても小さな声で、恵太は何度も繰り返して歌っている。

地下に降りると、ほとんど真っ暗闇だった。階段の上の方からこぼれてくる光だけが、地味にそこらをぼんやり明るくしているだけだ。松尾は足で探りながら前に進んだが、危なっかしくてすぐにやめた。電球がひとつ生きているにしても、スイッチがわからないのでは話にならない。見える範囲には、それらしいものはない。結局、小林が来るまで暗闇の中で待つしかない。

十分以上過ぎて、突然暗闇の中に四角い光が開いた。ずんぐりとした小林の姿が浮かび上がる。

「よう！　遅くなった」

それと同時に、話の通り、裸電球が黄色く光り、あたりは明るくなった。いかにも使用済みらしいイスやテーブル、そして箱に納めたり、剝き出しのままの什器が乱雑に置かれている。小林は妙に慎重な足取りで、いろいろなものをよけて進み、近付いて来る。

「スイッチは、そこの中だったのか」

「ああ、そうなんだ。言うのを忘れたな」

「で？　尾《つ》けられていたのか、俺は」

そう尋ねる松尾にすぐには答えず、小林はぐるりとあたりを見回して、手頃なイスをふたつ、ずるずると引きずって来た。向かい合わせに置き、その一方にどさりと座り込んで、それから首を振る。

「その気配はなかったな。どっかで振り切ったか?」

 松尾も、イスに腰を下ろしながら答えた。

「ちょっと気にはした。くっついてるのがひとりだとしたら、多分ＮＴＴ病院でまいたろう、と思う」

「なるほど」

「で？　話とは？」

「……今、あるガキが、命を狙われてるんだ。追ってるのは、サツだ。ガキは、……ほら、昨日、丸高の社宅で人質になった、あのガキの片方だ」

「ほう」

松尾は、とりあえず無表情で応じた。

「つまり、こういうことだ」

小林は、言葉を選びながら、一通りの説明をした。北一銀行、丸高建設、花岡組、そして道庁や警察、それらの癒着を背景に、昨日の丸高建設磐元次長襲撃事件と、社宅籠城事件の経緯を、手際よく語る。高見沢多恵子と榊原健三のことには触れなかった。するとやはり、話は少し不自然になる。

「で、おそらく、丸高は、ビルの中で白崎を片付けよう、と思ったんだろう。花岡組を使ってな。だが、白崎が逃げたんで、話が複雑になった。で、とにかく白崎を片付けなきゃならんから、子飼いのクソデカどもを突入させて、白崎を射殺させたんだろう。保母も、こりゃもう行き掛かり上止むを得ないってことで、いっしょくたにやっちまったんだと思う。なんとしても、白崎をバラすってことだろう。で、残ったガキふたりは、脅せばなんとかなる、と思ったんじゃないだろうか。ガキを脅したり、無視したりして、ネタを好きなようにねじ曲げるのは、サツの常套手段だからな」

「今回は、その子供が、思うようにならなかった、ということか」

「脅されて、ガンガン怒鳴られて、最初はそのクソデカの言う通り、白崎が保母を撃った、と思い込もうとしたらしい。だがやはり、自分の目で見たことを忘れることはできなかった、と。で、本当のことを警察に話そうとして、一一〇番したわけだ」

「それを盗聴された……」

「呑み込みが早いね。で、盗聴っつーか、指令室の手前でかっぱらったんだろうな。ガキを片付けようとしてやって来たデカどもを、俺らの友だちが阻止して、そのガキを連れて、逃げてるわけだ」

「面白い話だね」

「他人事《ひとごと》ならな」

「まぁな。……ひとつ、不思議なんだが」

「なにが」

「なんで、あんたらがこのことに首を突っ込むんだ？　そもそも、あんたらの友だちってのは、どうして話に混じってくるんだ？」

やはり、そのことが引っかかるか。だが、そこは説明するわけにはいかない。小林は一瞬悩んだが、松尾に甘えるしかない、と結論した。

「それは、話せねぇんだ。俺も、詳しいことは知らない。……ただまぁ、昔の恩ってーものがな」

松尾は、柔らかい笑顔になった。

「話せないのか」

「ああ」

「……ま、いい」

「そこらへんは、詮索しねぇ方がいいぜ。あんたの命を心配して言うんだが」

松尾は、小林の瞳を見つめた。そして、どうやら本心らしい、と感じて、（ほう）と思った。忠告に従った方がいいようだ、と判断すると同時に、好奇心がわき上がるのを感じた。

「今、その子供と男がどこにいるのかも、話せないわけだな」

「そうなんだ」

「…………」

「それで、関係ないかもしれねぇが、ガキを守って逃げてる男に、加勢がひとりいる」

「桐原か」

「ああ、社長もそうだけど、オヤジは事務所を空けるわけにゃいかねぇ」

「だろうな」

「一緒に逃げてるヤツがいるんだよ」

「ほう」

「あんたの友だちだよ。便利屋だ」

松尾は、思わず深くため息をついた。

（あのオッチョコチョイが……）

「ちょいとした事情があってな。持谷って名前で、逃げてる男を……話がややこしいな。

その男は、林、という名前だ。で、持谷って名前で、林をサポートしてる」

「サポート？　足手まといなんじゃないか？」

「ま、そのどっちかだ」

「で？　話ってのは、なんなんだ？　私にそういうネタをタダで提供してくれるわけじゃないだろ？」

「ネタを提供してるつもりはねぇ。だいたい、新聞じゃこんな話、使えねぇだろう」

「……まぁ……そんなこともないよ。いろいろと使い道はある」

「そこらへんは、オレらはアテにしてねぇ」

「寂しいことを言うなぁ」

「できたら、教えてもらいてぇことがあるんだ」

松尾は頷いた。

「オレらの……そのオレらの昔の友だちの……」

「林だな」

「ああ、そうだ。林の目的は、ガキを親んとこに返して、前と同じような生活を、普通にさせることだ」

「ああ」

「で……どうすりゃ、いいとあんたは思う？」

「………」

「ま、なにも言わなくてもいい。オレらとしちゃ、クソデカどもにケリを付ければ、それでなんとかなるんじゃないか、と思うんだ」

「ケリを付ける?」

「聞き流せ」

「…………」

「で、いろんなネタがあってな。……ここんとこ、いろんな話があんたのところにも聞こえて来てるんじゃないか?」

「…………」

「内部告発花盛りだろ。役所も、サツも」

「…………」

「そんな中に、青柳って名前が混じってねぇか?」

「アオヤギ?」

「ああ」

「初耳だ」

「そうか。……ちょっと動きが不審なんでな。とかくの噂のあるヤツだ。それが、どこと繋がってるのか、それが知りてぇ」

「…………」

「バックは誰なのか。仲間は何人なのか。昨日今日、どんな動きをしてるのか。そして、ああいう連中は、どっかにアジトを持ってるんだ。それがどこなのか」

「そういう情報は、おたくらの方が、早いんじゃないのか？」

小林は、ちょっと嬉しそうな目つきになる。

「まぁな。それはそうなんだけど、急いでるんだ。そっちでも、なにかあったら、情報のつけ合わせがしてぇ」

「………」

「それと、どっかで囁いてくれねぇか。小声で、ポッっとよ。『青柳』ってな。現場の誰かがそれを小耳に挟んで、内部告発ってのをやろうかな、なんてスケベ心を起こすかもしれねぇし」

「あまりアテにはならないな」

「こっちも、そんなにアテにしちゃいねぇけどよ。ま、マジナイだ」

「なるほど、わかった」

「オレらの方も、なんかあったら、そっちに話を通すから」

「どうだかな。……今のあんたの話も、具体的には、何もわからんじゃないか」

「そんなことはないだろう？」

小林は、心外だ、と気を悪くしたような表情を作る。それを見て、松尾は柔らかな笑顔になり、宥《なだ》めるような口調で言う。

「ま、いいさ。お互い、生きてりゃいろいろとややこしいよな」

「ふん。……ま、そういうことだ。大人同士の付き合いをしようや」

松尾は小さく頷き、「じゃ、そういうことで」と言い置いて、階段に向かおうとした。

「あ、そっちじゃなくて、こっちから行こうぜ。こっちからだと、一階のサ店の厨房に出るんだ。そこから裏に抜けてくれ」


退屈。それが、松岡の全てだった。こんなのは、仕事ではない、と思う。だが、オヤジどもにとっては、これが仕事であるらしい。しかも、むっつりとして事に臨み、眉間にシワを寄せたりなどして、深刻そうな表情で収まり返っているが、内心、嬉々として口を動かし、そこにいることで充実感を味わっているらしいのが伝わってくる。要するに、会議であり、打ち合わせであり、懇親会であり、寄り合いだ。いい歳《とし》をした、学歴と経歴を積んだ、人々からは「キャリア」と呼ばれるオヤジたちが、ただもうひたすらツルんで、小さな群を作ってあれこれと策動する。彼らにとっては、人事の算段が、イコール「仕事」であるのだ、ということがわかるまでに、時間はかからなかった。松岡は、自分が警察という仕事に携わっている、という実感を全く持てなかった。目の前で繰り広げられているのは、組織の実権を自分たちの派閥で抑えようとする、細かな企みと、その実行、相手方の出方の観測と、その対抗策の検討だった。

(辞めよう)

松岡は、もう何百回になるか忘れたが、今もそう思った。今度はどうやら本気らしい。

そのことが、自分ではっきりとわかった。

（やっぱり、オレはマンガ家になろう）

その方が、人生として、ずっと面白いだろう、と思う。なぜかはわからないが、小学校以来、あまり勉強はしなくても、成績は抜群だった。だから家の近くの進学校に進み、一浪して、運が良かったのか東大法学部に入り、なんとなくそのまま進んで、卒業前に国家公務員I種の試験にもパスし、面白そうだな、と思って警察庁に入ったのだが、その間、実はずっとマンガを描き続けてきた。

（やはり、マンガしかないだろう、オレには）

どう考えても、警察官僚になり、熾烈な出世競争をして、警察学校の校長かなにかになった挙げ句に、定年退職でどっかに天下りして意地汚く生きることを、自分が望んでいるとは思えなかった。マンガを描いて、たくさんの人を感動させ、書店に自分の本がズラリと並ぶのを見る方が、ずっと楽しいに決まっている。

（今まで、一度も楽しい奴に会うことができなかった）

高校でも、大学でも、警察学校でも、その後の職場でも、まわりにいるのは、みんなバカだった。こんなものかな、と思うが、そんなはずはない、とも思う。どこかに、面白い人間がたくさんいる世界があるに違いない。そんな人間に会いたい、と思う。

「それから、例の北日の記者の件だが」

オヤジが言う。その声で、ふと我に返った。また、例の「会議」なのだ。毎日午後一時から始まる、情報交換会。くだらない、人間関係の話が延々と続く。犯罪の摘発や、正義の実現には、直接なんの関係もない事柄について、暇潰しのような議論を繰り返すのだ。オヤジたちは、これを「仕事」だと思っているようで、実に真面目に取り組んでいる。バカな連中だと思い、松岡はいつも心を宙に飛ばし、明治初頭の東京を舞台にしたハードボイルド時代劇画のプロットをあれこれとこねくり回すのだが、「北日の記者」という言葉を聞いて、耳を傾けることにした。あの質問が、どういう点でオヤジたちを怒らせたのか、それはよくわからないが、あの記者の毅然とした態度に、なにか心惹かれるものを感じている。

「その件は、北日に非公式に申し入れてあるので、それで了承されたい」

ひとりのオヤジが言い、その場の空気が堅くなった。その件はそれで終わり、また下らない話が延々と続く。

北栄会花岡組本家には若頭が五人いるが、その中で最も羽振りがいいのは桜庭組組長の桜庭忠敬《ただたか》で、その事務所もほかの多くの組のそれのように、所帯じみてはいない。たいがいの組事務所は、どんなに金をかけても、結局は高級ソープランドの待合室か、田舎成金の応接室のようになってしまうものだが、桜庭の部屋は、映画で見るホワイト・ハウスの大統領執務室のようだった。……それはちょっとオーバーだが、まぁ、そのミニチュアくらいの雰囲気はあるな、と青柳は心の中で思う。神棚が、まるでさらし者のように不格好に目立っている。

その広い部屋の中で、仕立てのいいスーツを着ておっとりと澄ましている桜庭を前にすると、不愉快なことだが、青柳はちょっと落ち着かなくなる。

（実際、忌々しい）

桜庭がおっとりと口を開いた。

「まぁ、怪我がたいしたことなくて、よかったよな」

ちょっと眉を動かして、気の毒そうに言う。その余裕に満ちた態度が、また青柳のシャクに障る。

「冗談じゃねぇ。まだ、首を動かすと、目眩がするんだ」

無意識のうちに、額に貼った湿布に手をやり、青柳は顔をしかめた。

「中身は？」

「あ？」

「頭ん中は？　なんともないのか？」

「大丈夫だろう、多分。これから、CTを撮ってもらいに行くんだが」

桜庭は、眉を上げて、細かく頷き、それからちょっと首を傾《かし》げて尋ねる。

「で、なにがどうなってるんだ？」

「こっちが聞きたいよ。あの高見沢って家には、なにがあるんだ？」

桜庭は黙って首を傾げた。

「なんの問題もなく、片付くはずだったんだ。それが、横から変な野郎が飛び込んで来て、すっかりおじゃんだ」

「大変だな」

「うるせぇな。元はと言えば、あんたらが、丸高ん中で始末を付けられなかったからじゃないか」

「それはオレらの落ち度じゃないさ。丸高が、白崎を逃がしちまったからだ。きちんと留めておいてたら、今ごろはのんびりコーヒーでも飲んでるところだ」

　青柳はさも面白くなさそうに鼻を鳴らした。

「高見沢の親は、まだ捜索願を出してない。マスコミには、子供は寝てる、と話してる。なんでだ？」

　桜庭は黙って首を傾げた。

「心当たりはねぇか」

「ないね」

「……くそ。……おい、この次聞く時は、本当のことを唄えよ」

「本当も何も……」

「いいよ。ただ、あんたらものんびりしてられないってのは、わかってんだろうな」

「それはもう、充分にな。あんたが焦る気持ちもわかるよ。そりゃ、オレだってわかってるさ」

桜庭は、焦りの色を全く見せずに、平然として言う。

「どうだかな」と青柳は吐き捨て、「とにかく、ジャンパーを着た労務者風の男と、ダブルのスーツに黒いシャツを着た、デブだ。それと子供。どう考えたって目立つだろうよ」

桜庭は黙って頷いた。

「勘だが、行動範囲は、てめぇらと重なる連中なんじゃねぇかと思うんだ。だから、なんとか見つけ出せ」

「できる限りのことはするさ」

「どうだかな」

「……ところで、……そのダブルのスーツのデブってのは、眼鏡はかけてたか？」

「オレははっきり見てねぇんだが、田中の話だと、眼鏡はかけてなかったそうだ」

「身長が一七五、体重が九〇超、黒っぽいダブルのスーツに、黒っぽいシャツ、派手なネクタイ、ヒゲなし、髪はちょっと長め……そうだったな？」

「そうだ」

「で、眼鏡はかけてない、と……」

「心当たりはあるか？」

「……そのまわりで、傷だらけのジャガーを見なかったか？　まだ新車同然なのに、わざと傷だらけにしてる……見たのか？」

青柳のハッとした顔を見て、桜庭は身を乗り出した。

「見た。オレらのすぐそばを、映画館に向かってた」

「なるほど。興味深い」

「なにか、わかったか?」

「なにか、はな。確認取れ次第、知らせるよ」

「今、言え」

「確認取れ次第、知らせるよ」

桜庭が同じことを二度言えば、もう、それは確定しているのだった。それを覆すことは、なかなかできることではない。

「……ま、いい」

ふんぞり返ってそう言う青柳を、桜庭は面白そうな表情で眺めた。

当別駅のATMで、持谷は口座の残高を調べた。漠然と予想していた数字とほぼ一致したので、一瞬、桐原のケチさ加減に腹を立てたが、よく考えたら今日は日曜日だ。これは、しかたがない。とにかく、着替えや道具を買うのには充分な金はある。とりあえず五十万引き出して、この金は回収できるだろうか、とぼんやりと考えた。桐原は、明日、いくら振り込むつもりだろうか。

だが、回収できなくてもいい、そんなことは、全然気にならない。ゼニ金の問題じゃないよ。

(でも、なんでだ？)

桐原が、熱くなっているからか。それで、俺も影響されちまった？　あるいは、このところ、どうも気分がクサクサしてて、しょぼくれた感じだったから、パァッと騒ぎたい、ということか？　あのガキは確かに可愛らしいし、あのふたりがどうしようもないところに追い込まれているのは間違いない。だからって、なにも……。

だが、俺は助けたがっている。それは間違いない。

(この成り行きは、いかがなものか)

持谷は、頭の中で脂ぎった政治家オヤジの典型的な口調を真似して呟いた。

(しかしどうもこの、腹立たしいのは、オレ自身が、脂ぎったオヤジだ、という点だ)

これは、如何《いかん》ともし難い。

手をつないで立って待っている健三と恵太のところに戻り、「じゃ、とりあえず買い物をしよう」と言うと、恵太がにっこり笑った。

頑丈なナイフ、鎌、鉈《なた》などを自然な手つきで選び出す健三を見て、持谷はいささか落ち着かない気分になった。ナイフが人間の体の中にすっと滑り込むようすや、鉈が人の頭を叩き落とす……そこまでひどくなくても、まぁ、腕は飛ぶだろう、そんな光景が目の前に見えるようで、ソワソワした気分になる。

(この成り行きは、いかがなものか)

だがとにかく、ジャンパー姿の健三は、そのような品物を購入するに際して、全く不自然ではない。その点は、よかったじゃないか、と持谷は思い、（無理に楽観するなよ）と自分をたしなめた。

そのほかに健三は、ロープ、荷造り用のテープや紐、カッター、ゴムの滑り止めの付いた軍手、使い捨て雨合羽スーツ二セット、子供用一、三人の足に合わせてゴム長靴三足、携帯用バーナーと、それに使う小さなガスボンベのカセットなどを、無表情に選んで行く。その品物のひとつひとつが、得も言われぬ不吉さを漂わせているようで、持谷は（いかがなものか）と呟き続けた。

それから、三人は服を選んだ。全体として、子供を連れた中年の父親が、自分の兄と雪まつり見物に行く、という雰囲気を醸し出そうとした。持谷は地味なデザインのサングラスを買い、健三はアポロ・キャップをひとつ選んだ。恵太には、子供っぽく可愛らしい毛糸の目出し帽があったので、それを買った。そして、背中に背負うこともできる大人用の大きなバッグをふたつ、子供用のリュックサックをひとつ買った。

買い物は、結構な量になった。それを健三と持谷は分担して持ち、恵太にはお菓子と自分の服を持たせて、三人はマーケットから出た。健三が、静かな声で囁く。

「まっすぐ、私の後について来て下さい」

「え？　ええ、そうしますが……」

先に立って歩き出した健三を、持谷は追いかける。恵太が後に続く。健三は、駅前に停まっていた、車体に〈みなさまのミノワ営繕〉と書いてある、薄汚れたタウン・エースに向かって、真っ直ぐ進む。そして、全く自然な動きで運転席のドアを開け、自分が持った荷物を助手席に押し込み、「鍵は開いてるよ」と明るい口調で言う。

(え?)

持谷は一瞬おどおどして、それからそばに立っている恵太を見下ろした。恵太は、しっかりした目つきで持谷を見上げ、悲しそうな、だが力のある表情で頷く。

「よし」

持谷はそう答え、ドアをスライドさせた。後ろは営繕会社のさまざまの道具や部品で一杯だが、人間ふたりは乗り込めるようになっていた。持谷は荷物を道具の上に積み上げて乗り込み、恵太の手を持って引っ張り上げた。それから手を伸ばして、ドアを閉める。

「いいか?」

相変わらずのどかな口調で健三は確認し、車を発進させた。

車内に微妙な沈黙が漂った。

「恵太」

最初に口を開いたのは健三だった。

「はい」

「わかるな?」

「はい。今は、これ以外にしかたがないから」

「そうだ」

「でも、なぜこの車が……」と言いかけて、持谷ははたと気付き、自分の言葉を引き取った。「ああ、なるほど、そうか。マーケットに入る前に、目をつけてたんだな。キーが差さったままだ、と。でも、私たちが買い物をしている間に、この車の持ち主が……」

「ミノワ、という刺繍のある作業服を着た三人連れが、階段を上っていった。上には食堂があるらしい。だから、しばらくは戻って来ないだろう」

「なるほど……」

「恵太」

「はい」

「この車は、すぐに降りるから。だから、心配しなくていい。あの人たちに、すぐに返すから」

「はい」

その時持谷は、健三が手に軍手をはめているのに気付いた。

（指紋、てことか……）

しばらく走らせ、両側に人家がなくなり、道が雪原を一直線に突っ切るだけになったあたりで、健三は脇道に車を入れた。そこで停め、「じゃ、着替えよう」と言う。「ＯＫ」と答えて車から出ようとした持谷に「あ、待ってください」と静かに命じ、「この中で着替えましょう」と言う。

「なるほど。了解しました」

要するに、外套類を身に着ければいいだけだから、それほど困難ではない。持谷は、ただ大きなベンチ・コートを着ればそれで済む。健三も、ジャンパーを脱ぎ、ベンチ・コートを着た。恵太は、嬉しそうに紙袋から目出し帽を取り出して、すぽんとかぶる。目が笑っている。

「前から欲しかったのか」

持谷が尋ねると、うん、と頷く。それから、緑色のベンチ・コートを脱いで、持谷が選んでやったジャンパー上下を苦労して着る。

「靴は、替えましょう」

健三が言う。全員が着替えてから、さっき買ったバッグやリュックサックに、荷物と脱いだ服を詰め込んだ。

「で？　どうします？」

持谷が尋ねると、健三は「降りましょう」と短く答えた。

「降りて、それで？」

「街の方に戻ります。おそらく、二十分ほど歩くことになると思いますが、街の入り口近く、ちょっと手前に、コンビニエンス・ストアがありました。そこから電話でタクシーを呼びましょう」

持谷は、その手順を検討してみた。確かにいい手だ、と思える。

「そうしましょう」

三人は、車から降りた。恵太が、ワゴンの車体をポンポン、と軽く叩いた。

「社長は、ちょっと来られねぇんす」

ブッチョはすまなそうに言う。実際、すまない、という気分だ。自分の責任ではない、ということはわかっているが、なんとなく、申し訳ない、と思う。ブッチョはそういう男だった。

「したから、まぁ、俺なんか、なんの役にも立ちませんけど、いろいろと使って下さい」

相田は、黙って頷いた。ちゃんと喋れないので、口を利くのがいやなのだ。構音障害、というらしい。ちゃんとものが考えられるのに、頭はしっかりしているのに、まともに話せないのだ。これは、辛い。最初のうちは、素面《しらふ》なのに酔っ払っているような口調になってしまった。それが、どんどん進行して、今は、オヤジ以外には誰もわからなくなってしまった。オヤジだけは、わかってくれる。それが、とても嬉しい。そして相田は今、桐原以外の人間には、口を利かなくなっている。なにも話さなくても、医者や看護婦も、相田が何をどう考えているか、ほとんど興味はないらしい。

「一応、今んとこの状況を、説明しときます」

ブッチョは、そうオヤジに言われて来たらしく、健三の件の成り行きを、たどたどしく伝えようとする。あまり話がうまくないので、呑み込めないところも多々あり、そこを確認したいが、喋れないのがもどかしい。便利屋が健三と一緒に逃げていると聞いて、相田は焦《じ》れったさで叫びたくなった。俺がこんな体じゃなかったら、と心から思う。

だが、詮無いことだ。

それがまた、悔しい。

「してあの、社長が言ってんすけど、便利屋を呼んだのは、要するに、あいつが、身内じゃねぇからだ、っちゅうことだっちゅんす。これがコジレた時、うちらの身内が絡んでたら、話は、まじヤバいっすから。そこんとこ、専務にはキチンと話しとけっちゅわれました」

要するにオヤジは、俺がたとえ元気でも、便利屋を呼んだ、と言いたいわけだ。相田は、桐原の気遣いが嬉しく、黙って頷いた。たとえ本気ではないにせよ、そう言ってくれるのは、嬉しい。

「して、あと専務……小林専務のことなんすけど」

ブッチョは、小林の動きを、自分の知っている範囲で、オヤジから知らされた範囲で、説明する。小林。苦労しているだろう、と思う。松尾に連絡を付けたのはよかった。だが小林は、あの新聞記者の、一筋縄ではいかない気質を充分に理解しているだろうか。そこのところがまた、どうにも気が揉める。相田は目を閉じ、ほとんど自動的に、あれこれと頭を働かせた。

それを見てブッチョは、眠ったと思ったらしい。言葉を途切れさせ、呼吸を抑えて、相田の顔を見ているようだ。面倒だったので、相田はそのまま目を閉じている。

「……専務……眠ったんすか？」

相田は無視した。

ブッチョが、眠っている人間を起こさないように、と気を使いながら毛布を引っ張って、はみ出していた肩を覆ってくれた。

相田は、思わず嗚咽《おえつ》しそうになり、慌ててそれを抑えた。

いきなりブッチョが、鋭い口調で「どちらさん？」と言う。外に向かっている言葉だ。思わず相田も、ドアの方に頭を向けた。いつもは閉じているドアが開いていて、一目でわかる、チンピラが背中を丸めて、首を伸ばしてペコンとひとつ会釈した。

「すんません。部屋ぁ、間違いあした」

そう言い残し、出て行く。その時、ほんの一瞬、ニヤッと笑ったのが目に残った。ブッチョに視線を戻すと、すでに立ち上がっていた。チンピラを追うようにドアに向かい、そこで立ち止まって相田に言う。

「心配しないで下さい。別に、後は追いません。事務所に電話して来ますから」

相田は、頷いた。

頷くことは、まだできる。

17

「篤布温泉まで、当別から歩いて行ってみよう、と思ったんですよ。でも、やっぱり、ちょっと遠いなぁってことになって」

持谷が言うと、運転手は機嫌のいい声で、得意そうに言う。

「そりゃ〜そーだわ、お客さん。しかもあんた、子供がいるんじゃ、ちょっとあそこまで歩くのは無理だわ。いくらなんでも」

「そうだね。地図で見ると、まぁ十キロくらいか。日頃運動不足なもんだからさ、子供も休みだしね、いい運動になるかな、と思ったんだけどさ」

「無〜理、無理。ハハハハ」

嬉しそうに笑う運転手の脇を、パトカーが追い越す。サイレンは鳴らしていないが、赤いライトは回っている。それを目で追っていた運転手は、「お！ あれだ！」と勇んだ声で言った。

「はぁ？ なんですか？」

「いや、さっき緊急無線が入ってさ。ミノワのね、営繕屋の車がさ、駐車場に置いといたら、盗まれたっつーんだよ。あれだわ。あの車だ」

運転手はそういいながら無線に手を伸ばしたが、「あ、ダメか」と呟いて手を引っ込めた。

「見付けた、ってね。そう、事務所に無線しようと思ったんだけど、もう、警察が見付けてんだから、意味ねぇわなぁ」

運転手が笑い、持谷も笑った。恵太もちょっと笑い、健三も不自然ではない程度に微笑んでいる。四人の笑いを乗せて、タクシーは、〈ミノワ営繕〉の車と、その横に降りて来たふたりの警官の脇を走り抜けた。

警察学校を出て以来、松岡が一番驚いたのは、ひとりになれない、ということだった。とにかく、ひとりになる時間が皆無なのだ。今ではすでに、諦めの中で慣れて久しいが、最初の頃は、戸惑ったものだった。

朝、独身寮で目覚める。慌しく朝の支度をして、いざ出勤の時間になると、迎えが来る。もちろん、専用の送迎があるわけではないが、幹部の誰彼が、出勤の通り道だから同乗させてやろう、とやって来るのだ。そしてそれ以後はずっと、他人と一緒だ。自由に動ける時間など、ない。昼食も一緒だ。そして勤務時間が過ぎても、男たちはダラダラとツルんでいて、夕食は結局どこかで懇談会、あるいは懇親会、さもなければ懇話会、それとも勉強会、そのほかの名称の要するに宴会、ということになる。帰宅するのも、誰か幹部に同乗させてもらうことになり、ひとりになれるのは、文字通り、宿舎の中しかない。そして、まわりの人間たちは、常に、誰が誰と話をしていた、誰それは、なぜ誰それと話をしていたんだろう、誰それが君に話をしていたが、それはどんな話だった、誰それが、君に、こんな話をするだろうけど、それは実はこういう事情だから、という言葉のやり取りに終始している。

（バッカでないか）

松岡は、覚え立ての北海道弁で、心の中で吐き捨てる。

（こうやって、ひとりの人間を、完全な身内として取り込むわけだ）

ということは、頭ではわかっていても、毎日その中に置かれると、頭の中のどこかから、まったりとオカシクなってくるのを自覚する。つくづくヘンな職場だ、と思う。ヘンな職場であり、ヘンな組織だ。……いや、組織というのは、みんなこんなものなのだろうか。

そして今松岡は、豊平区にある、普段は結婚式場として使われている大きな建物の、七階小ホールにいるのだ。さっきまではステージの上の隅で、居並ぶ警察官僚の末席にいたのだが、今は客席の最前列に座っている。目の前のステージの上では、若手落語家が小噺《こばなし》を連発している。そして松岡の後ろには、ズラリと並んだ老人たちが、小ホールをびっしりと埋めている。

地域の、交通安全・防犯活動に協力してくれる人たち、要するに、町内会の役員や顔役たち、つまり老人たちを招いて、功労者の表彰、顔役の講演（なにを言いたいのかわからなかった）、現状報告（数字を羅列し、あとは「温かい一家団欒が大切」「親子の対話が大切」「相手の言葉に耳を傾けましょう」と熱心に訴えていた）、そして休憩をはさんで、東京からやって来た若手噺家ふたりの落語、というイベントだ。

（ほとほと、参る）

落語家の噺自体は、面白い。客の反応の悪さにも負けずに、小噺を連発して空気を和らげ、状況に果敢に挑戦している。そろそろ頃合いだ、と思ったのだろうか、「ちょいと、おまいさん」「なんだよ」と噺に入った。乱暴な親父が、これまた乱暴な、小憎らしい幼い息子を銭湯に連れて行く、という話らしい。結構楽しく面白く、なかなか笑えるのだが、くだらないことに付き合わされている、という意識があって、なかなか集中できない。

（それにしても、頑張っているな）

松岡は、落語家に、心の中で喝采を送った。警察が企画したイベントにありがちなことだが、段取りが悪く、落語家には着替えの部屋、あるいは控え室のようなものも用意されていなかったのだ。施設の担当者は、必要なのではないか、と豊平署に何度も念を押したらしい。だが、所轄の担当者は、おそらく、なんのことなのかわからなかったのだろうが、再三にわたる確認を無視したらしい。その結果、落語家ふたりは、ホールの脇の通路の突き当たりで、そそくさと着物に着替える羽目になった。それなのに、この落語家は、熱心に今、語っている。いろいろと不愉快な思いをしているであろうに。そして、客のスジの悪さにも不満を持っているであろうに。

（これが、プロか）

松岡は、心から感心した。

(俺も、プロになろう。俺がなれるプロは、やっぱりマンガ家か劇画家だ)

「よし。すぐに、相田を連れて帰る」

受話器の向こうで、桐原が即座にきっぱりと言った。

「そうしますか」

ブッチョも、その方がいい、と感じた。

「ああ。おそらく桜庭が、なにか企《たくら》んでるんだろう」

「やっぱ、そうすかね」

「どうせ、わざと姿を見せたんだろうが、この際、ごたごた抜かしてられねぇ」

「はぁ」

「向こうのテに乗せられるってことになるかもしれねぇが、なに、かまやしねぇ」

「わかりました」

「一時間以内に人を寄越す。お前も、できる範囲で荷造りしとけ」

「病院には、なんて言いますか?」

「俺から直接話ぃするよ。もう、実際のところ、病院にできることは、ほとんどねぇんだから」

「………」

「リハビリなら、事務所でもできるしな。あんな辛気くせぇところで、ブスとハゲどもに囲まれてるよりゃ、ウチの方がずっといいさ」

電話が切れた。ブッチョは緑色の受話器をフックに戻しながら、周囲を見回した。病棟の談話室で、大きなガラス窓から、のどかな光が射《さ》し込んでいる。怪しげな人間はいない。だが、心の底が寒くなるような、得体の知れないざわめきを感じた。


ひとり目の落語家の噺が終わったところで、尿意が耐え難くなった。松岡は、両隣の警察幹部に「ちょっとトイレに行って来ます」と呟いて、腰を屈めてホールから出た。出るといきなり伸び伸びとした開放感が体の隅々に行き渡った。

(やっぱ、俺には向いてない)

なんの因果でこんなことになったか。小学校以来ずっと、なぜか成績がよかったからだ。なんで成績なんかがよかったんだろう。さほど勉強せずとも、テストではいい点が取れた。その結果が、これだ。

ほとほと、参る。

だがしかし、今の火急の問題は、それではない。まず、トイレだ。小走りでトイレに向かい、飛び込む。そして、慌ただしくファスナーを下ろして、排尿。素晴らしい。再びの開放感。素晴らしい。急いで排尿を終えて、手を洗い、小ホールに戻りたい。あの若手落語家の噺があれほど面白かったのだから、それよりも先輩であるはずの、今度の落語家の噺は、もっと面白いはずだ。話の途中で入場するのは失礼だろうから、はやく小便を済ませて、次の落語家がステージに上がる前に、席に戻りたい。

しかしこの、排尿の爽快さ。この開放感。

(職場での俺ってのは、満タンのションベンを我慢してるような感じかなぁ……)

あながち、外れていないぞ、と思う。職場にいるときの自分が、満タンの膀胱と同じか、と思うと、妙に情けない。

(はぁ〜あ……)

ため息をつきながら、爽快な排尿を終え、ペニスを振って滴を飛ばし、ファスナーを上げ、洗面台で慌ただしく手を洗っていたら、目の前の鏡の中でドアが開いた。

そしていきなり例の北日の記者が入って来たので、松岡は驚いた。鏡越しに呆然と見つめる松岡に、記者は……確か松尾という名前だったか……これも鏡越しににやりと笑いかけ、「大変ですな」と言う。

「はぁ……」

「顔に出てますよ。馬鹿馬鹿しい、と」

「はぁ……」

(いや、本当は、今は、馬鹿馬鹿しくないんだ。早く落語家の噺が聞きたいんだから)

「道警本部刑事局捜査一課副課長補佐、松岡文夫警部でいらっしゃる」

「はぁ」

「北海道日報社会部記者、松尾、と申します」

「ええ、……存じております……」

（敬語は、これでいいのか？）

「そうですか。話題になってますか」

「はぁ……」

「御自身でも、不思議じゃないですか？　本部の刑事局捜査一課の副課長補佐が、なぜ豊平区のこんな行事に参加させられているのか」

「はぁ……」

（言われたから来てるだけだ）

「豊平区、そして清田区とその周辺は、脇田の系列でしてね」

「ワキタ？」

「そう……本庁の警備ラインの、北海道・東北方面の、……まぁ、ヌシ、というところか。あなたの周囲では、藤田……藤田《ふじた》康三《こうぞう》が、脇田の直系かな」

「局次長が？」

「そう。そんなわけで、あなたが送り込まれたわけだ。島崎《しまざき》が一緒でしょ？」

「ええ。副課長とふたりで出席したんですが」

「本部に戻ったら、どんなようすだった、と尋ねられますよ。このあたりには、それほどネタになる利権はないけれども、〈警友総合警備〉が、来年の春をメドに支社を進出させる予定だから。それに、来年の春には、例年通り、信号や標識の一新工事もあるし」

「来年には、おそらく国会は解散する。それを見込んで、橡脇《とちわき》が豊平区に色気を見せて、いろいろと掘り返し工作をしているようだから、脇田―藤田ラインは、ちょっと気になるんでしょう」

「…………」

「橡脇というのは、民主党の公認を得て、北海道一区に打って出た、若手政治家……政治家の卵です。伯父も祖父も代議士、という政治家一族の息子でね。前回は伯父の地盤を譲ってもらって、一区に立ったんだけど、まぁ惨敗した。橡脇神話終焉か、などと我々もトバしたけれども、……なかなかしぶとい。今回は、民主党の事情もあって、選挙区を変えるわけだが、なかなか善戦するのではないか、と言われている。当然、藤田としては、気になるところでしょう」

「…………」

「と、いうような話には、あなたは全く興味がないでしょうね」

「ええ」

「やはり。そう思ってました。これ、私の名刺です。裏には、携帯の番号も書いてあります。Eメイルのアドレスも書いてあります。連絡を下さい。……なかなか難しい、とは思いますが、なんとか連絡を下さい。わりと急いでいます。……緊急事態、と言ってもいい」

突き出した名刺を松岡がなんとなく受け取ると、松尾は「よろしく」と会釈して、柔らかい笑顔をひとつ残し、出て行った。

(プロだ……)

松岡は、思わず心の中で呟いた。

その時、ドアがまた開いた。松尾が上体を乗り出して、言う。

「言い忘れました。あなたの職場の電話、宿舎の電話は使わない方がいい。官給の携帯電話があるのなら、それも使わない方がいい。公衆電話かなにかで御連絡下さい」

「……秘聴している、ということですか?」

「さぁ?」

松尾はひとつ首を傾げ、「少なくとも、青柳には注意して下さい」と小声で言って、上体を引っ込めた。ドアが、寂しそうに閉まった。


学校が冬休みだし、日曜日だし、もしかすると宿は混んでいるかもしれない、と思ったが、部屋はすぐに取れた。客は結構多いのだが、ほとんどが日帰り入浴に来ているらしい。

篤布温泉は、小さな山の麓に建つ古びた宿で、客はほとんどが地元の人間であるようだった。たいがいは顔なじみらしく、気さくに言葉を交わしている。

宿帳に〈持谷良比古〉と記入する時、健三が手許をさり気なく見つめているのに気付き、持谷は緊張したが、なんとか自然に書くことができた。住所は〈札幌市〉とだけ書き、電話番号は、さっき渡された携帯電話の番号を書く。それで、問題はなかった。

「結構お客さんがいっぱいいますね」

部屋に案内してくれる中年の女性に、持谷はそう言ってみた。

「はい、おかげさまで。もう、ここらは温泉くらいしかないですから。でも、みんな日帰りなんですよ。お泊まりは、お客さんがたと、あと、札幌の会社の宴会と……あと、御家族連れが一組様、ですか」

「なるほど」

「ご家族ですか？」

「え？　あ、僕たち？　ええ、まぁ。息子と、それから兄です」

「ああ、そうなんですか」

「ほら、恵太、こんにちはって、ちゃんと挨拶しなさい」

「こんにちは」

「あらまぁ！　おりこうねぇ！　ボク、いくつ？」

「小学校二年です」

「まぁ！　可愛らしいわねぇ！」

持谷は、心の中でしきりに呟いている。

（俺が、この俺が、「ちゃんと挨拶しなさい」だとよ。死んだ方がマシだ。おりこうねぇ、だとよ。「いくつ」と聞かれて「小学校二年です」だってよ。で、俺は俺でそんなやり取

りを見て、ニコニコしててさ。死んだ方がマシだ）

通された二階の和室は、新しくはないが掃除はきちんと行き届いていて、まぁまぁの部屋だった。入り口が、玄関のようになっていて、窓側は全面障子だ。それを開くと、テーブルと椅子を二脚置いた板の間で、ガラス窓から、雪原が見渡せる。床の間の脇に荷物を積み上げて、持谷は「じゃ、これからどうします？」と尋ねた。

「……まず、恵太を風呂に入れましょう」

「そうですね。恵太、歯が磨けるぞ」

恵太は嬉しそうに頷いた。

「じゃ、まず、私が残りますから、林さん、恵太とふたりで風呂に行ってきてください」

「わかりました」

やはり、部屋を空けるわけにはいかないだろう。ナイフだの、鉈だののほかに、ピストルもあるわけだから。

部屋にあったタオルと歯ブラシを持って、ちょっと楽しそうな、しかし緊張している恵太と、ひたすら静かな健三が風呂に向かう。それを見送ってから、持谷はまず、スーツを脱いだ。ベンチ・コートと一緒にハンガーに掛け、さっき買ったジーンズとトレイナーに着替える。そして、テレビの前に寝そべった。

それから思い付いて、桐原から渡された携帯電話を取り出した。ブッチョに教わったとおりに、操作してみる。

桐原は、「いいんだ」の一言だけで、押し切った。相田の体には、別にチューブが付いているわけではない。コードで機械に繋がっているわけでもない。なんとかいう薬の集中濃密治療法を試してみたい、と言う医者に義理で付き合っていただけだから、自由の利かない体で、ベッドでひたすら退屈していただけだ。だから、退院も簡単だ。桐原が相田を背負い、ベッドから車椅子に移せばそれでいい。あとは若い連中に相田の私物を荷造りさせて、金の精算をすればそれで終わりだ。

「ちょっと、相田さん！」

間抜けな面をした看護婦が、鼻の穴を膨らませて詰め寄る。

「いいんだ」

桐原はそれだけ言って、車椅子を押す。いつもは、あまり車椅子は使わないようにしているのだ。まだなんとか体が動かせるうちは、伝い歩きしてでも、這ってでも、とにかく自分で動いた方がいい、というのが桐原の方針で、相田もそれに耐えた。だが、今の場合はそうも言っていられない。早く病院から出たい。それほど差し迫った危険があるとも思わないが、移動は速やかに行ないたい。それになにより、この看護婦がうるさい。

「よくありませんよ！　なんですか、『いいんだ』って。ちょっと！　待ちなさい！　まだ、治療の途中なんですから！」

「いいんだ」

「毎日のリハビリをどうするんですか⁉」

「いいんだ」

言いたいことはいろいろあったが、そんなことを口にしても始まらない。桐原は、むっつりとした顔を崩さずに、急ぎ足でエレベーターに向かう。ナース・センターの前を通る時、みんながこっちを見ているのに気付いた。中の何人かは後を追ってくる。若い医者もいるようだ。医者じゃない、なんとか士か。なんだったか忘れたが、相田が入院した時、よろしく頼む、と十万円を握らせたら、ひどく嬉しそうな顔をして見せたので、記憶に残っている。金をもらって、あれほど手放しで喜ぶやつも珍しい。ほかの連中は、とりあえずは見え見えの演技にせよ、ちょっとくらいは困ったような、気分を害したような表情になるもんだが。

「とにかく、退院手続きすら……」

なんとか士が言うのを、「いいんだ」と無視して、開いた扉からエレベーターに乗り込んだ。後に続こうとするスタッフなどをブッチョが押し退けて、桐原、相田、ブッチョの三人だけで一階に降りた。扉が開くと、どこからどう連絡したものか、数人の白衣を着たスタッフが待ちかまえていた。そこに、階段の方から駆け下りて来た看護婦や、そうかと思うと隣のエレベーターのドアも開いて、また小うるさいことを言う連中があふれ出てくる。

「いいんだ」

桐原は、前だけを見て、車椅子を押し続けた。てめぇらに、なにがわかる。相田の荷物を持った若い連中が、桐原に追いついた。

駐車場に出ると、すでに改造マイクロバスが停まっていた。このバスには、相田を乗せてどこにでも行けるように、後部座席に車椅子のまま乗り込めるフォークリフトのような仕掛けをくっつけてある。ありがたいことに、そういうオプションが用意されていて、思ったよりもはるかに安い金で済んだ。とりあえず、こういうことに関しては、日本はどんどんいい国になっているらしい。

ケッ！

バスの後部の大きなドアはすでに開いていて、運転席の仮屋がこっちを見て、すぐに機械を操作した。車椅子を乗せるパレットが、ゆっくりと出て来て、伸びる。

（サンダーバードだ、まるで）

これを見る度に、実は桐原は、ちょっとウキウキと嬉しい気分になる。だが、それはいくらなんでも子供っぽい、と思って、誰にも話したことはない。

ブッチョが黙々と従い、若い連中が小走りについて来る周りで、小うるさい連中が飽きもせずにわいわい言っている。病気の話、治療の話、手続きの話、金の話。

「いいんだ、いいんだ、うるせぇな」

その時、桐原のベルトにつけた携帯が振動した。病院に入る時はいつもスイッチを切っておくのだが、どうせもうオサラバだ、と思ったせいか、切るのを忘れていたらしい。右手で携帯を取り出し、「ブッチョ」と車椅子を任せてから、「おう、桐原だ」と言うと、持谷の声だった。

「よう。どうなってる?」

「まぁまぁだ。そっちは?」

「こっちも、無事、着いた」

「篤布にか」

「ああ。健三とガキは、今風呂に入ってる」

「気楽な温泉旅行じゃねぇか。いい気なもんだな」

「そうでもないよ。非常に疲れる」

「いいじゃねぇか、温泉にいるんだから」

「なにか、騒がしいな」

「ああ。相田の退院だ」

「なに?……」

持谷も、なにかを察したらしい。「大丈夫か?」と心配そうな声を出すが、「大丈夫だ」と答えてやると、とりあえず「ならいいけど」と、収まらない口調ではあるけれども、なんとか納得した。

「じゃあまぁ、お互い取り込み中だな」

「こっちはな。おめぇとは違う。切るぞ」

電話を切ってから、(そうか、あいつ携帯が使えるようになったか)と気付いた。ま、これで半人前か。

もうひとつ、なにか忘れていることがあるような気がする。

だがこの時は、それに思い至らなかった。まず、相田が乗っている車椅子の車輪を、パレットに固定しなければならないのだ。

「ウチさぁ、駐車場んとこまでついてってたんだけどぉ、そん時にさ、電話鳴ったのさ。桐原? そのヤクザの? 携帯。してさ、無事着いた? みたいな? そんな話してたのさ。してさ、トップっちゅってたよ。トップ。まわり、うるさかったからさぁ、だから正確かどうかは? 断言できないけどさぁ。あれ、あたし『断言』っちゅってるさ。アハハ。したけどとにかくトップっちゅふうに聞こえたよ。して、温泉っちゅってたみたいだわ」

「そっか。わかった。タイヘンだったべ」

受話器から聞こえて来る佑介《ゆうすけ》の声には、いたわりの色がにじんでいて、富美子《とみこ》は、それが嬉しかった。

「なんもだ」と元気に答えて、「ちょっと今日は会えないけどさ、明日は店に行くからさ、お互い、頑張ろうね」と続けた。

「おう。苦労させて悪いけど、頑張るべ」

「なんもだ。したっけ。バイバイ」

「おう」

佑介の、ちょっとぶっきらぼうな声が、愛おしい。思わずニコリと笑って、緑色の受話器を戻して顔を上げると、わざとらしくこっちを睨んでいる婦長と目が合った。思わず口の中で（あのババァ）と呟く。

とにかく、なにを話していたのか、これだけの距離があるから、わかるはずはない。それに第一、話の内容がバレても、気にすることはないではないか。ただちょっと、小耳に挟んだことを伝えただけだ。

（だいたいあのババァは）と、富美子は思う（ウチば目の敵にしてるんだよな）。

なぜかはわからないが、婦長は、富美子が勤務の合間にヘルス〈やさしくしナ〜ス〉でアルバイトをしていることを、嗅ぎ付けたらしいのだ。いや、看護婦のコスチュームだとか、店の名前だとかの細かいことまでバレているとは思わない。だが、ババァ特有の勘の良さで（そういうことくらいしか、取り柄ないんだべさ、あのバ゛ァ）、富美子が射精産業で働いていることに気付いたらしい。

（そこまでわかってなくても、まぁ、あの年頃のババァだから、要するに『夜の商売』ってか?・）（きっと、私が店でやってることば知ったら、あのババァ、腰ば抜かすんだべな）

（そういうバイトをすることに文句があるんだら、もっと金出せばいいべさや！）

富美子の両親は、道北の過疎地で、くすんだ暮らしをしている。富美子も、中学校までは、人生とはくすんだものだと思い込んでいた。テレビやマンガの中には、華やかな世界があるが、それは、テレビやマンガだけのことで、あるいは、精々東京にだけあるもので、普通の人間の人生はくすんでいる、と思っていたのだ。だが、中学校を卒業して、隣町の高校に通い始めると、どうも自分の世界は、並外れて地味であるらしい、と気付いた。こんなところから抜け出したい、と思った。そう気付いてみると、子供の頃のいろいろなことを思い出す。父親は、村の〈奥〉で水田をやっていたのだ。だが、それが辛くなって、減反政策を幸い、村の〈町〉……正確には街外れに降りて来たのだ。そこで他人の畑を手伝って、細々と生きていたのだ。自分はそんな親の稼ぐ手間賃で生きて来たのだ。ウチの家は、貧乏だったのだ。

こんな暮らしは嫌だ、と思った。田舎にはいいことはひとつもない。テレビで、東京の人が褒める「自然の美しさ」なんて、そこに住んでいる人間には、なんの意味もない。富美子は、高校で、必死になって勉強した。もう二度と村に戻りたくない、と思った。東京のような世界で暮らしたいと思った。だが、東京は、やはり遠い。だから、札幌を選んだ。家には金がない。だから、奨学金の制度を自分であれこれ研究し、医師会やなにかの奨学金システムもある看護婦になろう、と思った。その一方で、経済的な基盤を作るために、月に何度か旭川まで出て、テレクラを駆使して、売春で幾ばくかの金を貯めた。そして札幌の看護学校にストレートで入り、卒業して看護婦として働いて、すでに四年。手に入れたカルティエは、さまざまなものを全部合わせてざっと百五十点。この百五十という点数は、だいたい正確だ。よく、寝る前などに、あれこれと数えて楽しんでいるから、ほぼ間違いはない。だが、金額となると見当も付かない。とにかく、国立療養所の看護婦には、サラ金はほとんど望み通りの金を融通してくれる。

しかしやはり、借りた金は返さなければならず、どんどん増える返済額に追われる生活は、なかなかハードだ。そして、そういう生活を支えるだけの満足な金を、病院が払ってくれないのだ。だから、勤務の合間に客のペニスをしゃぶることに抵抗はない。そっちの仕事が生き甲斐ですらある。

……どうも富美子は、自分では認めたくはないが、不思議なことに自分の人生は、きちんと思い通りに行っていない、と感じている。同僚たちと、話がうまく嚙み合わないのだ。なぜか、職場のみんなが、自分を避けているように感じる。〈やさしくしナ～ス〉で働いていることがバレているわけではないだろう、と思う。バレていてもいいし、クビになってもいいのだが。とにかく、みんなは富美子を避ける。一度入院患者に、「本当にあんたの話し方は乱暴だ。頭がクラクラする。まともな日本語を話しなさい、ちゃんとした人間は、ちゃんとした言葉で話すものだ」と言われ、思わずカッとして怒鳴りつけ、それでも気が済まずにベッドを蹴ったことがある。あの時あれほど激怒したのは、すでにそれ以前から、漠然と、自分の話し方が周りの人と違うらしい、ということを感じていたからだろうか。

話し方のせいでみんなに冷たくされるのだろうか。

だとすると、もう、自分には、ちゃんとした生活は手の届かないものになってしまう。

自分では、ちゃんと話しているつもりなのだから、これが「ちゃんとしていない」のであれば、自分には直しようがない。

（そんなこと、ないさ）

富美子は、自分に言い聞かせる。

（したら、なんで……）

富美子には、友だちがいない。恋人もいない。なぜだろう。顔が可愛くないからか。言葉が、しゃべり方が汚いからか。

そのことを考えるのは、とても恐かった。

その点、佑介はいい。〈やさしくしナ～ス〉の雇われ店長で、奥さんも子供もいるから、恋人ではない。それに、ヤクザみたいだから、ちゃんと付き合うつもりはない。だが、仕事が立て込んだ時、くたくたに疲れた時、電話で話すだけで、楽しい。いくら仕事で、そして嫌いではない、とは言いながらも、きちんと看護婦としての職務を全うしている合間を縫って、客のペニスをひっきりなしにしゃぶって射精させる生活は、辛い。時折、「なんでウチはこんなことしてんだべ」と心の中で呟くことがある。そんな時、佑介の携帯を鳴らして、お喋りするのは楽しい。店で働くタレント（なぜか、〈やさしくしナ～ス〉では、抱えている女性たちを、〈タレント〉と呼ぶ）と店長以下男性スタッフは、私語を交わしてはいけないことになっている。店の外で会ったりするのも、禁止だ。だから、電話でしか話せない。その電話も、佑介は、忙しい人だから、三回に二回は「今忙しい」と切られてしまう。でも、忙しくない時にはいろいろと話を聞いてくれる。

だから、珍しく佑介の方から電話をかけてくれて、相田という患者のことをあれこれ尋ねられた時は、佑介の役に立てると思って、嬉しかった。そして、桐原という男が言ったことで「なんか気付いたら教えれ」と言われた時も、きっと聞き逃さずに、ちゃんと聞いて覚えて、佑介の役に立とう、と頑張った。

なにしろ佑介は、「いい話を聞かせてくれたら、五万、やる」と言ってくれたのだ。

佑介は、本当にいい人だ、と富美子は思う。一度、佑介を誘惑したことがある。でもその時、佑介は、「オレらって、そういう関係にならない方がいいんでないか？　そういう関係になっちまうと、なんか、やっぱりお前も金稼いでっから、そういうことも、オレ、甘えちまうかもしれないべや。したから、そういうんでなくて、今みたいに、ちょっとした縁で知り合って、時たま電話して、励まし合う、みたいな関係って、あってもいいべや」と言った。

それを聞いて、富美子は、嬉しかった。もしかすると、佑介は、自分のことを真剣に考えてくれているのかも、と思ったのだ。

心のどこかで、私の顔が可愛くないから、佑介にさえ、実は相手にされていないのだ、と思ってもいる。だが、富美子は、それに気付かないように、忘れたことにして、生きている。

富美子は、婦長の視線を背中に感じながら、エレベーターに向かう。

（うるせぇ、ババァ）

心の中で、怒鳴り返している。

（今の電話だけで五万だっちゅってるべさや。あんただって、五万だら、電話するべさや。なんだっちゅのさ）

五万円は、大金だ。手取り月給の三分の一強。ペニス十五本分。それが、電話一本で稼げたのだ。

（あんたたら、五万稼がないばない時、なにやるんだべね。男と寝ても金もらえないべさ。逆に金取られんでないの？　もしかしたら、金ば出しても、男に抱いてもらえないんでないの？）

富美子は、婦長の背中に、心の中で言葉をぶつけた。気分が、少しはすっとした。

18

数枚の地図が、テーブルの上に広げられている。当別町篤布地区周辺の地図で、縮尺がそれぞれ違う。篤布温泉のパンフレットもある。テーブルに手をついて、身を乗り出して黙っている桜庭の周囲で、四人の男たちが、あれこれと言葉を交わしている。桜庭は、篤布温泉襲撃のために、五人を選んだ。そのうちの一人は、すでに当別町に向かっている。そいつの報告を聞いてから、最終的な手順を決めて、深更、仕留める。

動くに当たっては、桐原がどういうスジで絡んでいるのか、それを見極めたい、とは思っている。そのためにいろいろと手を打ってもいるが、桐原側のガードも堅く、ポロリとうわさ話を漏らすようなヤツが見当たらないのが困る。

だがまぁ、桐原の動機がなんであるにせよ、それはオフィシャルなものではない、という確信はある。オフィシャルなものではない、ということはつまり、これがこじれても、北栄会と橘連合のケンカには、まずならない、ということだ。ケンカのずっと手前で、決着が付くだろう。少なくともこっちは、話を大きくする気はない。そして、桐原の方もそうだろう、と思う。橘連合には、今そんなことをして遊んでいる余裕はないし、桐原自身も、そのはずだ。

とにかく今は、できるだけ急ぐことだ。

桜庭は、桐原のことが別に嫌いでも憎くもない。あの男は、商売敵のひとり、であるに過ぎない。だが、桐原は、オレが嫌いらしい。ある政治家の内輪の壮行会の時、出会い頭に面と向かって言われたのだ。「オレはてめぇみてぇな下品な奴は嫌いなんだ」。それに対して、桜庭は、非常に腹が立ったが、とりあえず、周囲に業界のオヤジたちがごっそりといたせいもあって、穏やかに受けた。「なるほど。桐原さんは、上品ですからね」。周りのオヤジたちは、ハハハ、と笑った。すると桐原が言ったのだ。「そうじゃねぇ。オレは、別に、上品じゃねぇ。だが、お前は下品だ。お前が下品で、オレは普通なんだ」。……なぜか、これがウケた。周りのオヤジどもは、爆笑した。しかたがない。桜庭も、付き合いで爆笑した。……今思い返しても、不自然だったな、と思う。それが悔しい。

だが別にオレは、と桜庭は思う、桐原が嫌いでも憎くもない。そりゃ、機会があれば、迷わずに殺《と》るが、嫌いなわけでも憎くもない。その証拠に、殺る時も、敢えて苦しませてやろう、などとは思わない。嫌いとか憎いとかいうのは、殺る時は生きたまま埋めてやろう、あるいは、腹を空かせたドーベルマンの群の中に叩き込んでやろう、と思う相手の場合だ。

桐原のことは、嫌いでも、憎んでもいない。

だいたい、仲間内での殺し合いほど、非生産的なものもない。この業界も、殺すの殺されるのと物騒な時代は、もう終わったのだ。カタギのサラリーマンでも、殺したいほど憎い相手、というのはいるだろう。それだけのことで……

だが、もしも桐原を殺る機会があったら、ということを考えるのは、楽しい。時間をかけて殺すことはしない。最後の最後にまでも、桐原から、下品なヤツだ、と思われるのはまっぴらだから。だから、ひと思いに殺してやるさ。だが、せめて、命乞いのチャンスは与えてやりたい。たとえば、土下座して謝れば、「下品だと言って申し訳なかった」と謝れば、命は助けてやる、と言うのだ。そして、桐原が必死の思いで土下座して謝った後で、「やっぱり、殺る」と言うのだ。

これは、気分がいいだろう。

下品か?……これくらいは、許容範囲だろう。

その時の、桐原の絶望を思いやると、……気分が爽快になってミゾオチが沸き立つ。

だが、まぁ、そんな機会はないだろう。

お互い、業界の商売敵として、ビジネスの上で、渡り合う仲だ。

だが、もしも……

その時、ノックの音が響いた。

「おう」

桜庭が答えると、ドアが開いて、筆頭若の芳野《よしの》が、そのたるんだ顔を見せる。

「どうした？」

「門前の伯父さんが見えました」

桜庭は、心の中で舌打ちをした。門前にだけは、今回のことを知られたくなかった。どのバカが……と思って四人を見回すと、碓居《うすい》がちょっとおどおどした目つきになる。桜庭はため息をついた。四人には、仕留める相手の名前も、その背景も、まだなにも教えてはいない。だが、ターゲットは子供だ、とだけは言い渡してあった。そして、絶対に口外するな、と命じたのだが、〈口外〉という言葉の〈外〉は、それぞれの事情で範囲が決まる。別に、碓居が積極的に門前に話を漏らしたとは思わない。だが、慌しくしている碓居を見て、門前が「どうしたんだ」というくらいのことは尋ねるだろう。そして碓居が「ガキをバラすらしい」と答えるのも、まぁ自然な成り行きかもしれない。

うんざりしている桜庭の前に、いがぐり頭の門前が姿を現した。もう六十近いはずだが、妙に若く見える。小柄で、童顔で、笑顔が可愛らしい。ヒゲがほとんど生えない肌は、ツルリとしていて、張りがある。お菓子を持って公園に行き、そこらの子供にお菓子を与えるのが好きだ。

「御無沙汰してました」

「いや、こっちこそ。わざわざご足労で」

「……なにか、役に立てることがあるかと思って……」

「いえ、こちらこそ。お忙しいところ、なにかと御迷惑かと」

こういうスジは絡めたくない、と桜庭は思っていたのだ。だが、門前がここにやって来たからには仕方がない。暗澹《あんたん》とした気持ちで、渋々、桜庭は芳野に頷いて、「いいぞ」と言った。芳野は、「へい」と頭を下げて、ドアを閉めた。門前は、ちょっとみんなから離れて、その童顔を精一杯引き締めて、真剣な表情を作り、みんなが見ている地図に目を落とす。周りの男たちは、なんとなく門前から身を引く。

この男は、知られている範囲では、日本国内で子供を殺したことはないはずだ。一年の半分をタイのパタヤで暮らしているので、そこでどうにかして、発散しているらしい。なにをどうしているのか、知りたいとは思わない。

(こいつだけは、混ぜたくなかった……)

桜庭は、何度も心の中で呟いた。

いつの間にか、眠っていたらしい。人の気配で目覚めると、健三と恵太が、窓のところの椅子に座って、ぼんやりしていた。持谷が起き上がってあぐらをかくと、ふたりがこっちを見た。健三が、会釈をする。

「風呂、どうでしたか？」

「ええ。混んでました。入浴客が多くて」

「そうか」

持谷は、混んでいる風呂が好きではない。

「じゃ、私は、空いてからにしようかな。入浴の人たちは、そのうちに帰るでしょう」

健三は、静かに頷く。恵太は黙って、ポケモンの本を熱心に読んでいる。

「風呂からの帰りに、夕食はどこで食べるか、と聞かれました」

「はぁ」

「人数が多い時は、食堂で食べることになるそうなんですが、今日は客が少ないので、部屋でも食べられる、どうするか、ということでした」

「ああ、なるほど。部屋で食べる方がいいですよね」

「そのように頼みました」

「はぁ」

持谷は、頷いた。すると、恵太が不意に言った。

「山菜料理が自慢なんだって」

わりと明るい表情だ。

「あ、そうか」

「裏山で、たくさん採って、それをいろいろと工夫して、冬にも食べられるようにしてるの。おばさんが、そう言ってた」

「そうか」

持谷はそう言って、ニコニコした。恵太もニコニコする。

(あ〜あ!)

持谷は、心の中で呟いた。

(だからよ。こういうのが、苦手なんだって。こういうことができてたら、別に俺は、女房子供と別れずに済んだんだから)

この、ヘソの痒《かゆ》さはいかがなものか。

だがとにかく、恵太がニコニコしているから、持谷もニコニコした。

携帯が鳴った。ディスプレイには、公衆電話、と出ている。

「松尾です」

「どうも。松岡です」という声には、緊張感はない。「それで」と続ける。「今晩ですね、二十一時から、グランドホテル東館三階の、〈花の間〉で、会合があるんですよ」

「ほう」

「それが面白くて、あなたの……松尾さんの会社の、接待なんです」

「ああ、なるほど」

「一応、北海道日報の社長ほか経営陣と、道警本部幹部の情報交換、ということになってますけど、要するに、手打ちですね」

「なるほど」

「あなたの、例の質問のせいですよ」

「ええ、わかりますよ」

「ウチのオヤジどもは、記者クラブを人質にしたみたいですね」

「それともう一つ、春のマラソンも、人質にされたみたいだな」

「は?」

「SAPPORO 世界マラソン、というのを、毎年やっているわけです。春の連休明けに。ウチとSBCが共同主催して、世界のトップ・ランナーも十名近く招待する、大イベントです。これにはもちろん、道警の協力が不可欠だ。このイベントで、なにかブザマなことがあったら、まぁ、当社としては、ちょっとダメージが大きい」

「……なるほど……」

「そこらへんをつつかれたら、当社の経営連中は、手も足も出ないわけですよ」

「………」

「だがま、そんなことはどうでもいい。それで……」

「でも、ウチのオヤジどもは、松尾さんの更迭を要求するみたいですよ」

「ま、それは連中の自由です。日本は自由の国だから」

「ええ、まぁ……それはそうですけど」

「で、とにかく、そういう宴会があるわけですね」

「ええ」

「それで？」

「で、今までの経験からすると、接待側のオヤジたち……要するに、北日の幹部連中は、まぁ、一時間もすれば帰ると思うんですよ。普通はそうなんです。顔合わせをして、ちょっと雑談して、それから普通は、接待側は、姿を消します。そうじゃないと、こっちのオヤジたちが、ハメを外せませんから。で、どんなことがあっても、店は、怒りません。怒る代わりに、接待側に請求書を送るわけです」

「らしいですね」

「で、ウチのオヤジたちは、まぁ呑み方が汚いですから、だらだら続けて、そのくせ酒には弱いですから、二十三時過ぎには、めちゃくちゃになってると思うんです」

「なるほど」

「その時に、十五分から三十分くらいなら、抜け出せると思うんですよ」

「大丈夫ですか？」

「ええ。バレないと思います。それに、よく考えたら、バレればバレたで、なんの問題もないですから。私はそろそろ、こういうオヤジたちに付き合うのが面倒臭くなって来て」

「なるほど。その気持ちはわかるけど、惜しいな。あなたのような人が、警察庁のキャリアにもっと増えれば……」

そう言いながら、松尾はちょっとこそばゆい気持ちになった。経験の足りない若者を、おだてて利用する時にはいつもこんな気分を味わう。必要なのだ、と自分に言い聞かせても、居心地の悪さは消えない。

「まぁ、その話は後でもいいでしょう。とにかく、そんな感じでいかがでしょうか」

「わかりました。それでは、私は近くで待機していますから、抜け出せたら、またこの携帯を鳴らして下さい」

「どうも、駅前のマーケットで、買い物をしたようっすね」

受話器から、浅野の落ち着いた声が聞こえる。桜庭は、ほう、と答え、なんとなく窓に目をやった。窓の外は、すっかり夕闇が濃くなっている。暗くなると、川の向こうに広がるススキノが明るくなる。桜庭は、その夜景を眺めるのが好きだ。日曜日だが、ススキノの街の灯《ひ》は、普段と同様、色とりどりに輝いている。

「どんなものを買ったのか、詳しくはわからないんすけど、……あまり聞くと、変に思われるし、それでそれほど詳しくは聞かなかったんすよ。でも、ナイフや鉈は、間違いなく買ったみたいすね」

「なるほど」

どんな連中なんだ? デブは、なんとなくわかる。おそらく、便利屋だ。だが、ジャンパーを着ているという男は、誰なのか。

「あと、着替えですね」

「どんなものを買ったんだ?」

「うまく聞き出せませんでした。警戒心が強い女で」

「…………」

「で、駐車場にあった車を盗んだようすね」

「ほう」

「時間は、重なってます」

「どんな車だ」

「ヴァンです。営繕屋の。その車は、すぐに見付かったんすけどね。街外れで」

「……中で、着替えたな」

「あ、そうすかね」

「そうだろう。きっとそうだ」

「なるほど……」

「で、これからちょっと、温泉に行ってみようと思うんすけど」

「あまり無理すんなよ。気付かれても困る」

「その点は、充分気ぃ付けます」

受話器を置いて、桜庭は、「そろそろ、行け」と命じた。五人の男たちは、小声で熱心に言葉を交わしながら、桜庭の執務室から出て行った。

半時間後、五人の男たちが、桜庭の用意したスペクトロンに乗って、出発した。乗り込む時、ちょっと揉めた。門前と並んで座るのを、みんな嫌がったからだ。もちろん、そんなことを誰も露骨には言わない。門前は地位の上では格が完全に上で、本来はこの実行部隊のリーダーになるはずの地位にある。門前が、席割りをしても不思議ではない場面だ。だが、みんなは、門前自身も、そのことを忘れたフリをして、「伯父さん、助手席にお座りになりませんか?」「いや、伯父さんは右奥がいいですよ。いちばん楽ですから」「いや、まん中の右端が、揺れなくていいですよ」などと席を譲り合い、門前自身も、積極的には動かなかった。それでちょっともたついたが、結局、どこかに座らなければならないのだ、という当たり前の結論が暗黙のうちに成立する。そして、運転を担当する、押しの一番弱い太田が、助手席に座ってもらえば、体が触れ合わずに済むから、と無理矢理自分を納得させて譲歩し、「伯父さん、やっぱり、助手席が眺め、いいっすから」と自分から言い出してくれたので、全員がほっとした。

自分の存在が、みんなを気まずくしている。門前はそのことを充分理解しているから、助手席で、目立たないように小さくなっている。

門前としては、子供を自分に殺させてくれれば、後は特に注文はない。みんなのために、コンビニ弁当を買ってやろう、とまで思っている。子供は、門前が殺す。そのことは、彼が姿を現した瞬間に、既定の段取りとなった。そのことを、五人全員が理解している。

門前の知っている範囲では、……つまり、経験からすると、男の子のペニスは、四歳くらいから勃起するようになる。手や指、そして舌や唇で刺激すると、まず間違いなく、立つ。時間がかかる場合もあるが、根気よく刺激を続けると、必ず勃起する、と言ってもいい。そんな時の、子供の、不思議そうな、困惑している表情が、まず、堪えられないほどに、いいのだ。

だがやはり、七歳から十歳くらいの子供のペニスがいい。これくらいになると、ある程度の大きさになっていて、小さな体と、幼い顔と、そして固く勃起したペニスの、華奢《きゃしゃ》だが固いそのありさまとの対比が、言いようもなく素晴らしいのだ。中には、まだ包茎で、痛がる子供もいる。その痛がるようすも、門前は好きだ。

そして、勃起した、小さくて固いペニスを握る。子供は、困ったような、不思議なような顔をして、門前の顔を見る。その時、門前は、「どんな気持ち?」と尋ねる。今までの相手は東南アジアの子供だから、当然、日本語がわからない。もっと困った、もっと不思議そうな顔で、首を傾げる。それがまた、いい。門前は、その表情を堪能して、にっこりと笑い掛けてやる。子供も、にっこりする。そして次の瞬間、素早くペニスを切り落とす。

その時の、驚愕の表情。次の瞬間の、苦痛の表情。絶叫し、泣き喚きながら、自分の股間に両手を当て、あふれてくる血に両手がどんどん赤くなっていく、その光景。股間から血を流しながら、のたうち回る、全裸の少年。

これは、いくら見ても見飽きない。

この光景に比べれば、その後はもう、ただの必要な段取りであるに過ぎない。喉を切り裂くのは、早く楽にしてやろう、という思いやりからだ。

門前は、その状況を頭に思い描いて、うっとりした。思わず、溜息が漏れる。

その溜息を聞いて、太田が、チラリと視線を投げる。目が合うと、慌てたように前を見る。

(申し訳ない)

門前は、心の底から、そう思った。

(でも、オレが悪いわけじゃないんだから)

そして、オレは今でも、殺した子供のことが全員好きなんだ、と思う。好きな子供を、殺さなければならないオレ。なんて可哀想なんだろう。

夕食の時、持谷はビールを頼んだが、健三は呑まなかった。酒が呑めないわけではないらしい、と持谷は思った。万一の場合に備えて、呑まないでいるのだろう。なるほど。持谷は感心し、そして自分でも驚いたことに、持谷自身もビール一本だけで終わりにして、あとはおとなしく食べた。

恵太は、〈サザエさん〉を楽しそうに見て、それから結構たくさん食べた。よく考えたら、お菓子の類やサンドイッチだけで、ほとんどまともなものを食べていないのだ。子供がもりもり食べるようすは、可愛らしいものだな、と持谷は思い、息子のことをぼんやりと思い出した。

（……だからよ。よそうや。こういう湿っぽい気分は）

恵太は、さっき覚えたばかりの言葉が面白いらしく、「どれが山菜？」「なんていう山菜？」と、山菜という言葉を連発する。その度に、健三が、言葉少なに、だが丁寧に、ギョウジャニンニクだの、二輪草だのと、説明してやっている。そうだ、健三は山の中で暮らしているんだったな、と持谷は改めて思った。

NHKの七時のニュースが始まった頃には、恵太はうつらうつらし始めた。で、持谷が布団を一組敷いて、恵太を寝かせた。抱いて布団に移す時、恵太はぼんやりと目を開けたが、すぐにそのまま眠ってしまった。恵太に掛け布団をかけてから、持谷と健三は、無言でニュースを眺めた。

北海道ローカルのニュースになっても、昨日の人質籠城事件の被害者であった高見沢恵太君が連れ去られた、という報道はなかった。まぁ、これは当然だろう。恵太の両親は、きっと「恵太は家で寝ている」とでも言っているのだろう。だがしかし、と持谷は考える。恵太を連れ去ろうとした連中、追いすがり、映画館で襲って来たあの連中は、高見沢の両親のことを、どう考えているのだろう。そして、警察は、彼らにどういう話をするつもりなのか。大丈夫なのか、恵太の親たちは。

持谷は、できればそのあたりのことを健三と話し合ってみたい、と思った。だがどうも、声をかけづらい。健三は別に、むっつりと押し黙っているわけでもないし、難しい顔をしているわけでもない。ただ、非常に穏やかな顔をして、ニュースを眺めているだけだ。

それなのに、なぜか話しかけることができない。不思議な男だ、と持谷はしみじみ思った。

(さて。まぁ、それじゃ)

持谷は立ち上がり、座布団をふたつに折って枕にして、恵太の布団の横に寝転がった。彼も確かに疲れてはいて、少し眠気を感じている。おそらくは、一本だけ呑んだビールのせいだろう。ほんの軽い酔いで、ここで少し仮眠すれば、さめるだろう。そうしておけば、夜は安心だ。

(Tomorrow, and tomorrow, and tomorrow,

Creeps in this petty pace, from……)

持谷は目をつぶり、『マクベス』の中の一番好きなセリフを、声を出さずに暗誦した。無理矢理眠る時は、これに限る。どんなに眠気の尻尾を捕まえるのが難しくても、多くとも十回繰り返すうちには、まぁたいていは、トロトロと眠りの中に溶けて行けるのだ。

「だっけっの、コンソメパンチ、コンソメパンチ、し～んとっおっじょう！　コンソメパンチ、コンソメパンチ、カ～ルビィだっけっの、コンソメパンチ、コンソメパンチ、し～んとっおっじょう！　コンソメ……」

ふと気付いてみると、ずっと同じ歌を聞いている。持谷はハッとして目を開けた。布団の上に恵太が座って、ポケモンの絵本を眺めながら、小さな声で歌っている。持谷が起き上がると、歌声はすぐに止んだ。こっちを見て、ちょっと恥ずかしそうにしている恵太に、持谷は言った。

「今、何時だ？」

持谷は腕時計をしていないので、時間がわからない。テレビも消えている。恵太は、自分の腕の時計を見て、「七時四十二分です」と言った。持谷が寝たのは精々二十分。だが、気分は非常に爽快になった。ビールの酔いは、完全に消えている。

「林のおじさんは？」

「さっき、廊下に行きました。タバコを喫《す》ってるんだと思います」

なるほど。

「じゃ、おじさんも、タバコ喫ってくるかな。すぐ外にいるからね」

持谷はそう言い置いて、廊下に出た。すぐそば、階段の降り口のところにソファと灰皿があって、そこで健三がタバコを喫っている。どうやら、持谷のピースらしい。ピースに火を点けてやって来る持谷にタバコを見せて、健三は会釈した。

「どうも。一本、頂きました」

「ええ、どうぞ。……林さん、タバコをお喫いになるんですか」

「時折。ほとんど喫いませんけどね。……あれば、喫います」

「そうですか。キツくありませんか、そのタバコ」

「いえ、大丈夫です」

健三は首を軽く横に振り、持谷は頷いた。

それでもう、ふたりで話す話題は途切れた。

階下から、賑やかな気配が伝わって来る。「まだ、入浴客はいっぱいいるみたいですね」

持谷が言うと、健三は、「ええ」と頷いた。

これで、完璧に、話題はなくなった。


携帯が鳴った。

「松尾です」

「あ、どうも。松岡です」

相変わらずのんびりした声だ。

「もう、出られるんですか？」

そう尋ねながら、松尾は時計を見た。思ったよりも早い。午後十時十二分。

「ええ。話はあっさりと済みまして。御社の社長ほか御一同様は、……三十分もいなかったな」

「なるほど」

「あとはもう、だらしない酔っ払いの集団でね。すでにほとんどが記憶を失ってますね」

「そうですか。……でもまぁ、ある程度は警戒した方がいい。そういう中に、時折、泥酔したフリをして、はっきりと全部を覚えている、そういう呑み方をするのも混じっていることがあるから」

「そうですか。なるほどな。そんなヤツも混じってるんだろうな」

「でもま、とにかく、それじゃ、私は、ええと……東館九階の九二五号室におります」

「九二五ね。わかりました。じゃ、これから参ります」

「そうですか。じゃ、お手数ですが、お願いします」


十時を過ぎて、ようやく風呂が空いてきた。持谷が覗《のぞ》いてみると、脱衣室にはふたり分の服が、籠《かご》に入れてあるだけだった。服を脱いで浴室に入ると、老人がふたり、ひとりは腰掛けて体を洗っている。そしてもうひとりは、浴槽の中で気持ちよさそうに、小声でなにか歌っている。持谷は、ざっと体を洗って、浴槽に入った。茶色い湯で、硫黄のニオイが強い。腕を撫でると、ほんの微かな粘りがあるようで、ツルツルする。湯のぬくもりが、体にジワリと広がって、思わず「ああ」と声が出た。

のどかだ。

とても、ヤクザに追われて、子供を連れて逃げている、などとは思えない。まったく、俺はいったい何をやっているんだろう。

「はぁ〜あ……」

また思わず声が出る。湯に浸《つ》かっていた老人が、首をめぐらせて、持谷に目を向け、嬉しそうな笑顔で声をかけた。

「にいさん、気持ちいいかい」

「あ、ええ。いいお湯ですね」

「ああ、そうだよ」

そう語る口調は、歳のせいか、やや嗄《か》れてはいるが、力強い。

「ここらで、一番いいお湯だんだよ」

「そうでしょうね」

「オレらはあんた、子供の頃から、このお湯に入ってっから。したからあんた、こんなジイサンになっても、シミひとつねぇど」

湯が茶色く濁っているから、はっきりとは見えないが、確かに老人の肌は、歳に似合わずツヤツヤしているようだ。だが、それにも増して持谷を驚かせたのは、その引き締まった体だ。ほんの微かな弛《たる》みはあるが、贅肉のない体に、筋肉がはっきりと盛り上がって見える。

「それにしても、逞《たくま》しい体ですね」と思わず口にしてから、失礼だったか、と持谷は慌て、付け加えた。「私なんか、こんなにブヨブヨで」。その自分の言葉に、持谷は微かに傷ついた。

「ははは！」

老人は気持ちよさそうに笑い、「ずっと山で働いてたんだも、俺」と言う。

「そうですか」

「俺、あんた、今年で八十だ」

「え!?」

持谷は、お世辞ではなく、心の底から驚いた。まだ六十代だろう、と思っていたのだ。

「ウソでないよ」

「お若いですね」

「ま、この温泉のおかげだな。山さ入ったら、いろいろあるんだ、ウルシにかぶれた、草で手ぇ切った、ブヨに刺された、ダニに噛まれたってな」

「でしょうねぇ」

「そんなの、あんた、この湯さ入ったら、いっぺんで治るんだも」

「でしょうねぇ」

「いい湯だんだ、ほんと」

それからしばらく、ふたりはぼそぼそと語り合った。老人は、十年ほど前まで、山で働いていたのだそうだ。山で働く、ということが具体的にどういうことか、都会育ちの持谷は、いま一つ具体的に理解できなかったが、熱心に耳を傾けた。老人は、ほとんど毎日山に入り、ほとんど毎日、この温泉にやって来た。そして十年前に、山仕事を引退することにした。すると、温泉の宿主さんが、ここで働かないか、と言ってくれたのだという。住み込みで、風呂の手入れをしてくれ、という話だった。老人はありがたくその申し出を受けて、以来毎日、風呂の手入れをしている。これで、なかなか忙しい。仕事が終わるのは毎晩十時。風呂を午後九時で閉めて、それから一時間かけて風呂掃除をする。それから、ゆっくりと風呂に入る。長年の付き合いの、雑用係のじいさんと一緒に。

「ほれ、あそこで体洗ってる、あのじいさんだ。長い付き合いだんだ、あのじいさんとも」

「はぁ、そうですか」

持谷はそう答えてから、ハッと気付いた。

「あれ？　ということは？　もう、今は風呂は閉まってるんですね？」

老人は、面白そうに、ははは、と笑った。

「ああ、実はそうだんだ。脱衣室んとこに、そう書いてあったろうさ。紙の札下げてあんだけど、気ぃ付かなかったか？　お客様の御入浴は、午後九時までっつって、書いてあんだけど」

「ああ、それは」と持谷は慌てた。「すみませんでした。お邪魔ですね。すぐ出ます」

老人は、ははは、と笑う。

「いや、いいんだ。なんも、一人くらい。別にいいんだ。ゆっくり入ってなさいや」

「はぁ……」

老人はそう言うが、持谷は、できるだけ手早く体を洗い、そこらを必要以上に汚さないように気を付けて、最後にまた湯に入って温まり、「失礼しました」と頭を下げて、浴室から出た。

「朝はあれだよ、お泊まりのお客さんは、六時から入れっからね。俺があれだ、ちゃんと支度して待ってんだから」

老人は、機嫌良くそう言った。

19

桜庭はすでに、コンビニの前でタクシーを呼んだ三人連れの情報を得ていた。男ふたり、少年一人。この三人連れが、篤布温泉まで乗ったのだ。

「ご存知でしたか」

碓居の声は、ちょっと残念そうだ。おそらく、やや苦労して探り出した情報なのだろう。

「ああ。麻倉が、タクシーの配車係に酒を呑ませてな。聞き出したらしい。さっき、電話を寄越した」

「アサクラ?」

「解体屋だ。そこいらの近くに、〈アサクラモータース〉って工場がある。そこのオヤジだ。念のため、と思って話を振ったら、思ったよりもよく働いた」

「はぁ……」

「で？　状況はどうだ？」

「客は、三組です。その三人連れと、札幌の工務店の団体、そして家族連れです。家族連れは、夫婦と、小学生くらいのガキがふたり」

「そうか。その三人連れに間違いないな」

「そうすね」

「駐車場に車は？」

「宿のロゴが入ったヴァンとマイクロバス、それと、ワゴンR・FTターボ、デリカ・スペースギアXG、ハイエース・レジアス・ユーロカスタム、合計五台です」

「……おめぇな、そういう言い方は、やめろ」

「は？」

「車の名前だ」

「へぇ……」

「なんの能もねぇバカで、暇を持て余して中古車雑誌を隅から隅まで読みふけってる、それ以外なんもナシってなバカに、そういうのがいるよ」

「あ、へぇ……好きなもんで……」

「なんでもいい。とにかく、もっと簡単に言え」

「へぇ。以後、気を付けます」

「……とにかく、充分気を付けてな」

「へぇ」

「……門前のオヤジはどうしてる?」

「おとなしくしてますよ。静かなもんです」

「……二度とツラぁ見たくねぇ人間のひとりだな」

「……そうっすね……」

覗き穴から確認し、ロックを外してドアを開けた。松岡は、ちょっと酔っているが、それよりもなにか気負ったようすで、「例の青柳ですが」とすぐに本題に入ろうとする。

「ええ」

と慎重に答える松尾に、「青柳って名前を口にするだけでも、オヤジたちがうろたえるんです。微妙に空気が変わるんですよ。なにか、本当におかしいんです」と一直線に話す。

「ま、ちょっと待って下さい。ドアを閉めてからにしましょう」

「あ」

松岡は慌てて口をつぐみ、すっと入って来る。

「とにかく、慎重に……」

「はぁ。すみません、ちょっと呑んだもんで」

「で？　青柳のことは、なかなかわかりませんか」

「ええ。ちょっと時間がかかりそうですね。オヤジども、気合いを入れて秘密にしてるみたいで」

「そうか」

松尾はそう言って、腕組みをする。

「それで……」

と話を続けようとする松岡を手で制して、松尾は言った。

「私は、あなたを信用することにしました」

「はぁ……」

「で、私がこれから話すことを、まず聞いて下さい。何人もの命がかかっている話です」

(大袈裟な)

と松岡は思った。松尾は静かに語り始める。

(まさか)

四分後に、松岡はそう思った。

(あり得ない)

六分後には、そう思った。

そして、十五分後、話を聞き終えた時には、心の中で呟いていた。

（どうすりゃいいんだ……）

「問題は、警察に……あなたがたの組織に助力を請うことはできない、という点です」

「しかし……」

反論しようとしたが、松岡にも問題点は容易に理解できた。

「敵にとっては、たった一本の電話でいいわけですよ」

「…………」

「たとえば、子供と、大人ふたりの命が危ない、と警察に通報したとしましょう。おそらく、青柳だのなんだの、腐った連中は、ほんの一握りのはずだ。だが、その範囲がわからない。警察が出動する直前にでも、その気配を察知して、内部の誰かが、電話を一本かける。受けた者が機敏に動いて……警官が、現場に到着した時には、すでに先回りした何者かに、子供たちが襲われていて……死体を回収するハメになる……そういう可能性が、常について回るわけです」

「しかし……」

「どうですか？　あなたは、絶対に信頼できる上司、というものに心当たりはありますか？」

「それは……」

松岡は、口ごもった。全面的に信頼できる上司。そんなものがいるだろうか。少なくとも、根回しと陰謀と、組織の中での自派閥の勢力拡張や延命に熱中している彼らに、正義を求めるのは……あまりにナイーブ、ということになるか。

「人間を、自分の手で殺すことのできる人間は、そんなに多くはない。……まぁ、瞬間的にカッとして、あるいは恐怖から、無我夢中で殺す、ということは誰にでもあるでしょう。しかし、利益のために、冷静に計画を立てて殺す、ということができる人間は、なかなかいないものだ、と私は思います」

「………」

松岡は、無言で頷いた。

「しかし、組織が絡むと別でね。自分の属している、自分がそこから利益を得ている、そういう組織の要請であれば、そして、自分の手を汚さずに済むのであれば、人を殺す……邪魔な人間を排除することを、見て見ぬふりすることのできる人間は、少なくない。……いや、もしかすると、人間てのは、たいがいそうだ、と言えるかもしれない」

「いや、そこまでは……」

そう呟く松岡に、松尾は眉毛を軽く持ち上げて首を傾げ、ちょっと保留、という仕種をして、話を続けた。

「それに、組織というのは、こういう時、非常に便利なものでね。どんなに遡《さかのぼ》って調べてみても、殺人に……ある人間の排除に、責任を負うべき人物は最終的に誰なのか、うやむやになってしまう」

「………」

「そのあたりは、松岡さんの方がよくおわかりでしょう。実行犯か、せいぜい、その実行犯に直接命令を下したあたりまでしか、辿れない。……今の警察の捜査手法では、そうでしょ？　と言うか、警察の捜査は、そこまでしか関心を持たないもの、踏み込まないもの、という暗黙の了解があるはずだ」

「………」

松岡は、無言で頷いた。そういうようなことを、上司なり先輩なりから、直接言われたことはない。だが、汚職事件をはじめとする、了解しづらい死体が並ぶ事件では、なんとなく、「ここまで」という、見えない立入禁止のロープが張られているらしい。そのことは、過去の事例の研究の時などに、ぼんやりと感じた。そのロープの向こうは、濃い霧か闇に包まれていて、その中で、オヤジどもがごそごそともつれ合っている気配が伝わって来るのだ。そのゴソゴソは、ひしめき合うオヤジたちの衣擦《きぬず》れかもしれず、ヨダレを垂らした口から漏れる浅ましい息遣いかもしれず、あるいは金を掻き集めては分け合っている、その札が擦れ合う音かもしれない。

(このまま、レールを進んで行くと、俺も結局、そういう世界に取り込まれるのだろうか……)

松尾は、松岡を黙って見つめている。

「で……私には、なにができるんですか？」

「そうだな。……まず、私の話を疑うことです」

「は？」

「どうも、あなたの反応は、素直すぎる」

「はぁ……じゃぁ、今までのお話は、ウソなんですか？」

「いや、本当です。しかし、そう簡単に、人の話を信じちゃいけない」

「……でも、説得力があるから……」

「説得力ね。確かに。人間は、常日頃感じていて、そして、『もしかしたらこうなんじゃないか』と思っていること、あるいは、『こうだったらいいのに』と思っている話を聞くと、コロリと信じてしまうものです」

「……で？　なにがおっしゃりたいんですか？」

「私は、あなたに、本当のことを話した。これには、人間の命がかかっています。このことを信じてくれたのはありがたい。しかし、今の私の話以上に、説得力のある話を、あなたは聞かされるかもしれない。そして、あなたがその話を信じてしまったら、……取り返しがつかない」

「………」

「まず、このことを、肝に銘じて下さい」

「……わかりました。それで？」

「状況をあれこれ考えると、あなたにできることは、非常に少ない」

「………」

「あなたは、まだ、自分の判断で動かせる部下をお持ちではない」

「ええ」

「全面的に信頼できる人間……上司にせよ、部下にせよ……そういう人間も、まだ獲得していない」

「……その通りです」

松岡は、突然、自分にできることは何一つないのだ、と悟った。おそらく、日本で最も強力な力を持つ組織の中枢に肉薄していながら、自分にはなんの力もない。暗黙の相互監視システムと、派閥同士の牽制にがんじがらめになって、なにをすることもできないのだ。せいぜい、寮の自室でスケッチブックに好きな絵を描くことしか、今のところはできない。俺は、暴走族と同じだ。いじめをしている中学生と同じだ。ひとりでは、なにもできない。徒党を組まなければ、なにもできない。

「ただ」と松尾が言う。「あなたは、見ることと、考えることができる。そして、うまくすると、それを私に伝えることもできるはずです」

「はぁ……」

「ただ、事態は急を要する。……時間をかけてはいられないので、……少々荒っぽい手を使います」

「………」

「これを読んでください。青柳という刑事について、私が事実と憶測を交えて作成した文書……要するに、怪文書です」

「あ、怪文書……」

正式に講義で習ったわけではないが、こういう文書の存在は、折に触れて耳にした。警察という組織が非常に恐れるのが、内部告発というやつで、警察庁幹部は、各道府県警の現場の事情に精通し、末端警察官の不満をよく把握しなければならない、と教え込まれる。その不満への対処を誤ると、内部告発という形の怪文書が流出することがままある。末端警察官が、自分が体験した、見聞きしたと称する不正などを、マスコミに匿名で暴露するわけだ。この対応には、細心の注意を払わなければならない、と厳しく言われる。そして、いくつかの怪文書の実例と、それへの対応の成功例・失敗例なども事細かにレポートにまとめられており、部外秘のスタンプが捺《お》してある。松岡も、いくつか読んだことがある。

もちろん、怪文書は警察内部からのみ出るわけではないし、警察からの情報漏洩でも、怪文書などの形を取らずに、知り合いのマスコミ関係の誰かへの耳打ちでも事足りる。しかし、公《おおやけ》になった場合、形となって残るだけに、警察内部から出たとおぼしい怪文書は、影響力が格段に違う。

「現段階で、使えるネタは非常に少ない。それは事実です。また、高見沢恵太君に言及するわけにはいかない。それで……こういうものを作りました」

松尾は、A４の紙にワープロ文書を打ち出したものを、差し出す。

「全部で三枚です」

松岡はタイトルを見た。

〈道警本部刑事局捜査一課　青柳班の謎〉

そのまま読もうとすると、「あ、いや」と松尾が困ったような声を出す。

「なにぶん……それは、つくりものです。で、私は、まぁ、文章を書いて飯を食っている者の端くれですから、そのぅ……目の前で読まれるのは、ちょっと辛いです」

「はぁ」

「とりあえず、文章を汚してありますから。いかにも怪文書、という感じに。稚拙で下品な文章、といえばいいか。どうせ、後になって読まれるわけだけど、目の前では……」

「あ、わかりました」

「で、そこに書いてあるのは、こういうことです。ええと……」

松尾は文書に目を落とし、ポイントを松岡に教える。

「まず、一九九二年七月十二日に、北栄会花岡組内部のいざこざで、花岡組系幌中会の構成員だった金融業者が、自分の事務所、これは店舗兼自宅だったんですが、そこで射殺された事件がある。貸し金の件で揉めていて、怒った客が事務所に押し入り、金融業者を射殺、その場で自分もピストル自殺を遂げた、というケースです」

「それは、事実なんですか」

「もちろん、そうです。で、その時、一一〇番通報を受けて、まず最寄りの交番から巡査が駆け付けているわけですが、すでにその時、捜査一課巡査部長の青柳という刑事が臨場していた。そして、その一一〇通報の経緯も、やや不明朗です。しかし、捜査はあまり熱心に行なわれず、暴力団組員同士のいざこざ、被害者自殺、という線で決着が付いたわけです」

「…………」

「次に書いてあるのは、一九九五年、十一月四日の事件です。中島公園近くの市道で、建設会社社長が刺殺された事件。これは、あるホテルの引き渡しに絡むいざこざ、ということになっている。あるホテル経営グループが、高層ホテルを建築して、その建物が完成したわけだけれども、工事代金がきちんと払われなかった。それで、建設会社が引き渡しを拒み、経営グループが払った一時金五百万円を供託して、建物の差し押さえの仮処分申請を出そうとしていた。その一方で、経営グループに雇用されていた従業員たちが、組合を作り、ホテルを組合管理にしようと頑張っていた、というタイミングでね」

「…………」

「で、ホテルから出て、タクシーに乗り込もうとしていた建設会社社長が、物陰から飛び出して来た男に、サバイバルナイフで斬りつけられ、倒れたところを、胸を刺された。ほぼ、即死です」

「…………」

「で、一一〇番で交番の巡査が駆け付けた直後に、なぜか所轄の到着よりも早く、青柳班が臨場して、現場に残って無抵抗で現行犯逮捕された犯人を、中央署に護送することになった。その途中、車内で、犯人は、隙を見て、隠し持っていた小型ピストルで自分の心臓を打ち抜いて、自殺。ほぼ即死」

「……その事件で、利益を得たのは、誰ですか？」

「だいたい、関係者全員じゃないかな。それぞれが、それぞれに利益を得て、決着した、ということになっている」

「………」

「次は、一九九七年の四月十二日」

「それも殺人ですか」

「そう」

「青柳班が絡んでいる？」

「そうね。アメリカの、実は存在しない証券会社……というか資産運用会社の名前をかたって、札幌を中心に資産家や小金持ち二百人以上から、合計四十五億の金を集めた事件です。いろんな詐欺犯罪やマルチ商法の残党が寄り集まったグループで、比較的世間知らずの老人を中心に、非常に荒っぽい手段で金を掻き集めたわけです。半年運用で、元本絶対保証、リスクはボンド保険組合が引き受けてくれて、利益は最低で二十五パーセント、最高で八十パーセントまで見込める、というふれ込みだった。だが、もちろん、全部ウソッパチで、半年も保《も》たずに摘発されたわけです」

「………」

松岡は、無言で頷いた。そんな話に騙される人間がいるとは思えない。だが、これが現実なのだろう、と思う。どういうテクニックで、騙すのだろうか。

「で、破綻して、首謀者であるKという男が、……実際には、Kじゃなくて、元代議士の私設秘書だった蒲生、という男なんだけど、ここはちょっとKとしておくわけです」

「ああ、なるほど」

「少なくとも、怪文書の直接の出どころは、警察や新聞社ではない、と思ってもらえる」

「はぁ」

「で、このKは、成田からフィリピンに逃げるつもりだったらしいんだけど、直接新千歳から成田には向かわず、丘珠《おかだま》空港から函館へ行き、そこから羽田へ、というルートで逃げようとしていた。少しは知恵を絞ったつもりなんだろうな。……で、それがなぜか漏れたらしくて、丘珠で暴漢に襲われた。暴漢は、トカレフでKを射殺、そこで青柳班がその暴漢を射殺した」

「なぜ、そこに青柳班がいたんですか？」

「その暴漢を、尾行……行動確認していた、ということになっている。二年ほど前に、保険金殺人じゃないか、と疑惑をもたれている一件があってね。その暴漢は、その時の、実行犯の一人かもしれない、というネタが入った、と青柳は言っているらしい。で、尾けていた彼らの目の前で、そいつがピストルを取り出して撃ったので、制圧するために格闘になって、はずみで拳銃が暴発、暴漢も死んでしまった、と」

「……」

「そして、今回の、丸高建設社宅人質事件。共通点は、明らかですよね」

「ええ。被害者も加害者も、両方とも死んでしまった。そして、青柳班が臨場していた」

「そういうことです。しかも、ダークな人脈のつながりが臭う。八年間に、同じような状況が四回。これはちょっと、目立つでしょう」

「ええ」

「この点を、つつきます」

「はぁ……。でも、私には、何ができますか？」

「よく見ていて頂きたい。この文書を、明日午前十時に、一斉に流します。各新聞社、放送局、そして道警本部の幹部クラス用に何通か」

「はい」

「で、おそらく青柳たちは、どこかのホテル……中級クラスのビジネス・ホテルをたまり場にしている、と思うんです。まぁ、事務所ですね。こういう連中は、たいがいそうしてます。で、幹部たちの中には、青柳を利用している連中と、それに対抗する派閥、なんとかして青柳を切り捨てて、相手の派閥の勢力を失墜させようとしている、ふたつの流れがあると思う。……それを、じっくりと解明することができれば一番なんだが、今回は、その時間がない」

「はい」

「だがとにかく、大騒ぎになるはずだ。そして、青柳に関わっているグループは、この危険を理解して、処分しようとする、と私は思うんです」

「処分……」

「青柳たちは、そろそろ、利用価値がなくなりかけている。いや、価値はまだあるかもしれないけれども、そのメリットと、そして関わり続けることのリスクのバランスが、難しいところに来ていると思うんです」

「……」

「で、なんにせよ、幹部の誰かが、青柳たちのたまり場にコンタクトしよう、とするはずだ。とりあえずは、まぁ、電話で」

「……」

「キャリアの管理職、というのは、どの組織でも、おおむね無能です。流れに身を任せて、そこからはみ出さないことだけを念頭に置いて生きている。そういう連中は、こういう非常事態には、とても脆《もろ》い。きっと、失敗をするはずです。いきなり青柳に連絡を取ろうとする、とか」

「それを見る、と」

「そうです。事態が爆発した時、ほんの一瞬、誰と誰が仲間で、誰と誰が反目しているのか、なにも知らない素人の目にも、はっきりとわかる、そんな瞬間があるものです」

「……」

「それを、見極めていただきたい。そして、青柳たちにアプローチ……それも、非公式にアプローチする糸口をつかみたい」

「……わかりました」

「難しいことです。無理はしなくてもいい。ダメで元々です。でも、もしもここでなにかがわかれば、大きな前進になる」

「わかりました」

松岡は頷いた。自分が興奮しているのを感じる。俺は、こういう興奮を、待っていたのだ、と思う。


「余ってるチャカはあるか?」

ちょっと困ったような表情で、唇を不満そうにとがらせて、言う。その渋い表情を見て、小林は、ネタが取れるな、と判断した。しくじってはならない。この梅屋は、悪い男ではない。刑事として、それほど腐敗してもいない。だから、あまりおいしいタマではないが、むしろそういう人間の方が、小林は、好きだ。完全に欲にまみれて、小林たちと骨がらみになり、欲のためならなんでもする、という刑事は、一時的な利用価値はあるものの、そういう相手との付き合いは、少なくとも小林は、好きではない。その点、梅屋は、一緒にいて心が和《なご》む男だ。

人間だから、もちろん、梅屋にも弱味もある。そして人間だから、その弱味をうまく刺激されると、相当のこともするだろう。だが、その弱味を利用されることを、梅屋が快く思っていないのもまた事実で、そのあたりの呼吸をうまく合わせないと、まとまる話も壊れてしまう。

「あら、小林さん、グラス空いてるわ」

ママがそう言ってビールを注ごうとしたが、ふたりのようすを見て、なにかを察し、ビールを注いだだけで後は何も話さず、カウンターの向こう端に消えた。日曜日の深夜で、ほかに客はいない。

「チャカね。年代もんでいいんなら、……そうだな、五丁、出せる」

「なにか、新しいのを一丁くらい、混ぜてもらえないか?」

梅屋は怒った顔つきで言う。彼は確かに怒っている。だがその怒りは、目の前の小林に対するものではない。拳銃摘発のノルマを課すという、およそ最低で最も愚かな方針を立てた道警幹部ども、あるいはその上の警察庁幹部どもに対する怒りだ。所轄署ごとに、そして四課の各班ごとに、拳銃摘発数を競わせる。それが、積極的な銃器取締方針なのか。まるで、小学生の「忘れ物をなくそう運動」の班競争ではないか。

梅屋は、一度話をしたことのある、娘の学級担任の顔を思い出した。なにかクドクドと、建前のようなことを弁解がましく述べ立て、その挙げ句、娘さんが学校に来るのが嫌なら、しばらく休んでも構わない、学校に来なくても、しばらくの間は出席扱いにする、と言った、あのどんよりとした生気のない三十女。ああいうタイプの人間は、よく見る。目の前の出来事を、わかりやすい数字に置き換えて、その数字を操作すれば、目の前の出来事を操作したことになる、と思い込んでいる人間の顔だ。忘れ物の数が、二十から十五に減ることが、そんなに大事なのか。娘の班は、「忘れ物をなくそう運動」でずっとトップだったらしいのだが、ある週に、娘が三度忘れ物をして、トップの座を明け渡すことになった。もちろん、娘が週に三度忘れ物をしたのは、悪いだろう。だが、その他にも忘れ物をした子供がいるから、トップではなくなったわけだ。いや、そもそも、「忘れ物をなくそう運動」でトップの座にある、ということに、どれほどの意味があるのか。

だがとにかく、娘は、みんなから「梅屋さんのおかげで二位になった」と責められ、いじめられるようになった。

苦い思いを嚙みしめている梅屋に、小林は慎重な口調で言う。

「新しいのなぁ……五年前くらいの、ワルサーじゃどうだ。一応、手入れはしてあるはずだから、弾は飛ぶ」

「そうか。それがあれば、まぁ、なんとかカッコがつくな。助かる」

梅屋は、相変わらず沈鬱な表情で、それでも謝意ははっきりと述べた。

「お互い様だ。どうすりゃいい？　コイン・ロッカーにでも入れて、電話するか？」

昔はそれで済んだが、このごろはちょいとややこしいらしい。

「どっかに、空いてる部屋はないか？」

案の定、梅屋は口ごもりながらそう言った。言いづらいんだろうな、と小林は同情した。

「う～ん……やっぱり、そこまで必要か」

「いろいろと、な……」

「じゃ、南一の西九、電車通りに面して〈YS〉ってビルがある。倒産したビル管理会社の建物だ。入り口は封鎖されてるけど、通用口が壊れてて、出入りはできる。その地下に、トイレがあるから、そのタンクの中にまとめて五丁、入れておく。明日の午前中にはな。うまくいけば新聞が、暴力団武器庫摘発なんてふうに書いてくれるかもしれないな」

梅屋は頷いた。それから、ゆっくりと頭を下げた。小林は、そっぽを向いた。そして、ふと、という感じで、さも今思い出したような口調で言う。

「ああ、そう言えば、青柳ってやつのこと、なにかわかったか?」

「一課のか?」と梅屋は呟き、深呼吸を一度してから続ける。「青柳だか黒松だか知らねえが、ノンキな連中が四人くらい、毎日ホテルでツルんでるって話は聞いたことがある」

「どこの?」

「中島公園の近くの、〈カームパレス〉ってホテルだ。一泊シングルで三千五百円。そのジュニア・スイートを、長期契約にイロ付けさせて、相当安く借りてるらしい」

小林は、全身に安堵、あるいは緊張がほぐれた気怠《けだる》い喜びが広がるのを感じた。まだ、なんとかなる、と思う。ここで話を切り上げるのはあまりに露骨か、とも思うが、場合が場合だ。

「助かった。本当に、恩に着る」

梅屋は頷く。

「ちょっと、急ぐんで、俺はこれで」

梅屋は頷く。

そそくさと立ち上がって、「ママ、じゃ、これで行くわ」と挨拶して、小林は出て行く。

梅屋は、見送らなかった。ずっと背中を向けていた。その背中は、小林に酒代をオゴってもらうことが、本当は不快なのだ、と語っている。そのことは、小林も、ママもわかっている。だから、みんな、金のことは忘れたフリをしている。

20

人が動き回る気配がする。そうぼんやり思った次の瞬間、〈持谷〉は飛び起きた。心臓が激しく拍《う》っている。豆電球の薄暗い黄ばんだ光の中で、すでに身支度を整えた健三と恵太が、荷物をまとめている。いきなり立ち上がった持谷を見て、恵太が安心したような顔つきになる。

「どうしたんですか?」

「そちらの方が」と健三が顔を向けたところに、さっき風呂場で話をした、この旅館の風呂係の老人が正座していた。「出た方がいい、と教えてくれました」

老人は頷く。そして、「いや、いかった、いかった。目ば覚ましていかった」と、嬉しそうに言う。「全然、いびきばかいて、起きないから、俺はあんた、心配してたんだよ」

「はぁ」

持谷はとにかく急いで、慌ただしく身支度を始める。

「なにが、どうなったんですか？」

健三に尋ねると、老人が答えた。

「いや、あのさ。さっき、ちょっとおかしなふたり連れが来たもんさ。道に迷ったたっちゅってたけど、どうも、あれは違うな。どう見ても、カタギでない。で、なんかようすを調べに来たんだな、と俺は思ったワケさ。なにしろあいつら、どんな客が泊まってるんだ、みたいなことをしきりに気にしてたからな。して、俺が、なんでそんなこと聞くって尋ねたら、もう道に迷って疲れたから、泊まってくかな、と思ったたってさ。それがもう、どうもイヤな感じでさ。……してさ、適当なこと言って、出てったけど、車で走ってく音は聞こえたんだけど、……まだ、そこらに停まってるんだ、と思うんだわ、俺は」

すでに持谷は、身支度を終えていた。酒を呑まないで寝ると、目覚めはこんなに爽やかなのか、と驚いている。

「なるほど……」

「して……あんな連中に、知り合いがいるのは、おたくさんたちだろうな、と思ってな。こりゃ、起こした方がいいだろう、と思ってよ。……なんか、警察には言えない事情、あんだべさ」

持谷は頷いた。

「そんだってな。あっちの人も、そんなこと、言ってたさ。……いんだ、それは。あのふたりと、おたくさんたちと並べて、どっちの味方するっちゅわれたら、こりゃもう、決まってっから」

桐原は、突然目覚めた。一瞬、自分がどこにいるのかわからなかった。別に不審なことはない。自分の部屋だ。ついうとうとしてしまったらしい。……嫌な気分だ。……俺は、なにかを見落としている。……なにが？　なぜ、こんなに胸騒ぎがする？

相田は無事に事務所に連れて来た。この下の部屋で、誰かが付いているはずだ。今ごろはぐっすり眠っているだろう。健三も大丈夫だ。あいつは篤布にいて、安全なはずだ。便利屋も一緒だ。で、こっちじゃ小林やなにかが、状況をうまくまとめる絵を描こうとしているはずだ。とりあえずは、全部オーライだ。……篤布？　そうだ、この半日、ずっと気になっていたこと。俺は、なにかミスしなかったか。見落としは？

篤布温泉！

そうだ、俺は確かに、便利屋からの電話を受けて、この温泉の名前をうっかり喋っちまった。……大丈夫だろう。一度、せいぜい二度。それだけだ。あとは、誰にも話しちゃいない。……周りに誰がいた？

桐原はベッドから飛び出し、横で寝ていた女が眠たそうに呻くのを無視して、便利屋に持たせた携帯の番号をプッシュした。

山に逃げよう、と健三が言う。玄関は、おそらく見張られているだろう、と言うのだ。

「山に！」

思わず持谷は小声で叫んだ。俺はこれで死ぬな、と思う。山など、一キロも歩くことはできないだろう。一歩一歩足が雪に埋まる。そんな中を行くわけだ。……一キロはおろか、百メートルでもイヤだ。

「そうだな。それしかないな」

老人が言う。そして、「ちょっと待ってなさいや」と言い残して小走りにどこかへ行った。

「今着ない衣類は、全部置いて行きましょう。どうせ、あとから取りに戻って来ればいいから」

健三が言い、恵太が頷く。暗い黄ばんだ光の中で、目に涙を溜めているのがわかる。

「どうした？」

持谷が尋ねると、恵太は首を振って、ジャンパーの袖で涙を拭う。

「どうした？　こわいのか？」

首を振る。

「おかあさんには、もう少しで会えるからな」

恵太は頷き、「そうじゃない」と小さく言ってまた涙を拭う。

「どうした？」

「アンディ・フグのTシャツ……」

「……お父さんが買ってくれたのか？」

「うん」

「……Tシャツくらい、いいだろう」と言って、健三に「ねぇ、林さん、Tシャツくらい……」と言うと、健三は首を横に振った。

「あとから、取りに来ればいい」

その硬い表情を見て、持谷も気が変わった。確かにそうだ。我々は、全部のカタが付いたら、ここに戻って来て、Tシャツを受け取ればいいのだ。

ここで死ぬワケじゃない。

「まぁ、それはそうだな。なぁ、恵太、あとから取りに来られるからさ」

恵太は、小さく頷いた。納得して、でも悲しくて、涙をこぼしている。

「泣くな。大丈夫だ」

持谷が言うと、背を向ける。肩が震えている。その背中を見ながら、健三が「持谷さん」と小声で言い、ピストルを一丁、無言で手渡した。（うへぇ）と思ったものの、持谷も無言で受け取り、強張った顔でベンチ・コートのポケットに滑り込ませた。

その時、持谷の携帯が鳴った。

「もしもし」

慎重な声で問いかける持谷に、桐原のダミ声が重なる。

「おう！　無事か！」

「いや。どうも勘付かれたらしい。囲まれたようだ。今、裏から山に逃げるところだ」

「そうか。胸騒ぎがしてよ、そんなことじゃねぇか、と……」

「ん？……不思議なんだけど、なんで連中は、ここがわかったんだ？」

「おう。その話よ」

「……なにか、しくじったか？」

「まぁな。……俺がな。多分な。はっきりとはわからねぇが、つまり要するに、さっきのあんたからの電話な。あれを受けて、俺、篤布って名前を言っちまったからな。周りに、誰かヤなヤツがいたかもしれねぇ」

「クソ……」

「とんだことになったが、どうする？」

そこに、老人が戻って来た。手に地図を持っている。携帯電話でやり取りしながら、健三と老人、桐原の三人が相談した。今すぐに桐原の事務所から車を出せば、……この時間だ、道は空いてるから……午前三時にはこのあたりに辿り着ける。一方、宿の裏から山に逃げて、山を越えて向こう側に抜ければ、道道六三号線に出る。

「じゃ、朝の三時だな」

桐原がせっかちに言う。

「ああ、それがいい、それがいい」

老人が答える。

「はじめのうちは、歩きやすいど。山仕事の物置みたいのがあっから、そこまでは、車でよく行くから。道も、ちゃんとしてる」

健三が頷く。

「そっから先は、除雪もなんもしてない道だけど、森ん中さそこだけ木が生えてないから、すぐわかる。そのまんま行けば、迷うような道でない。最後の上りがちょっときついけど、峠を越えたら、あとはもう楽なもんだから。で、この広い道さ出たら、そのまま道沿いに左に行けば、すぐに休憩所っちゅーか、仮眠所があるから、道さふくらんでっから、そこさ目印にしればいい」

老人に金を渡して、「僕らは早く出た、と宿主さんに伝えて下さい」と持谷は頼んだ。

老人は、なにも言わずに頷いた。

「荷物の保管をお願いします。あとで取りに来ますから」

「わかった。あとでな」

そして三人は、老人に背中をドン！　ドン！　ドン！　とひとつずつ叩かれて、裏口から出た。顔が痛い。重ね着し、ベンチ・コートを着ているから、まだ体はそれほど寒さを感じないが、顔は痛い。

「いかったな、ぼんず！」

老人が、恵太に言う。

「はい？」

「その帽子。暖かいべさ」

「あ、はい！」

「いかったな、暖かい帽子ば買ってもらって。似合ってるぞ。可愛いぞ」

「ありがとうございます」

「気ぃ付けてな。なんも、おっかないこと、ないからな」

「はい！」

三人は、冬の真夜中の山越えに踏み出した。

「裏から逃げた？」

桜庭は、思わず舌打ちをした。

「ええ。宿のジジイに見送られて……」

答える碓居の口調は、寒そうだ。シンとした中で、声が震えている。白い息が目に見えるようだった。

「なんで気付いたんだ？」

まさか、自分と太田が下見に行った時に、怪しまれたらしい、とは言えない。

「さぁ……」

「ま、裏手にも人間を置いといたのは、よかったな」

「へぇ。万一、と思って……」

実際には、裏手にも人間を配置しよう、と言い出したのは、門前のオヤジだった。だが、もちろん、他人の手柄にする必要はない。

「そうか。……まぁ、いいさ。外の方が、周りによけいな人間がいない方が、やりやすいか」

「ええ……」

「でも、なんで気付かれたのか、それはちょっと気になるな。どっかと連絡を取ってるのか？」

「さぁ……」

「サツどもは、バラバラだからな。気ぃ付けないとな」

「ええ……」

「三人、まとまってるんだな。間違いないな」

「ええ」

「じゃ、全員で、追え。できるだけ、山の奥で、始末しろ」

「宿のジジイはどうします？」

「ほっとけ」

酔っ払った警察官僚は、最悪だ。もちろん、俺も。松岡は心の中でそう繰り返しながら、脂でテカテカ光るオヤジの額を見下ろしている。ついさっきまではオヤジがあとひとり乗っていて、最悪よりもひどかった。ふたりで「我が社」の将来は安泰であることを嘆き合い、岩蔵一派の悪口を怒鳴り合い、捜査の仕事がチンケであることを罵倒し合い、国を守るのは公安だと咆吼《ほうこう》し合い、『月光仮面』や『少年探偵団』の歌をがなり合っていた。そんなオヤジに肩を抱かれて、養毛トニックのニオイに包まれて、「はい、まったく」と答える、その惨《みじ》めさ。

まぁそれでも、ひとり降りて、まぁまぁ、なんとか収まった。……五十オヤジの油まみれの毛の薄い頭を太股《ふともも》に載せ、「松岡ちゃんに膝枕だよ〜ん」と節を付けて何度も甘えたように呟く声を聞かされても、とにかく、なんとか収まった、と言えるだろう。松岡は、自分の忍耐心の強度に驚いていた。

そして松岡は、オヤジをなんとか自宅まで送り届け、まだ寝ないで自分の亭主を待っていたらしい、出っ歯の奥さんに挨拶して、タクシーに戻り、座席に沈み込んで、心の底からほっとした。走る車の振動に、身を任す。体の隅々にまで、疲労が行き渡り、なにを考えるのも面倒なほど参ってはいるが、解放された、という喜びは大きい。こりゃ本当に、警察官僚の仕事というのは、ションベンを我慢しているのと同じことだな、と改めて思う。

そこで、ふと、気付いた。

ひとりになったのは、本当に久しぶりだ。いつもは寮の前まで送られるわけだが、今夜は、オヤジどもがテもなく酔っ払った結果、自分が連中を送ることになり、その結果、ひとりになれた。となると、このまままっすぐ寮に帰るのは、ちょっともったいないような気がする。

……居酒屋かどこかで、ひとりで呑もうか。

最後に、店で一人で呑んだのは、あれはいつだったろうか。

一人で呑む。

素晴らしい。自由そのもの。学生時代に戻ったような気分だ。

道路沿いに、小さな会館が見えた。スナック、居酒屋、味どころ、などのアンドンが立ち並んでいる。

「あのう、すみません。ここで降ろして下さい」

チケットに金額を書き込んで、運転手に手渡し、タクシーから降りると、その後ろに停まっていた、ハザードランプを点滅させているエクスプローラから、男が一人降りて来た。タクシーが走り去り、会館に向かおうとする松岡に、「警部」と呼びかける。思わず松岡は立ち止まった。

「松岡副課長補佐、でいらっしゃいますか？」

「ええ、そうですが……」

「私、刑事局捜査一課強行係第八班、青柳と申しますが……」

松岡の心臓が、ドクンと大きくひとつ拍った。

「私のことを、お探しだ、とうかがったものですから」

「誰から？」

「それで、お目にかかろうと思いまして。先程から、タクシーの後ろを走っておったわけですが」

青柳は、ニヤリと笑う。松岡は、腰のあたりから粟立つような感覚が背骨を走るのを意識した。青柳の右手は、カシミアであるらしいコートのポケットの中にある。

「その件については、また明朝。今は、忙しい」

やっとの思いでそう答えたが、そこでもう限界だった。弾けるように駆け出した。だが、凍った歩道に、一瞬、足を取られた。松岡は、北国の凍った道を走るのに慣れていない。よろめいて手をつき、体勢を立て直す。視界の隅で、青柳が拳銃を抜き出すのが見えた。

松岡は、必死の思いで駆け出した。

青柳は素早く腕を伸ばし、松岡の背中に二発、撃ち込んだ。膝をつくまでは、松岡は生きていた。地面に転がった時には、すでに死んでいた。

老人に見送られて裏口から出るとすぐに、健三は尾行に気付いた。だが、そのことを、持谷にも恵太にも、告げるつもりはなかった。意味がない。

はじめのうち、道はやや歩きやすかった。路面の雪は車のタイヤで踏み固められていて、確かに日常的に使われているらしい。勾配もそれほど急ではない道を、黙々と歩く。恵太も、それなりに頑張っている。持谷は、やや遅れ気味だが、それでもついて来ている。その後ろ……恵太も持谷も気付いていないが、男たちの気配。三人……いや、少なくとも五人。あるいは六人。もっといるかもしれない。宿から出てすぐのうちは、警戒しているのか、慎重について来ていたが、半時間ほど経過したあたりから、不意に大胆になった。気付かれまい、という努力を、全くしなくなった。来る、と健三は思う。

その時、行く手の左側に、大きな黒いものが見えた。薄青く光をにじませる雪原と、森の、そして夜の闇の中に、ごつごつとした輪郭が浮かび上がる。小屋だ。そして、小屋の手前に、もうひとつ、薪かなにかを積み上げたらしいものもある。

健三は歩調を緩め、すぐ後ろにいた恵太を抱え上げた。そして小声で言う。

「持谷さん」

「はぁ」

持谷は、ハァハァと喘ぎながら、「はぁ」となんとか返事をした。息を声に変えるだけでも、体力を消耗した。

「あの小屋に、入りましょう」

「え？　あ、小屋だ」

「ひと休みです」

「なるほど。あそこからは、キツい、と言ってましたもんね」

「このまま、三人でかたまって、あの小屋に向かいます。そして、私はあの薪の積んであるところに、残ります」

「え？」

「念のための見張りです」

「はぁ……」

「あなたは、恵太と、中にいて下さい」

「はぁ……」

「何があっても、出て来ないように」

持谷は、思わず健三の顔を見つめた。健三は、静かに持谷の目を眺めている。持谷は覚悟を決めた。

「わかりました」

「なにがあっても、恵太を放さないでください」

「わかりました」

「小屋に入るぞ」

碓居が呟いた。

五人がつられたように揃って頷く。

建て付けが悪いらしい木の扉をガタガタやっている音が聞こえて来る。

「どうする?」

「連中は、どうするつもりなんだ?」

「……おそらく、山を越えて逃げるつもりなんだろう」

さっき見た地図では、この小さな山を越えると、道道に出る。そこからどうするつもりかはわからないが、とにかくそこまでは逃げるつもりだろう。仲間が迎えに来るのかもしれない。まさか、歩き続けるつもりではないだろう。あるいはヒッチハイクか。それもないな。迎えが来るのだろう。とすれば、あの中でそうそうゆっくりはしていられないはずだ。

連中は、どうやら中に入ったらしい。戸を閉めて、ガタガタと枠にはめているような音がする。

「とにかく、囲むんだな。どっちにしても、結局は、出て来るさ」

六人の男たちは、冬の森の夜の闇の中、身を寄せ合って、慎重に小屋に近付いた。碓居が浅野の肩をつついて、小声で「裏に回れ」と命じた。浅野が頷いて一人離れると、門前もそれに続いた。残った四人は、思わず顔を見合わせてニヤリとした。門前のオヤジ、邪魔にならねぇように気ぃ遣ってるらしい。ヘンタイでも、あんな風に腰が低いのは、まぁまぁ感心だ。

浅野と門前は、慎重な足取りで、積んである薪の山を迂回するルートに向かう。碓居たち四人は、そのまま小屋に近付いた。浅野と門前の足もとは、やや雪が粗いらしい。ザクザクとザラメを踏みつけるような音が微かに響く。

（まずいな）

碓居が心の中で呟いた瞬間、絶叫が響いた。腹の底から、ありったけの苦痛を噴き出したような、男の泣き叫ぶ声。

「どうした！」

碓居は思わず怒鳴り、ジャンパーのポケットからライトを取り出した。その時はすでに、全員が散開していた。

銃声。

「どうした！」

状況が把握できない。碓居は激しく苛立ちながら、闇雲にライトの光を四方に飛ばした。ほかの男たちも手に手にライトを持ち、闇雲にあたりを照らしている。ついさっきまで、暗闇は、雪原の白さで、ぼんやりとではあるが状況はよくわかった。だが、ライトの光が交錯したとたん、闇が彼らを覆った。見えるところは、光の当たるほんの少しの部分でしかない。

「広がれ！」

怒鳴りながら振り回した光の中に、もうもうとした湯気が一瞬見えた。光を戻すと、湯気の元は、倒れた浅野の喉だった。その横に、門前が尻餅をついた姿勢で、呆然としている。右手に拳銃。

「浅野！」

駆け寄る碓居は、右の方で、ビュッという音を聞いた。

「アッ！」

誰かが叫んだ。太田か⁉

「アー！」

太田だ。悲鳴は、すぐに生気を失って消えた。

浅野と門前が薪の山に近付いた頃には、すでに健三は身支度を終えていた。右足にナイフ、左の腰に鉈を二丁。拳銃二丁は、それぞれベンチ・コートのポケットに納めた。その他に牛刀を二丁、薪の間にはさんだ。そして、近付いて来るふたりの足音の距離を測っていた。もう、すぐだ。建物にひっそりと近付く場合、その建物の前になにか大きな物……車でも、藪でも、薪の山でも……があれば、人間は、無意識のうちにそれを遮蔽物として利用する。このふたりも、この薪の山にぴったりと身を寄せるはずだ。

健三は、鉈を一丁、右手に構えて、待った。

男が、顔を突き出した。健三は、それに鉈を振り下ろした。だが、一瞬の逡巡が、手元を狂わせた。鉈は、首を落とさずに、肩に食い込んだ。男が叫んだ。その後ろで、初老の男が立ちすくむのを感じた。そいつの右手が動く。拳銃を取り出そうとしている。だが、まず、健三は男の肩から鉈を外し、再度振り下ろした。噴き出した血を浴びた。熱い。だが、寒さのせいか、においはそれほどでもない。くずおれる死体をまたぎ越して、尻餅をついている初老の男に向かう。男が拳銃を構える動作が、思ったよりも一瞬早かった。踏み込んで、腕を切り落とそうと思ったが、鉈が際どいところで届かない。瞬時にそう判断して、身を翻し、薪の陰に逃げた。銃声。その時にはすでに、健三は交錯する光の中に飛び出していた。

敵を見付けるのはたやすい。一番手近のライトに歩み寄る。真正面から近付いたが、相手は慌てているのか前後左右に光を向け、気付かない。健三は、一歩踏み込んで、右手で鉈をふるった。鉈に、男の首の骨が当たる。また真正面から血しぶきを浴びた。健三は、鉈をそのままにして、次の光に向かう。すでに新しい鉈を持っている。

持谷は、恵太をしっかりと抱き締めていた。なにが起こるのか、予想が付くだけに、つらい。

「おじさん」

「ん？」

「へんなにおいがするね」

「え？　ああ、この小屋か？」

「うん」

「へんなにおいかな。材木の……木のにおいだよ。それから、機械のにおいだな。オイルとかな」

「へぇ……」

「あと、きっと、トバを作ってるんだろうな。そのにおいもある」

「トバ？」

「ああ、そうだ。鮭をな、内臓や頭をとって、こういう風通しのいいところに吊しておくんだ。そうすると、おいしい……食べ物になるんだ」

「へぇ……」

「……恵太」

「はい？」

「恐いか？」

小さく頷く。

「大丈夫だ。すぐに終わる。もうすぐ、家に帰れるから」

「……うん……大丈夫だよね」

「大丈夫だ」

「林のおじさんも、大丈夫だって言った。だから、大丈夫なんだ」

「そうだよ」

その時、絶叫がふたりの耳をつんざいた。

恵太が、はっと身を固くして、震え出す。

持谷は、恵太をしっかりと抱き締めた。それから、思い付いて歌を歌った。

「コンソメパンチ、コンソメパンチ、カールビーだけの、コンソメパンチ、コンソメパンチ、新登場！」

何度か繰り返すと、恵太も一緒に歌い始めた。ふたりは、真っ暗な小屋の中で、時折響き渡る絶叫や悲鳴、銃声を聞きながら、固く抱き合い、カルビー・コンソメパンチの歌を一緒に歌い続けた。


全員、浮き足立っている。少なくとも、ふたりやられた。

「固まれ！」

ライトを振りつつ、碓居は周りに呼びかけた。動いているライトは三つ。

「こっちに来い！」

このままでは、バラバラにうろたえているうちに、一人ずつやられる。

「集まれ、早く！」

三人が、四方にライトをデタラメに振りながら、少しずつ近付いて来る。相手がどこに潜んでいるかわからない。ミゾオチからこみ上げてくる恐怖をなんとか抑え、碓居は唾を飲み込んだ。

「このままじゃ、ダメだ。まず、態勢を立て直そう」

最初にやって来たヤツにそう言って、「カッちゃんか?」と顔を照らした。

知らない顔だった。

左目をつぶり、右目を眩しそうに細めている。

(あ、これで俺は死ぬのか)

碓居の中でそういう想いが一閃すると同時に、男の右手がビュンと宙をなぎ払った。痛みはなかった。痛みがない、ということもすでになかった。碓居の全てが、なくなっていた。

「カッちゃん! どこだ!」

健三が怒鳴ると、ライトのひとつが「おう」と答え、近付いて来る。もうひとつもこっちにやって来る。

「ひでぇな、どうなってるんだ」

そう怯えた口調で言う〈カッちゃん〉に、健三は「あんた、なにか見たか?」と尋ねた。

相手は立ち止まる。

「あんた……誰だ?」

そして、ライトを放り投げて、叫んだ。

「イデ! 撃て、こいつ! 撃て!」

健三は、相手に鉈を投げて、転がった。銃声。どこか関係ないところで、ガッと圧雪を削る音。体勢を立て直し、膝立ちで拳銃を構え、撃った。ドサリ、と倒れる音が聞こえる。

健三は、耳を澄ませた。静かだ。立ち上がり、手近のライトを拾って、慎重に状況を確認して回る。〈カッちゃん〉の額には、健三が投げた鉈がめり込んでいた。おびただしい血が、飛び散っている。すでに息はしていない。〈イデ〉は、倒れて呻いていた。健三を見て、拳銃を構えようとしたが、腕が持ち上がらない。健三は、男の頭のすぐそばに立って、見下ろした。男も見上げる。ライトの黄色い光の中で、男の顔から、その目つきから、どんどん生気が失われていく。健三は、じっと見つめた。二分ほどして、男がふいに、とても眠たそうな目つきになって、目を閉じた。喉がゴボッと鳴った。口と鼻から血が流れ出した。男の頭が、ゆっくりと横向きになる。

健三は、顔を上げ、ライトで四方を照らした。さっきの、尻餅をついていた初老の男。あれがまだ、生きている。

しんと静かになったことに、持谷も恵太も気付いていた。それがなにを意味するのか、ふたりとも計りかねていた。お互いに、口にすることがなにか恐くて、黙って相手の息を聞いている。小屋の中の空気は、ぴんと張りつめた糸のようだった。

「おじさん……」

とうとう恵太が口を開いた時、戸のところでゴトゴトと音がした。

「シッ」

持谷が小声で言い、恵太を抱き締めた。それから腕を放し、「ここにいろ。動くなよ」と言い、四つん這いで静かに恵太から離れる。恵太は思わず「おじさん」と言いかけて、慌てて自分の口を両手で押さえた。

小屋の中はよく整頓されているようで、不用意になにかにつまずく、ということは今まではなかった。だが、やはり暗くてよく見えない。持谷は真っ暗闇の中、両手で木の床を撫でながら、慎重にそろそろと進み、戸の正面に座った。右手にコートのポケットから出した拳銃を構える。それから、座った姿勢よりは、立った方がいいだろう、と判断して、ゆっくりと立ち上がった。

呼吸がどんどん早くなる。額に、汗がにじむ。脇の下が濡れてきた。

（頑張れ）

と自分に声をかける。

（これが映画なら、相当カッコイイ場面だぞ）

足を踏みしめた。右腕を軽く曲げて、脇腹のあたりで拳銃を構えた。ついでに、唇を曲げてみる。『三つ数えろ』のハンフリー・ボガートは、こんな感じだったか。戸はなかなかうまく開かない。

（建て付けが悪いんだ。俺は知ってる）

「私です。林です」

聞き慣れた、健三の声だ。とたんに持谷の勇気がペシャンコになった。

「助かったぁ！」

持谷がほっとして言うよりも早く、恵太がダッと駆け出して、戸に飛びついていた。持谷もその後から戸に向かい、左上の引っかかっているところを拳でドン、と叩いて外し、開けた。

「どうなりました？」

「ひとり、逃しました」

「ひとり……」

「こいつはおそらく、逃げ戻っているでしょう。少なくとも、近くにはいない、と思う」

「そうですか」

「では、行きましょう」

持谷の手の甲に、雪の固い細かな粒が散った。健三の顔や髪の毛から落ちてきたらしい。

(雪で顔や頭を洗ったのだろうな)

そう思い、

(その雪は、赤いんだろうな)

と思い、背筋に微かな寒気が走るのを感じた。

「恵太を抱いてやって下さい」

健三が言う。

「はぁ。いいですよ」

「恵太。持谷のおじさんに抱っこしてもらって、戻ろう。目を閉じているんだよ」

持谷は恵太を抱き上げた。

(健三は今、血のにおいがするんだろうな)

だから、俺に抱かせるわけだ、そう思って、また寒気を感じた。

「で、戻るわけですか?」

「ええ。途中で、桐原さんに電話して下さい。宿から国道に出て、当別の街に向かって歩きましょう」

「追っ手は?」

「おそらく、しばらくは大丈夫だと思います。こうなるとは思っていなかっただろうし、それに……さっき逃げた人間は、すぐにまた向かって来るには、ちょっと……気力が失《う》せていると思います」

「わかりました」

元来た道を戻る健三に続いて、恵太を抱いた持谷も、歩き始める。暗闇の中、右手で恵太を支え、左手で恵太の頭を自分の胸に押しつけて、持谷は、なるべく脇を見ずに、進んだ。だが、積み上げた薪の周囲に、ぼんやりと白い雪原に、浮かび上がる人の体が散乱している。そのことは、どうしても目に入った。持谷は左手に思わず力を入れて、恵太の頭を押さえた。

「……おじさんが大丈夫だって言うから、僕、なにも心配しなかった」

恵太がそう呟いた。顎を引いて恵太を見ると、しっかりと目をつぶっている。

「僕、なにも心配しなかった」

もう一度、恵太が言った。

三人は全く気付かなかったが、倒れた五つの死体のポケットで、さっきからずっと、携帯電話が震動している。


「冗談じゃねぇ」

汗を拭き拭き、下り道を駆け下りながら、門前は呟いていた。

「聞いてねぇよ、こんななぁ。さっぱり、ワヤだ。あんなん、なんになる」

とんでもないことだ。なんという男だ、あいつは。とんでもないことだ。

第一、あんな状況では、落ち着いてなにかをすることなんかできるわけがない。落ち着いて、少なくとも三十分はガキと二人っきりになれなけりゃ、なんの面白味もねぇ。殺しゃぁいいってもんじゃねぇんだ。とんでもねぇ。

とにかく、車に戻って、ひとまず帰ろう。とにかく、桜庭に報告してやらんと。

心の底から震え上がって、坂道を駆け下りる門前の目に、さっきの子供のようすが浮び上がる。暗くてほとんど見えなかったが、子供用の目出し帽をかぶっていたらしい、あの首のあたりから頭にかけての緩やかな丸みが、なんとも言えず愛おしい。可愛い子供だった、と思う。頑張って、大人について健気《けなげ》に歩いている姿もよかった。

「偉いのう……」

そう呟いて、門前は、ほかの人間には殺させない、と心に誓った。

俺が、殺す。


「なに？　どこだって？」

桐原のダミ声は相変わらずだ。

「だから、さっきの打ち合わせの道道じゃなくて、山の反対側の国道の方……」

「追っ手はどうなった？」

「うん、それなんだけど、……一応、山の中で……」

「ほう。……ふ～ん。なるほどな」

「ま、そういうワケだ」

「ほう。……あんた、見たか？」

「いや。俺は、恵太と小屋の中にいた」

「そうか。……いや、そうだろうな。じゃなきゃ、こんなに普通の声で話してられるわけねぇ」

「……」

「ま、わかった。じゃ、宿から国道に出て、街に向かって歩く、と。そういうワケだな」

「ああ」

「わかった。ブッチョが向かってるから。そっちに変更させる。相当飛ばしてるようだから、わりと早めに着くと思うぞ」

「わかった」

「あまり長い距離、歩くな。目立つ。どっか適当なところに落ち着いて、また電話よこせ」

「OK」

持谷は携帯を切ってコートのポケットに納め、背中の恵太を、うん、と揺すり上げた。ぐっすりと眠っていて、起きない。持谷はハァハァと息を切らしている。子供をおんぶして、滑りやすい圧雪の山道を降りながら、携帯で話をするのは、ちょっと堪《こた》えた。

「それにしても……」

持谷はほとんど無意識に呟いてから、「あ、そうだ」と言葉を続ける。

「林さん、あのう……さっきのような状況になった時、なにか、合い言葉のようなものを決めておいた方がいいでしょうね。さっきも、下手すると私、あなたを撃つところでした」

「ああ、……まぁ、そうですね」

「それと、銃の撃ち方を教えて頂いた方がいいんじゃないでしょうか。安全装置の外し方とか……」

「いや……あの銃には、タマは入ってませんから、その点は、大丈夫です」

「あ、そうですか。……弾は抜いてあるんだ……」

持谷は口をつぐんだ。そして、黙々と歩き続ける。

とうとう桜庭は、諦めて受話器を置いた。

「誰も、出ない」

「ですか。……やっぱり……」

芳野が沈鬱な顔つきで、桜庭を見る。

「ああ。全滅だ。きっとな」

そう言って、桜庭はぼんやりと天井を見上げた。声を出さない唇が、「どういうことだ」と動いた。そして、ふと思い付いたように芳野に顔を向け、地図を持って来い、と命じた。

21

〈カームパレス〉のネオンが見えて来た。ダッシュボードの緑の数字はam01:33。小林は閔《みん》に「あれだ」と告げた。「ええ」と頷く。それと同時に、小林の左隣の鉢呂が右の腰を撫でる。拳銃の存在を確認したのだろう。

この中島公園近くの格安ビジネス・ホテルまでは、渋滞も妨害もなく、BMWはスムーズに進んだ。だが、車内で救急車のサイレンを聞いたので、小林は、ちょっと嫌な気分になった。サイレンが走り去らなかったからだ。どこか近くに停まったらしい。もう一台、サイレンが近付いて来る。

「なんすかね」

閔が言い、鉢呂が小林の顔を横目でちらりと見る。小林は黙ったまま、真正面を見つめて動かない。

近づくに連れて、〈カームパレス〉正面入り口に、救急車とパトカーが群がっているのが見えて来た。赤いランプが明滅している。ちょうど、ストレッチャーが救急車に搭載されたところだった。よく見えなかったが、怪我人が収容されたのだろう。

「自然に、通り過ぎろ」

小林の命令に「へ」と短く答え、閔は静かに車を進める。

「次で右折だ」

「へ」

BMWは豊平川に出る。その堤防を進みながら、小林は若い者ふたりに拳銃を出させた。自分のポケットからも一丁出し、三丁まとめてゼロハリバートンの小さなケースに押し込み、手近のラブホテルの前で停めさせて、ケースを鉢呂に渡す。

「そこのホテルに入ってろ。女は後から来る、と言うんだ。一時間以内に携帯を鳴らす。それよりも遅くなったら、フケろ」

ひょいひょいとした足取りでホテルに向から鉢呂を眺め、それから小林は〈カームパレス〉に車を向かわせた。一丁手前で降り、待ってろ、と小声で言って、歩いて〈カームパレス〉に向かう。

延々と続いた言い争いが、やり切れない倦怠の中で、くすぶったまま収まり、空気の中には憎しみだけが漂っている。昼間の間、ずっと各マスコミや〈ジャーナリスト〉からの取材依頼のファックスが途切れずに続いた電話は、すでにコードを抜いて数時間。ひたすら沈黙している。

言い争いの原因は、煎じ詰めるとひとつしかない。雄一は、モチヤという男に電話してみよう、「林と名乗った男が告げた番号にもう一度電話してみよう」、と言い続け、多恵子は「それは絶対にいけない」、と聞かない。その応酬だった。ふたりとも心労のあまり眠ることもできず、思い出したように荒い言葉を投げつけ合っていたが、時間が午前に移った頃から、どちらともなくウトウトするようになった。雄一の首がガクッとのけぞり、大きなイビキをかき始めた。多恵子は、気怠い瞳で、それをじっと眺めている。

何度か電話のやり取りをして、位置を確認しあい、持谷たち三人は午前二時半過ぎには、ブッチョが飛ばして来たグランデと出会った。

「よかった……」

ブッチョはそう言って持谷に頷き、それから健三と恵太に笑顔を向けた。

「で、どうする？」

「ススキノに行ってくれ。この時間なら、あそこの方が目立たない。隠れ場所にもいくつか心当たりがある」

持谷が言った。その口調は、はっきりと、自分がリーダーである、と告げていた。なぜかはわからないが、そういうことになった。健三が小さく頷いた。

「ウチの事務所はどうすかね」

「やめよう」

持谷は言い、健三を見た。健三も、はっきりと頷く。

「そっすか」

ブッチョは簡単に納得し、車をUターンさせた。


「不良警官てのも、まぁピンからキリまであるけどさ……」

松尾は、のんびりとした口調で独り言のように呟いて、ひとまず、グラスから一口すった。ゴードンとティオ・ペペを五対一、オン・ザ・ロック、ステア。やや大きめのレモン・ピールを添える。便利屋が滝川かどこかのバーで覚えて来て、自分なりにアレンジした酒だ。この頃のあいつは、いつもこれを呑んでいる。

なぜ俺は、この酒をことさら注文したんだろう、と自問する。どうやら、珍しいことに、焦っているらしい。便利屋と子供の安否が気に掛かる。松岡と怪文書を使って青柳のバックを引きずり出すことはできる。そのことの成否を心配してはいないが、いかんせん、時間が問題だ。

そんな思いを噛みしめつつ、一口飲み下して、コトン、とグラスを置く。目の前のバー・コートの男は、チラリと視線を投げたが、またすぐに店の後片付けを続ける。簀《す》の子《こ》をゴシゴシとタワシでこする。

「手に負えないヤツもいるよな」

バー・コートの男は、なにも答えない。

「で、結局、放り出されるわけだが……」

バー・コートの男は、何も答えない。

「放り出す頃合いが難しいわけだ。これが、実に難しい……」

バー・コートの男は、なにも答えない。

その無言であること自体が、ひとつの回答だった。たった一言、「もう看板だから、帰ってくれ」と言えばそれで済む。だが、それができないでいる。

この男は、この小さなバーのオーナーであり、たったひとりのバーテンダーだ。その前には、ある小さな酒屋で配達トラックを運転していた。その前は、ホームレスだった。その前は、八カ月間、刑務所に入っていた。その前は事件屋のようなことをやって、中小企業や小役人から小遣いをせびっていた。そしてその前は、北海道のある選挙区から選出された代議士の私設秘書だった。

「全部明るみに出ちまってからじゃ、引導を渡すこともできないだろうな」

バー・コートの男は、何も答えない。

「あんたの知り合いに、伝えてくれないか」

バー・コートの男は、何も答えない。

「おそらく、まんざら知らない仲じゃない、と思うんだ。そいつに、とってもエラァイ誰かが、そっと耳打ちをしてやれば……」

松尾の携帯が震動した。無言で取り出し、耳を当てる。

「松尾です」

「あ、徳光です」

中央署記者クラブ担当の若造だ。

「よう。どうした?」

「あのう……道警本部捜査一課の副課長補佐の警部で……」

松尾の心臓が、跳ね上がった。

「松岡、というキャリアがいるんですが、……そいつが、ついさっき、円山《まるやま》北町の路上で射殺されました」

「……そうか」

俺は、一生、毎朝、松岡に詫びて生きて行くことになる。

「ええ。で、デスクが、すぐに松尾さんにも知らせろ、と言うもんですから……」

「住所は？」

松尾は聞いた住所を頭に刻み込みながら、立ち上がった。無言で五千円札をカウンターに置き、足早に出て行く。バー・コートの男は黙々と流しを磨いている。


ダッシュボードから百万円取り出してポケットにねじ込み、小林はBMWから降りた。

「待ってろ」と閔に命じ、ホテルの裏側に近付く。当然、ロビーから入ることはできないだろう。駐車場に回ると、まだそこには警官はおらず、そのまま中に入ることができた。

小林は、三十年以上前……まだ父親が生きていて、なんの不自由もなかった頃には、工業高校の建築科の生徒で、図面の描き方をかじったことがある。そのせいなのかどうか、初めての建物の中に入っても、目当ての物がどこにあるか、勘が働くタチだ。それに、安っぽいビジネスホテルの造りは、おおむね似たようなものだ。通路の突き当たりを、ロビーとは反対の方に進むと、思った通り、従業員・荷物運搬専用のエレベーターがあった。それに乗り込み、最上階の八階で降りる。通路には誰もいない。しんと静まり返っている。そのまま進んで、客用のエレベーターを呼び、一階まで降りた。

降りたそこはロビーで、制服警官や、一目で刑事だとわかる胡散臭い顔つきの男や女が、うろうろしている。一渡り見回したが、連中の中には、見覚えのある顔はなかった。日頃、俺たちとは付き合いのない部署の連中だな、と思った。その周り、壁際のあちこちに、ホテルのスタッフが身を寄せ合っている。

エレベーターが開いた時、警官たちがこっちをチラリと見たが、すぐにまたそれぞれの業務に戻った。外から入って来た不審者ではなく、上から降りて来た宿泊客だ、と判断したのだろう。これで、出て行こうとすると、ちょっと話がややこしくなるかもしれないが、今のところは、大丈夫だろう。スタスタとフロントに近付く。小林は、誰がどう見てもカタギではないが、〈カームパレス〉は、そういう客が多いホテルだ。

フロントの若造が、軽く微笑んで、やって来る。微笑んではいるが、その笑顔はひきつっている。

「おにいちゃんな、僕の部屋な、テレビのボリューム、音、ちょっとも大きくならんねん。せやから、なんとかしてもらお、思てな、なんべんも電話したあるのに、電話も通じんし」

インチキ関西弁でそう言いながら、小林は二つ折りにした二十万円を隠したごつい右手を、カウンターの上に置いた。それから、ちょっと手をずらして、札を見せる。若造の顔が突然真っ赤になり、額に汗が噴き出した。

（人選を誤った！）

小林は、心の中で舌打ちをした。だが、若造はなんとか踏み止《とど》まった。

「ボリュームが」

と言いながら右手で、カウンターの下のキーボードを叩く。小林が右手を引っ込めるのと同時に、素早く左手を伸ばし、二十万円の上に載せた。

（浅ましいのう）と小林は心の中で呟く。もちろん、こういう手段を使う自分にも、いささか嫌気が差しているが、人間同士、お互いの浅ましさをこすり合うもんだ、とは思っている。それが大人というものだ。……そして、榊原健三はそこがオレらと違っていて、それでオヤジもあんなに熱くなっているのだろう、と思う。

「ええと……七一二号室でございますね」

若造が、目をキラキラさせて言う。空室なのだろう。

「せや。はよなんとかしてや。僕もう、三百円、機械に入れたあるねんで」

若造は近くに立っていたもっと若いガキに「よろしく」というようなことを小声で伝えて、「こちらへどうぞ」と小林の先に立って歩き出した。

小林は、インチキ関西弁で通すことにした。友好組織との義理掛けなどで耳にする関西弁を、適当に真似しているだけだが、なにかあった時には、身元をわかりづらくする役には立つだろう。

小林の先に立って七一二号室に導いた若造は、ドアを閉め、鍵を掛けてから、ソファにふんぞり返っている小林の方にやって来た。

「どういうご用件で……」

「なにがあったんや？」

「お客様が……」

「長期滞在しとった連中か?」

「ええ」

「ほうか。ちょっと詳しい話、聞かせてんか?」

「はぁ……あのう、私よりは、もっと詳しいものが、上司におりますけど。その者の方が、きちんとお話しできると思いますけど」

「ほうか。じゃ、呼んでもらおか」

「はぁ。……で、先程頂いたものですが……」

「金か?」

「ええ、つまり、……そうです」

「構わんよ。その、君の上司にも、話ぃ聞かせてもらえるんやったら、お礼するがな」

「そうですか。では、ちょっとお待ち下さい」

若造はいそいそと携帯電話を取り出し、嬉しそうに操作する。

「あ、タカノさんですか、オチです。あのう、お客様が、ちょっと話を聞きたい、とおっしゃってまして……ええ、ええ……でも、お礼をする、とおっしゃってまして……はい、お金です」

なるほど、と小林は思った。そのタカノってのは、この若造の上司で、そしてふたりしていろいろと悪いことをしているわけだろう。ルーズなホテルでは、スタッフがその気になって助け合えば、相当大胆に自分の会社から金が盗める。このふたりは、そういう仲なんだろう。で、目をかけてくれる目上の共犯者に、いいメを見せてやろう、というわけか。

「……え？　私は二十万、頂きましたけど、高野さんの方が、いろいろと詳しいんじゃないか、と言ったら、……はい。……ええ。ええ、僕がもらったのは二十万ですけど、それとは別に、高野さんにもお礼してくれる、って言ってますけど。……はい。……ええ、ええ。あ、ちょっと待って下さい」

そう言って、小林の方を見る。小林は、指を三本立てて見せた。

「あのう、三十万円……はい、わかりました。急いで来て下さいね」

そしてポケットに納めながら、「今、見えるそうです」と言う。

（ＯＫ。金はやるよ。で、聞きたいことを聞いたら、取り上げりゃぁいい）

小林はそう決めた。


夜の中で、車の窓から空を見上げても、晴れているのか曇っているのかはよくわからない。少なくとも、星はよく見えないから、曇っているのだろう、とは思う。だがそのうちに、左はるか前方の空が、ぼんやりと明るくなってくる。

空は、雲に覆われているのだ。

そして、雲が、ススキノの光を受けて、ぼんやりと光っている。

ススキノの灯はまだ見えないが、あの雲の下には、ススキノがある。

帰って来た、と持谷は思った。

まず、そうだ、高田の店にでも転がり込もう。あいつはまだ店にいるはずだ。ミニFMでノンキに遊んでいるはずだ。この車でビルに直行し、入り口から素早く中に入れば、まず安心だろう。あとはあいつの店に行って、そこでとりあえず落ち着く。もしもなにかの間違いで襲撃された場合でも、高田の空手の腕は役に立つだろう。それから、さっき思い付いたんだが、オカマたちに頼んで、女の子の服でも買って来てもらうってのはどうだろう。それを恵太に着せて、連中の誰かの家にでもかくまってもらうわけだ。これはなかなかいい思い付きだ。俺は別に、一緒にいる必要はない。ちょっと離れて、ケツを警戒しながら行くわけだ。で、連中が落ち着いたら、マンションの入り口近くのどこかで、見張っていればいいだろう。

……健三が、恵太と離れたくない、と言ったら、健三にも女装させちまえばいいんだ。女装した健三と、女の子の服を着た恵太が、オカマたちと賑やかに歩くようすが目に浮かんで、持谷は思わずクスクス笑った。

「なんすか？」

ブッチョが不思議そうに言う。

「いや、なんでもない」

「思い出し笑いってのは……」

「なんだよ」

「老化現象でないすか？」

「違うよ、バカ」

後ろは静かだ。ふたりとも寝たのかな、と思って持谷は振り返った。恵太はぐっすりと眠っている。健三は静かに前を見て、黙っている。目が合って、軽く会釈した。持谷も頷き返し、(やれやれ)と顔を前に向けた。


「青柳が」

受話器に向かって思わずそう呟いたが、衝撃はそれほど大きくはなかった。いずれこうなるだろう、と桜庭はなんとなく予想していたらしい。

(しかし……)

いずれこうなる、と予想していたのなら、もっとなにかこう、手だてを整えておくべきだったんじゃないか。

(なにやってたんだ、俺は……)

しかし、こう事態が急速に展開するとは思っていなかった。また、青柳が、そこまで追い詰められている、とも思わなかった。……だが、まぁ、当然か。そろそろ十年近いわけだ。泥沼に、どっぷりと首まで漬かって十年。

「はぁ、なるほど」

電話の相手は、早口にまくし立てている。足許に火がついた気分らしい。自分の腹にダイナマイトが巻いてあるのに気付いて、そして足許に火がついたのに気付いたジジイ。そりゃあわてるだろうなぁ、と桜庭は同情した。身から出た錆、という言葉は知らないのだろう。そして、桜庭に喚き散らせば、なにかがどうにかなる、と希望に縋《すが》っているジジイ。

（実際……）と桜庭はいつも思う。（オレらがいなくなったら、この国はどうなるもんだか。ヤクザがいなくなったら、この国はやって行けんのかね）

一般大衆は、まぁ、ヤクザがいなくても困らないさ。だが、役人、政治家、警察、金持ち連中は、オレらに〈おんぶに抱っこ〉だからなぁ……

「わかりました。なんとかなる、と思います」

相手は喚くことをやめない。そして、思い付いたように、質問を決めつける。

「……いえ……見返りなんて、そんなことは……」

政治家と直接話すのは、苦手だ。……桐原は、俺のことを下品だ、と言ったが、政治家の方がもっと下品だろう。……いや、あいつはそんなことはわかってるか。しかし、いくらうろたえたとは言え、いきなり直接電話してくるなど、本当にこいつはバカではないか。

（なに考えてるもんだか……）

相手は、言いたいことを言いたいだけ喚き散らすと、クドクドと念を押し、唐突に電話を切った。やれやれ、と桜庭は受話器を置き、ボタンを押して録音を止めた。再生してみる。かなりの大声で喚いていたのに、驚くほど明瞭に聞こえる。科学技術の進歩にいささか驚きながら、（本当にバカなヤツだ）と桜庭はしみじみ思った。だがまぁ、なんにせよ、もうこれでこの男は、もらった。代議士でいる間は、いくらでも使うことのできる財産だ。

そのためにも、選挙の応援は本気でやろう、と思う。選挙の応援は、いい。やればやるほど、儲かるのだ。

インターフォンがプッと音を立てた。

「どうした?」

「門前のおじさんが、お帰りになりました」

「ほう……」

思いがけないことだった。全滅したわけではないらしい。いいことだ。話が聞ける。だが……

(死んでもいいヤツが、帰って来ちまったか……)

同じ部屋の空気を吸うのもイヤだ。だがまぁ、そんなことは言ってはいられない。

「通ってもらえ」

「要するに、青柳が……」

勢い込んで語り出す小林を、桐原の声が遮った。

「アオヤギ?」

「そういうデカがいるんですよ。コジキクズです。それも札付きで、もう十年くらいになる……」

「まぁ、まぁいいや。で?」

「ええ」と答えて、小林は閔の後頭部を眺めながら話を続ける。その横で、鉢呂がケースから拳銃を取り出し、まず一丁を小林に差し出す。それを受け取って、ポケットに納めながら小林は言った。「そいつが、仲間のデカどもと借りてた部屋があって、ホテルなんすけど……」

「それはあれだな、丸高の社宅で白崎と保母をバラしたデカだな」

「ええ、そうです。その連中です」

「そうか。ホテルをな。それで、閔と鉢呂を連れてったのか」

「ええ、そうなんす。ちょっと、詳しく説明してる暇、なかったもんで」

「まぁ、そりゃいいよ。で？」

「で……なにがあったのか、詳しい事情はわからねぇんですが、青柳が、仲間三人をバラしたようです」

「なにぃ？」

「ここに部屋ぁ借りて、もう三年以上んなるらしいんすけどね、態度が横柄、金離れが汚ねぇってのは元からだったたっつー話なんすけど、どうもこの半年ほど、三人の言葉遣いが、荒っぽくなってたらしいんすね。……刺々《とげとげ》しい、っつってましたけど」

「ふ～ん……」

「なんか、目付きも陰惨で、と言ってました」

「そのホテルのクズがか？」

「へぇ。人間の出入りも激しくなって来てて、なんか、ややこしいことになってるようだ、と思ってたっつー話です」

「…………」

「で、さっき、……十一時過ぎに、相当長い電話をしてたってことで。ええと……」

小林がメモに目を落とした。鉢呂が気を利かせたつもりで、車内灯を点けた。

「バカ！　消せ！」

「なに？」

「いえ、こっちの話です。時間は、と……二十分以上、話したってことです」

「それで？」

「で、その電話が終わったあと、十分ほどして、その青柳ってのが、飛び出してった、と」

「十一時過ぎ？」

「ええ、……ええと、十一時十二分、となってますけど」

「ほう……その、二十分の長電話ってのは、発信か？」

「いえ。外線からの着信です」

「……なにか、嫌な話が来たのかな」

「でしょうね。で、青柳が飛び出して行ったあとは、特に何事もなかったらしいんですが、……ええと……零時四十六分に、連中の部屋からフロントを呼び出してるわけです。で、

うです」

「………」

若造が出たわけなんすけど、受話器の向こうはシンとしてる。でもまぁ、もう三年以上の付き合いの、いろいろと厄介な客ですから、何度か、もしもしってのを繰り返したんだそうです」

「………」

「で、そのうちに、呻き声みてぇなのが微かに聞こえるような気がしたってんですね。で、若造が、上司の高野ってのと一緒に、部屋まで行ってみたら、これがもう、部屋一面血の海……」

「ホントかよ」

「……すんません。ちょっと口、滑りました」

「だろ？ ひとりで男三人、血の海にするってのは無理だろうよ。相手もチャカの一丁や二丁持ってるんだろうし」

そう言ってから、桐原は健三のことを思いだして、背筋が一瞬涼しくなった。

「ええ。ま、ふたりが死んでた、と。詳しいことはまだわからねぇんですが、ふたりは、胸から血を流してた、と。で、ひとりは首絞められたみたいですね。どういう順番でやったのか、まだわかりませんが、首絞められたヤツが、息を吹き返した、ということらしいです。こいつが、なんとか電話まで這いずっていって、フロントを呼んで、転がってた、と。で、さっき救急車に乗せられてました。あとのふたりはもう死んでんでしょう。ホトケもそのままにして、検証してるところだそうです」

「あ、それから、その青柳ってのが使ってる車、今そいつは、それに乗ってどっか走ってると思うんすけど、エクスプローラです。ナンバーも、例のと一致します」

「……………」

「持ち主は？」

「戸隠です」

「……北楡クレジットのか？」

花岡系の街金だ。

「へぇ」

「……ほう……」

「ちょっと、思ったよりも、デカい野郎かもしれませんね」

「それにしても……」

「ええ。コジキクズはコジキクズですけど」

「……で、どうするよ。その青柳は今、どこにいるんだ？」

「それが……」

「見失っちまったか、ここで……」

「…………」

「どことつながってるか、それはどうなんだ？」

「ちょっとまだ……北日の松尾が、あいつのルートを使って、動いてると思うんすけど」

「気を付けろよ。桜庭とゴッツンコってのは、願い下げだぞ」

「へぇ」

「で、どうすんだ？　花岡に手ぇつけねぇで、なんとかできるか？」

「あのう、社長」

「ん？」

「花岡は……っつーか、花岡から上の筋は、きっともう、青柳を見捨てたんじゃねぇでしょうか」

「……なるほど」

「もしかしたら連中、オレら以上に、シャカリキんなって、青柳を追ってると思います」

「なるほどな」

「問題は時間ですが、榊原さんや便利屋とブッチョが、あともう少し持ちこたえて、逃げ続ければ、青柳の方は、連中が始末するんじゃないすかね」

「…………」

「青柳さえなんとかなっちまえば、あとは、向こうにうまく絵を描かせて、オレらはそれで手を打って、子供と親には話を呑み込ませるってのは……」

「それほど難しくないか」

「ええ……そんなように思いますが……」

「……死人に全部押しつけるってのは、まぁ確かに、役人どもや政治家どもの好きなテだな」

「そうすよね」

問題は、恵太の存在だ。だがこれは、うまくいけばなんとかできるかもしれない。無用の騒ぎや人死にを避けたいのは、向こうもこっちも同じだ。

「わかった。便利屋に電話する」

「俺は、北日の松尾と連絡取ってみます」

「今どこだ」

桐原の声は、相変わらずダミ声だ。

「今か。さっき、石狩川を渡った。もう少しで札幌に入る」

「そうか。順調か?」

「ああ」

「ならいい。で、どうするつもりだ?」

「まず、高田の店に飛び込もう、と思う。あそこなら、とりあえずはなんの心配もいらないだろう」

「で?」

「そこからあとは、また考える」

オカマ作戦で行く、と言う気にはなれなかった。

「お前は、本当に行き当たりばったりだな」

「この二十年、それでずっとやって来たんだから」

「お前の命はどうでもいいんだけどよ」

「別にいいよ、それで」

「ちょっと状況がうまい方に転ぶかも知らん」

「ほう」

「ま、詳しい話はあとだ」

「ＯＫ」

「とにかく、あと少し、しのいでくれ」

「いいよ。わかるよ。加勢できないってのも、理解してるから」

「そういう寂しいことを言うな。こっちはこっちで、必死になってあれこれやってんだから」

「あれだな。ヤクザってのも、このご時世じゃ、サラリーマンや役人と同じだな」

「元からそうなんだよ。組織ってのは、そういうもんだ」

「なにが面白くて生きてんだ」

「大きな御世話だよ。……でもよ……」

「ん？」

「ススキノに来るってのは、あんたどう思う、ちょっとヤバくねぇか？　人目があるぞ」

「まぁな。でも、こんな状況で、まさかススキノに舞い戻るとは思いもよらないだろう。どっか田舎に向かって逃げてる、と思うだろうさ」

「……ならいいけどな」

「そうだよ。桜庭は、そういうヤツだよ。あいつの頭はその程度だ。あいつの裏をかくのは、ビールの小ジョッキを一息で呑むのよりも簡単だ」

それを聞いて、桐原は気持ちよさそうに笑った。

「だな。それにあいつ、下品だしな」


「ススキノに向かってるはずだ」

桜庭はきっぱりと言う。

「まさか」芳野は頭から信じない。「ここでのこのこ戻って来ますかね。わざわざトられに来るようなもんじゃないすか」

「いや、間違いない。……つまり、もしもそのダブルのスーツのデブが、例の便利屋だとしたら、きっとあいつはススキノに戻って来るはずだ。オレらの裏をかいたつもりでな」

「あ、なるほど」

「あいつは情けねぇくらいの自惚《うぬぼ》れ屋だ。で、どうしようもなくいい加減なくせして、根は真面目だ」

「………」

「篤布からだろ。……豊平橋んとこに、何人か置いとけ」

芳野にそう言ってから、桜庭は門前に目をやった。目が合って、門前も、頷く。

「おじさんは、どっちを通って来たんですか？」

「うん、あれだ。どっちみち、豊平橋んとこは通るさ。交番の前な」

「ですよね」

「……気を付けた方が、いいぞ」

そう言う門前の目付きは、また恐怖が甦ったのか、おどおどして定まらない。顔色もさっきのまま、蒼ざめている。席を立って壁際に行った芳野が、携帯電話に向かって小声で指示を出しているのを聞きながら、桜庭は門前のようすをそれとなく眺めた。

さっき聞いた、ジャンパーの男の恐るべき手並み。以前、こんなような話を聞いたことがあるような気がする。俺が関西資本の連中と一緒に、ソウルとこっちを行ったり来たりしていた頃の話だ。その時、関西資本がこっちに送り込んでいた連中が、アッという間に全滅した。あの時の話のようすとよく似ているような気がする。俺はあの時はほとんどススキノにいなかったから、なにがあったのか、実際のところは知らない。ちょっとごたついたが、なんとか収まったのだった。うやむやなところはうやむやのままに、ウチも、関西資本も、とりあえずなかったことにして、話を仕切り直ししたんだった。

（一瞬で、五人……）

誰なんだ、と桜庭は心の中で何度も呟いた。

周囲の道路は、相当広い範囲で立入禁止のテープが張り巡らされていた。街の中心部とは違い、このあたりには除雪車が残して行った雪の山が道の両側にうずたかく残っている。街灯の明かりを受けて、その雪山が、闇の中に薄白く浮かび上がっている。そのそばに制服警官がぼんやりと立っていた。彼に記者証を見せて、松尾はロープをくぐった。少しでも、近くに行きたかった。近付いたからどうなる、というものでもないが。

しばらく進むと、報道関係者の群があった。そこだけが、夜の中で強烈に明るい。人々が浮き足立って動き回っている。放送記者らしいのがマイクを持って、照明の光を浴び、カメラに向かって緊迫した表情で語っている。そのカメラの後ろに行列を作っているのは、ほかの放送局のカメラ・クルーと放送記者たちだ。きっとその場所が、一番いいアングルで現場を撮れる場所なのだろう。松尾はそれをよけて、群がる人間たちの中に分け入った。「失礼」「すまん」と小声で詫びながら、少しずつ前に出る。デスクに記事を送る声が、交錯している。とうとう最前列に出た。〈北海道警察〉と記してある黄色いテープ。この先は、報道関係者も入れない。むこうの歩道をふさぐ形で、青いシートで急いで作ったらしいテントが立っている。その中で、今、現場検証が行なわれているわけだ。時折、テントの中が一瞬、光る。フラッシュをたいたのだろう。制服・私服の警官が出たり入ったりしている。

肩を叩かれたので振り向くと、徳光の童顔があった。子供っぽい顔なのに、髪が薄くなっているのが奇妙だ。サツ廻りになってから、急にフケが多くなり、突然髪が抜け始めた、という噂だった。

「即死だそうです」

松尾は頷いた。こいつは、俺と松岡のことをなにか知っているのだろうか。デスクからでもなにか聞いたか。まぁ、どうでもいい。……即死か。だが……なんの気休めにもならない。

「タクシーから降りたところを、後ろから二発。二発とも、左胸を貫通してるそうです」

「所持品の話は、なにか出てるか？」

「いえ、今のところは何も」

「きっと、ある種の文書を持っていたはずだ」

徳光は「文書ですか……」と呟きながら、メモする。

「その有無を、なるべく早く知りたい」

そう言ってから、無意味か、と思う。今となっては、あの文書を青柳が持っていようと、すでに警察の手に渡っていようと、どうということはない。……いや、そうでもないか。

「目撃者はいるのか？」

松尾が尋ねると、徳光は左手だけで器用にメモを繰り、目当てのところを開く。

「ここまで乗せて来たタクシーの運転手が、目撃者で、通報者ということのようです。今、あのテントの中で、話をしてるところです。犯人は、大きなワゴン車で、……どうやら後を尾けていたようだ、という話らしいですね。運転手ははっきりとした記憶はないそうですけど、……相当前からくっついて来てた、という話だそうです」

「どこから乗ったんだ、そのタクシーには」

「被害者ですか？　グランドホテル、ということです。研修会があって、上司と出席。まぁ要するに、会議をしていたんですね。で、その後、軽く呑んで、上司をふたり、それぞれの家に送り届けて、その帰り、だそうです」

「………」

充分に警戒するように、と言うべきだった。……言わなくてもわかるだろう、と思っていた。完全に、俺のミスだ。言わなくてもわかる、というのは、今の若い連中には通用しない。そのことは、日頃、身に沁《し》みてわかっていたはずなのに。

俺のミスだ。俺は、これから死ぬまで毎朝、松岡のことを思い出すことになる。

携帯が震動した。

「松尾です」

「小林だ」

「ああ……」

「青柳が、キレた」

知っている、と言おうとした。だが、この件ではないな、という感じがした。

「なに？」

「青柳グループは、〈カームパレス〉に部屋を持ってたんだがな、どうも……なにがあったのか、青柳が、仲間の刑事どもを殺して、飛び出したらしい」

「ちょっと待ってくれ」

松尾は徳光に軽く頷いて、群から外に出た。近くの建物の陰に身を引いて、小声で言う。

「詳しく話してくれ」

小林は、慌ただしい口調で、だが簡潔に状況を説明した。そして、青柳がこうなっちまった結果、思いがけないことに、恵太と、その両親の安全に関しては、うまい絵が描けそうだ、と言う。

「なるほど」

暗い声で答える松尾に、小林は言った。

「そっちの方はどうなんだ？　話がややこしいようだったら、ちょっとペンディングにして、ようす見てからってことでも、いいかもな」

「……ちょっと、遅かったよ」

「え？」

「青柳は、もうひとり、やったんだ」

「もうひとりって？」

「そのホテルを出てからさ」

「誰を？」

「ヘンな世界に足を踏み込んじまって、きょとんとしてた若いもんだ」

「……………」

「素朴な、いいヤツだった」

「あんた……」

「俺が悪いんだ」

「おい、……オレらこれから、あのガキと健三と、そうだそれから、便利屋を出迎えるんだ。まぁ、表立ってはなにもできないけど、遠くから見てるつもりだ。便利屋は、あんたの友だちだろ？　一緒に行かないか？　オレらはな、今、〈ロビンソンズ〉の……」

松尾は、電話を切った。それから、ほんのしばらく、電話を眺めた。とりあえず、鳴らなかった。

まぁ、そりゃそうだ。子供じゃあるまいし。


「オレだよ。わかんだろ？」

青柳の声だ。桜庭は、いささか緊張した。こいつ、どうなってるんだ、と思う。それはほとんど怒りと同じ感情だった。だが、努めて穏やかに話した。

「よう。どうなってる？　なんか、話がややこしくなってるって？」

「なに言ってるんだよ、馬鹿馬鹿しい。おたくはもうちょっと切れるヤツだと思ってたんだけどな」

「あんたほどじゃないさ」

「ケケケ！」

青柳は、本当に嬉しそうに、得意そうに笑った。こいつはもうダメだな、と桜庭は思った。

「世の中ぁみんな、バカばっかりだ」

「まぁ、そう言うなよ」

「ふざけんなよ。あんただって、そう思ってるクセに」

桜庭は、穏やかに笑った。ここでしくじってはいけない、と思う。

「なぁ、そうだろ？　あんただって、そう思ってんだろ？」

また、穏やかに笑って聞かせた。

「なにビビってるんだよ、ジジイどもはよ！」

「まぁ、我が身可愛さってヤツだろ」

「ケ！　可愛がる我が身も、もう棺桶に片足突っ込んでんのによ！」

また、穏やかに笑うしかない。

「バカどもが、嬉しそうに歩いてるぜ。オレの目の前をよ。見せてやりてぇよ。ダラダラダラダラ、ウスバカどもが群んなって歩いてるぜ。片隅の人生が幸せですってなツラしてよ。せまっ苦しい、天井に頭がつっかえそうな人生でも、生きてりゃいいことあるんだろうなってか？」

「今は、いったいどこにいるんだ?」

「人をバカにしてるぜ、実際。オレはやりすぎたんだとよ。『お前は、やりすぎた』だとよ。そんなもんお前、流れでこうなっちまったんだから、しゃーねーじゃねーか。なぁ、そうだよな?」

「ああ。こうなるしかなかった」

「だろ? 焦んなってのよ。今まで通り、オレがきちんと片付けてやるっつってんのによ。すっかり怯えちまってんのよ」

「まぁ、ジジイはそういうもんだよ」

「ビンボっくせぇのな。天下りのコジキ人生が、そんなに嬉しいのか。ああ? おい! ええ、そうなのか? おーっ!?」

青柳の怒鳴り声とともに、受話器の向こうで、なにかが激しく割れる音。なんだろう、と桜庭は考えた。電話ボックスのガラスの壁を割ったか? なにか固い物を叩き付けて。

……チャカの握りとか……。

「まだ、いくらでもどうにでもなるんだ。そのことが、ジジイどもにゃわからねぇ。哀れなもんだよなぁ。ええ、桜庭。哀れな連中じゃねぇか」

「確かにな」

「全部、やっちまったよ。三人とも。あんたも会ったことあるだろ、田中とかよ。森とかよ。舛田とかよ。会ったこと、あんだろ?」

「ビビりやがってよ。全員、一発で仕留めたぜ。バカどもが。あのびっくりしてビビってたツラ、見せたかったね」

「ああ」

「全員か」

「ああ……まぁ、田中はよ、絞めてやったさ。オレはどうも、ああいう下品なヤツは嫌いだ。とぼけたクズ……前々から、思ってたんだ。生かしちゃおかねぇってな。ハハハハハ！　喉に、教本で見たのとそっくりの筋ができたぜ。ハハハハ！　教科書は、レベル高かったんだな。ウソばっかり書いてあると思ってたんだけどよ」

「じゃぁまぁ……そっちは、片付いたんだな」

「おう。若造もひとり、始末したしな」

「若造？」

「ああ。キャリアのヘナチョコだ。なに考えてたんだか、オレのことを聞き回ってたらしい。クズのひとりだ。お仲間だよ。どうせ、天下りのコジキ人生をエンジョイするくせによ。オレらに向かって、一人前の口利こうとしやがって……ハハハハハ」

その笑い声は、どことなく、涙まじりの気配がした。

「じゃ、あんたこれからどうする？　ちょっと疲れただろ。こっちに来るか？　こんな時間だが、俺の方はいつでも歓迎だぞ」

「いいか、桜庭。これだけ死体を転がしゃぁ、どんな話でも作れる。あのガキと、それからガキの父ちゃん母ちゃんだって、始末できるんだよ」

「そうだな」

「死体の数が増えて、話がでかくなれば、マスコミの手に負えなくなる。そこらのバカどもも話が見えなくなる。そのうちに、またなんか起こるから、それで、なかったことになっちまうんだよ。一般大衆は、それですぐに忘れちまうんだよ。知ってんだよ、オレは。オレは知ってるんだよ。今までずっとそうだったから。そこんとこが、バカどもにはわからねぇんだ」

「そうだな。……どうだ、こっちに来ないか？」

「それを、人バカにしやがって、『お前はやりすぎた』ってあんた、何様のつもりなんだっつーのよ。おーっ!?」

また、なにかが割れた。桜庭は、じっとりと汗をかいている。非常にまずい。ここで青柳が激昂のあまり、そこらを歩いている一般人を撃ったりすれば、ちょっとこれはもう収拾がつかない。電話ボックスの壁を……いや、これは携帯からかけているらしいから、ボックスではないか。だがまぁとにかく、街中で、ウィンドウかなにかを割って騒いでいるとすると、いずれ警官が駆けつけるだろう。そこで揉めるのもまずい。……いや、いっそのこと、ここで銃撃戦にでもなって青柳が射殺されればハッピー・エンドだが、現実の日本じゃ、そんな僥倖《ぎょうこう》は期待できない。

「なぁ、アオよ……」

「榊原健三だよ。聞いたこと、あんだろ?」

いきなり飛び出した名前を聞いて、桜庭は背中一面にチリチリとした戦慄が走るのを感じた。そうだ。そうだよ。健三だ。健三だ……。

だが、なぜまた……。

「オレぁな、こう見えても、コンピュータなんか、ちょろいもんよ。知ってんだろ?」

「ああ」

「調べたよ。〈カームパレス〉からよ。せこせこ繋げて使ってたんだよ、我が社のコンピュータをよ」

それは知っている。そうやって手に入れた……盗んだ情報を、この男は小遣いのネタにしていた。

「で、調べたんだよ。……だってよ、どうもおかしいだろうよ。なんだかわかんねぇヤツが、いきなり横から飛び込んで来やがった。なんでだ? 誰なんだ? なぁ、ヘンだろうよ」

「ああ」

「だからよ。丸高建設社宅になんかあるんだろ、と思ってよ。丸高建設がウンコまみれだってのは知ってるさ。でもよ、あの社宅にもなにかがあるんだろ、きっと、と思ってよ。あの社宅だったから、あの変なヤツが横から突っ込んで来たのかな、と思ってよ。そしたらお前、案の定よ。チンピラが、あそこで四人殺されてたよ。五年前にな。社宅の庭でよ。

ホトケは別なところにまとめてあったけど、あの社宅の庭は、ルミノール反応で本が読めるくらい明るくなってたってな」

「あれか……」

「そうだよ。あれだよ。ワケのわかんねぇ事件だったけどよ。俺も思ったよ。『あれか……』ってよ。であんた、丹沢《たんざわ》って刑事が、殉職したんだよ、その後で。こいつが気にしてたのが、榊原だ。独断専行で動いてたらしいんだが、丹沢がだぞ、で、こいつが殉職直前、気ぃ失ってるところを発見されたのが、ほら、昔あった、〈エスパス53ビル〉の階段だ。へへへ。そしてお前、そのひとつ置いた隣の、〈第四パープルビル〉の屋上に、ホトケがふたつ、転がってたってワケよ。へへへ。オレは見逃さなかったね。〈第四パープル〉で当たってみたさ」

そして、くすくすと笑い、深呼吸して話を続ける。

「第四パープル。このビルの名前、いろいろと覚えてんだろうよ」

「ああ」

次々と、いろいろな記憶が桜庭の中で甦った。もう、十年から二十年前の出来事が、一瞬のうちに桜庭の中を通り過ぎる。それは同時に、桜庭の青春の再現だった。

「第四パープルの屋上。榊原ってのは、ここがエラク好きだったらしいな」

「そうだった」

健三が得意にしていたビルはいくつかあるが、中でも〈第四パープルビル〉が一番使い勝手がいいようだった。

「榊原健三が戻って来たんだよ。なぜかはわからないけどよ。あいつが消えたのは、十年以上昔の話だろ？　で、なぜか、五年前に一瞬戻って来て、また消えた。そして、今度だ」

「…………」

「追い込めよ」

「ん？」

「第四パープルビルに、あの三人を追い込めよ。オレが、上で待ってるからよ。油断して上って来たところを待ち構えれば、一発だ。榊原さえやっちまえば、もう、あとはガキとデブだ。あっさり殺れるさ。それであんた、一件落着だ。いくらでも話は作れる。どうだ」

「…………」

「なにしろ、これがバレちまったら、本部長がひとり自殺したくらいじゃとうていリカバーできないネタだからな。ジジイどもも、必死になってつじつまを合わせるさ。それで、一件落着だ。そうこうするウチに、松田聖子がまた離婚して、ジャンプのワールドカップで日本が優勝すれば、それでみんな忘れるんだから」

「…………」

「なぁ、追い込めよ。なんとかして、追い込めよ。第四パープルビルに。できんだろ、それくらい」

「……そうだな……」

「今、あの三人がどこにいるか、わかってんのか?」

「ススキノに向かってるはずだ」

「ススキノに入れば、捕捉できるな?」

「多分な」

「じゃ、話は決まった。オレは、第四パープルの屋上で待つ」

電話は、いきなり切れた。

桜庭は、ゆっくりと受話器を戻し、天井を見上げた。心の底から気に入っている、ロブマイヤーのシャンデリアの、まばゆい光に見とれた。それから目を閉じて、腕を組み、背中をうんと伸ばした。それから目を開け、二十秒ほど考え込んでから、インターフォンのスイッチを押した。

「はい」

芳野の声だ。

「門前のおじさんは、どうしてる?」

「ここにいらっしゃいますよ。ちょっと眠れないそうで、酒を召し上がっておいでです」

「そうか。お手数だけど、こっちに来て戴けませんか、とお願いしてくれ」

そう言ってインターフォンを切ってから、引き出しを開け、古ぼけたシステムファイルを取り出した。十五年ほど前に、道警捜査一課特殊係長をやっていた男を探す。こいつはその後、兵庫県警捜査四課長などを経て本庁に戻り、しばらくして退職、今は「㈱民暴対策研究所」に所属して「経営コンサルタント」をやっている。今年で五十三。貸し借りはさほどでもないが、いざという時には役に立つ男だ。なにしろ顔が広い。それに、金に汚い。だから、使い勝手がいい。電話番号を確認し、受話器を持ち上げた。

22

国道三六号線と堤防沿いの道が交差する地点、交番と豊平橋の周辺に、六人の男が配置されている。おおかたは若いチンピラで、詳しい事情は聞かされていない。夜遊び帰りにここまでぶらぶら歩いて来て、ちょっと疲れてたむろしている。しゃがみ込んで話し込んでいる。そんな感じだ。三人ずつに別れて、それとなく行き過ぎる車を眺めている。なにか特徴のようなものを聞かされているわけではないが、商用車やタクシー、軽自動車などを除外して、札幌ナンバーのセダンが通った時、携帯で知らせる、ということになっている。月曜の未明で、セダンの数はそれほど多くない。彼らが電話で告げた特徴（できればナンバー、それが無理でも車種と色、乗り込んでいる人数など）は、ススキノ交差点、南七西四の交差点、そのほかススキノの各所に散らばった人間たちが、該当車が信号で停止した時などにのぞき込んで確認する、という手筈だ。そうやって、一台一台つぶしていけば、きっとあの三人を見付けられるだろう。芳野はそう考え、桜庭もそれで行け、と命じた。今のところ、それらしい車は発見されていないが、おそらくは時間の問題だ、と桜庭は考えている。


「で？　なんだって？」

電話のところに戻って来た高田の声は、やや不機嫌そうだ。そんな声を出すなよ、と〈持谷〉は心の中で呟いた。どうせ趣味でやってるミニFMじゃないか。

だが、そんなことは口が裂けても言えない。

「悪いな。いいのか？」

「ああ。『ファンクショナル』、セロニアス・モンクの、これかけたから、九分は大丈夫だ」

確かに携帯電話からは、高田の不機嫌そうな声の向こうで、妙にぎくしゃくした、それなのに不思議とゆったりしている、軽やかなピアノの音が流れている。

「そうか」

「で？　話が今一つわからないんだけど、とにかく、これから、お前が来るんだな」

「ああ。他に、さっきも言ったけど……」

「子供がひとりと、男がひとりな」

「そうだ」

「別にいいけど、俺は何も相手できないぞ。放送中だ」

「わかってる」

「まぁ、食いもんは、冷蔵庫ん中に少しはあるから、適当に食べてていいけど」

「助かる」

「料理は自分でやれよ」

「わかってる」

「奥のソファで寝るのも構わないけど、風邪ひくかもしれないぞ。暖房のせいだと思うんだけど、どうも乾燥するんだよな、空気が。加湿器もあるんだけど、ひとつしかないし、これはスタジオで使ってるから」

「ああ、わかる」

「なにしろ、俺は放送中だから。のどがカサカサになるんだよ」

「そうだろうなぁ」

「で、どんな事情があるんだ?」

「ややこしいんだけど」

「いいよ。九分ある。だから、かいつまんで聞かせてくれ」

「……警察と花岡組に、命を狙われてるんだ」

「……あれだろ。お前、五〇年代のギャング映画かなにか、借りたんだろ、ビデオ屋で」

「そうじゃないよ」

「じゃ、日活アクションか?」

「違うって」

「あ、そうか。ダシール・ハメットでも読み直したのか?」

「そうじゃないって」

持谷はとりあえず必要と思われることを伝えた。高田は、左手で耳に当てた受話器に向かって「おやおや」「あらまぁ」「そりゃタイヘンだ」と適当な相槌を打ちながら、目を閉じ、セロニアス・モンクの心に寄り添って、小刻みにステップを踏んでいる。思わずハミングが出そうになるのだが、それはやっぱり、熱心にくっちゃべっている便利屋にいささかワルイだろう、と思って、我慢した。

「それで、一旦は篤布温泉に逃げたんだけど……」

闇の彼方、ぼんやりと光っている雲の下に広がるススキノの灯りが少しずつ近付いて来るのを眺めながら、持谷は必死になって状況を説明している。

「警戒出動?」

当直の交通機動隊第三班長は、一瞬耳を疑った。

「しかも、こんな急に、ですか?」

「いや……」と電話の向こうの声は一瞬言い淀んだが、すぐにのしかかるような声で続けた。「表立ってどうのこうの、ということではない。……まぁ、予防的な措置だ」

「それにしても……」

「特暴対本部からの緊急な要請だ。とにかく急げ」

命令の正統性を確認したい、と思った。だが、急げ、と言われて、仕方がない、と諦めた。諦めの早さ。これが、警察という組織の中間管理職に不可欠とされる資質のひとつだ。

要するに、何がどうなっても、俺の責任ではない。命令に従ったまでのことだ。誰の責任になるかわからないが、とにかく俺の責任ではない。

……誰の責任でもない、ということに、結局は、なるんだろうな。

「とにかく、すぐに出動しろ。示威的に、配置するだけでいい。特段の業務指令はない」

「はぁ。わかりました」

〈第四パープルビル〉の最上階でエレベーターから降りた門前は、その脇の、ペントハウスに通じる階段を上った。屋上に出る鉄の扉が前を遮る。門前の額から、汗が流れ落ちた。緊張している。

「あのう……」

そう言ってから、ゴホン、と咳払いをして、大声で言った。

「青柳さん、いらっしゃいますか?」

返事はない。

「私、門前、と申します。あのう……桜庭に頼まれて、ええと……見届け、と申しますか……青柳さん！　青柳さん！」

言葉に詰まって、扉をガンガンと叩いた。

「ちょっと待て」

向こうから、苛立たしそうな声が答えた。

「あ、青柳さんですか？　私、門前という者です。桜庭の面倒を、いろいろと見ていたもんですが。昔の話なんですけど」

「聞いてるよ。今開ける」

扉を開けて、青柳はうんざりした。すぐにでも殺そうか、と思った。桜庭の説明も、妙に回りくどくてイライラしたが、こいつを目の前で見ると、なおさらむかつく。

「天下り野郎だ」と桜庭は言っていた。そのひと言で、憎悪が煮えくり返った。十年ちょっと前の、ささやかなケンカで消滅した組の、幹部だった男だという。特になんの働きもない男だったが、その組の頭に、いつでも尻を貸した、ということもあって、なんとなく歳を食って幹部の扱いを受けていたらしい。毒にも薬にもならない男で、腰が低く、本来なら「憎めない」と言われそうな男だが、妙に気に障るヤツで、友だちは誰もいない、と桜庭は言っていた。組がなくなってからは、ずっと後輩に当たる桜庭が、面倒を見てやっているのだそうだ。これと言ってシノギらしいシノギがあるわけでもないようだが、タイから女を連れて来るのは不思議とうまい、という話だった。一年の半分をパタヤで暮らしているらしい。

（クサレコジキが）

青柳は心の中で悪態をつきながら、一歩後ろに下がった。

「俺ひとりで充分なんだがな」

「ええ。桜庭も、そのことは充分わかってるようです。ただ、子供の扱い、ということになると、……私はちょっと、そこらあたりは詳しいもんですから」

（なに？）

青柳は目を細めて門前を眺めた。

（こいつ……ヘンタイか？）

門前は、おどおどして俯き、そのまま屋上に出て来た。彼の後ろで、鉄の扉が鈍い音を立てて閉まった。そのまま、うなだれてペントハウスの陰の方に行く。壁により添うようにして、猫背になって立っている。こいつは、ガキを殺す気だな、と青柳は理解した。もちろん、青柳も、ガキを殺すつもりでいる。だが、この門前という男は、なにか……汚らしくて、いやらしい殺し方をしようとしているらしい。コノヤロウ、と青柳は激しい嫌悪とともに歯を嚙みしめた。

（もちろん、俺も相当なヘンタイだが……こいつだけは許せねぇ）

汚い物を見る目つきで、青柳はじっと門前を睨み付けた。

（それにしても、桜庭はまた、なにを考えてるんだ。……ついでにこいつも始末してくれ、ということか？）

そして、桜庭の意図がわかったように思えた。おそらくこいつには、そんなふうな汚らしい前科があるんだろう。うまく利用すれば、いい絵が描けるってことか。なるほどね。

(やってやろうじゃねぇか)

青柳は憎々しげに、立ちすくむ門前の姿を睨んだ。

(あああ)

門前は心の中で呟いた。青柳の視線が痛い。ミゾオチがチリチリするほどだ。

(俺はなんて惨めなんだ。この青柳にも、一目で正体を見破られて、軽蔑されている。俺はなんて惨めなんだ。この世の中に、居場所がない)

自分の、あまりの惨めさを、門前はうっとりと噛みしめ、味わった。

非常に寒い。がっちりと着込んでいるし、ホッカイロもふたつ、セーターの下にはさんであるのだが、それにしても寒い。体がずっと小刻みに震えているのだ。こりゃきっと、これから眠って目を覚ましたら、体中筋肉痛だな、と思う。

……いつになったら眠れるんだろう。

また来た。これで、交替してから十七台目のセダンだ。珍しく、二台続いているらしい。さっき決めたとおりの手筈で、一台目はタケトにまかせて、自分は二台目のことを通報するのだ。〇一を押す。事務所の短縮番号だ。こうしているうちに、もしも三台目が来れば、それはタクヤの仕事。

「おう」

　と答える声に向かって、告げる。

「また来ました。マークⅡグランデ、色は……パールってヤツですか？　ええと、ナンバーは、ちょっと見えませんでした。サイドはスモークで、フロントからは、ドライバーと助手席にひとりいるのが見えました。助手席の男は、……まぁ、太ってます」

「そろそろ着くそうだ」

　桐原の声に、小林は頷いた。

「こっちは、さっきから位置に着いてます」

　高田の店は、〈カタノビルA館〉にある。ふたつある入り口の、北側の方を自分ひとりで見張り、西側入り口の近くに、関と鉢呂を乗せたBMWを配置した。見ているだけだ、と強く言ってある。どんなことがあっても出て行ってはならない、と念を押した。オレらが前面に出るわけにはいかないのだ。便利屋には申し訳ないが、これはいかんともしがたい。ただ、なにかあったら、すぐ知らせろ、と命じてある。

　……いざとなった時、自分がどう判断するか、小林はそれが少し心配ではある。

（オレは突っ込むだろうか）

　それは明らかに、バカのすることだ。

（だが、オレは……時折、結構……バカだからなぁ……）

とにかく無事に、ビルに入ってくれ、と祈るような気分で小林は〈カタノビルA館〉の北側入り口を睨み付けた。

明るい夜の中で、〈持谷〉はなんとなくのんびりした気分になった。油断はならない、と警戒しつつも、ほっとした気分でグランデの窓からあたりを見回す。ほぼ半日ぶりで戻って来たススキノは、広々としていた。月曜の午前三時。もちろん、人も車もしきりに行き来してはいるが、みな、自分のペースでのびのび動いている。金曜日の午後八時のように、群に絡み取られ、流れに押されて動いているのとは違う。

「もう少しで、大晦日だ」

持谷は誰にともなく呟いた。

「俺はさ、大晦日のススキノが好きなんだ。人が少なくて、のんびりできてさ。田舎から来た連中が、みんな田舎に帰ったあとのススキノは、いいぞ。札幌で育った田舎のないヤツと、田舎に帰れないヤツだけが残ったススキノってのは……」

そこで、赤信号で停車している車の列の後ろについた。助手席側のウィンドウの向こうで、モコモコした大きな青いコートを着た、金色の縞々に髪を染めた、長髪のチンピラが、ヒョイと腰を屈めて、のぞき込んだ。

「なんだよ！」

持谷がいきなりウィンドウをぶん殴った。チンピラは無表情に歩み去る。携帯電話を取り出した。

「あのう、これ、俺の車なんすから……」

ブッチョがおずおずと言う。

「ん？　ああ、悪かった」

「まだ、ローン三回しか払ってないんすから」

「じゃ、まだあんたの車じゃないじゃないか。所有権はな、ローン会社が持ってるんだよ」

「ええ、まぁそりゃそうですけど」

「でも、驚いたな。エライな。車のローンをまともに払ってるヤクザってのは、なかなか珍しいじゃないか」

持谷は皮肉のつもりだったが、ブッチョは嬉しそうに頷いた。前の車に続いて車を発進させながら「……ええ、まぁ……」と答え、それから、ちょっと神妙な顔で付け加える。

「……まぁ、金を払ってんのは、ホントはカミさんですけど」

「……驚いた」

「え？」

「いや、驚いた」

「なにがっすか？」

「時代が変わったのかねぇ。……いや、驚いた。そういうことを、ポロンと話すようになっちまったのかね。最近のヤクザは」

「はぁ？」

「世も末だな」

「でも……そんなところで見栄ぇ張っても、別に……」

その時、いきなり反対車線から、右折車が突っ込んで来た。

「危ない！」

際どいところでよけ、急停車した時には、すでにブッチョはサイド・ウィンドウから頭を突き出していた。大声で怒鳴る。

「バカヤロウ！」

その右肩に、ボウガンの矢が突き刺さった。

「いってぇ！」

一瞬、持谷とブッチョは呆然として見つめ合った。

「出せ！　左折だ！」

持谷が怒鳴るよりも早く、グランデは左前方に飛び出した。一瞬、後輪が横に滑ったが、すぐに路面をつかんで、グンと進む。

「痛ぇ……」

ブッチョがべそをかきながら、必死になってハンドルを操る。グランデは五条三丁目の小路に突っ込んで行く。健三は、恵太を左腕に抱え、右手に拳銃を構えて左右を見る。

「囲まれましたね」

持谷は携帯に怒鳴っていた。

「ブッチョが撃たれた！　ボウガンだ、きっと。右肩！」

「くっそぉ！　痛ぇ……」

ブッチョはそのまま小路を駆け抜けようとした。だが、小路の突き当たり、左右両側から大きなセダンが二台、ゆっくりと出て来て行く手を遮った。

「ブッチョが撃たれた！　ボウガンだ、きっと。右肩！」

持谷のうわずった声に、思わず桐原は怒鳴り返した。

「なにぃ！」

相田が、驚いた表情でこっちを見る。周りの若い者たちもうろたえている。桐原は、この次第をしきりに気にする相田のために、電話の子機を持って、ベッドサイドに座っていたのだった。

「あーいんが、あーいんが、おーったぁ!?」

必死の形相で相田が桐原を見る。桐原は、子機の〈テ・ブ・ラ・ボタン〉を押した。

「五条三丁目、小路に入る！　囲まれたようだ！」

「わかった！　今すぐ、まず小林をそっちに寄越す。少しだけ、しのげ！」

「えーいいや！　えーいいやぁ！」

若い者がひとり、機敏に携帯を取り出して、小林を呼び出す。

「おい、タテ、藤、彰太、すぐに五条三丁目に向かえ。とにかく急げ。すぐに連絡する！」

とりあえず目の前にいた三人に命じて、まずいぞ、まずいぞ、と桐原は思う。ここでオレらが出てったら、ケンカになる。そんなゆとりは、橘連合にはない。北栄会の、花岡組の、思う壺だ。

だが、ここで黙ってみてるわけにはいかんだろうが！

若いの三人が、飛び出した。エレベーターを待つのももどかしく、階段を駆け下りて行く。

「おい！　どうなってんだ⁉」

「前をふさがれた。後ろのセンチュリーも、きっと連中だ」

桐原の目の前に携帯が突き出された。受け取って、「おう！」と怒鳴る。

「撃たれたんすか？」

小林だ。

「おう。くそ、なぜバレた⁉」

「さぁ……」

「今、五条三丁目の小路で挟まれてる」

電話は切れた。

小林は、突っ走っている。右手で慌ただしく携帯電話を操りながら。

「はい……」

閔《みん》が出た。

「俺だ」

「あ、専務……」

「五条三丁目！」

「は？」

「突っ走って来い！　車じゃ間に合わん！」

電話を切って、「うん」と声を漏らし、両足に思いっ切り気合いを入れた。

不意に、四つの時に肺炎で死なせてしまった、たった一人の息子のことを思い出した。あの時は、シノギが辛くて、家のことはほったらかしだった。あの時の女房も嫌な女で、出歩いてめったに帰って来なかった。そんな中で、息子は風邪をこじらせて肺炎になり、死んだ。

「うん！」

再び声を漏らして、両足に気合いを叩き込んだ。男が、シノギの中で死ぬのはいい。だが、ちっちゃな子供が死ぬのは、間違いだ。

道行く疎《まば》らな人々が、猛然と突っ走る巨大な肉のカタマリを、呆気《あっけ》にとられて見送る。

健三は、恵太を抱えてグランデの脇に立っていた。周囲を見回す。小路の両端に、セダンが停まっている。そこここに立っている連中も、シロウトではない。持谷も飛び出した。

「どうします?」

運転席のドアが開いて、ブッチョも出て来た。左腕を右肩の矢に伸ばす。

「抜かない方がいい」

健三は静かに言った。ブッチョが、うんうん、と頷く。辛そうに夜空を見上げた。

「こっちへ!」

不意に、健三が駆け出した。その左肩で、恵太の顔が上下に跳ねている。必死になって唇を嚙みしめている。

「大丈夫か?」

持谷が、その後に続いて走りながら、ブッチョに言った。

「なんとかなりそうっす」

呻くように言って、駆け出す。健三は、目の前の〈第四パープルビル〉の入り口に駆け込んだ。

「第四パープルビルに逃げる!」

持谷は携帯に向かって怒鳴った。

小林を呼ぶと、すぐに出た。突っ走っているらしい。はぁはぁという息が聞こえる。

「俺だ」

「はぁ」

「第四パープルビルだ！」

「閔にも伝えて下さい！」

「おう！」

閔の携帯を呼んで、第四パープルビルだ、と告げた時、若いもんたちが階段を駆け上がって来た。

「どうした！　さっさと行け！」

「いえ、社長、それが……」

慌てている。

「なんだ！」

「パト車が……」

「なにぃ⁉」

「道ぃ塞いでて、出られねぇんす」

「なぁにぃ⁉」

桐原は、窓に飛びついてがらりと開け放った。見下ろす。確かにその通りだ。この、鉛筆のような細いビルの周囲に、パトカーが四台、停まっている。赤いライトを旋回もさせずに、いかにも暇そうに、ただ停まっている。

「なんだ、どういうことだ！」

「……どうするっすか……」

「バヵヤロウ！　どけるさ！」

桐原は、憤然と体を翻し、相田の目をチラリと見て、ひとつ頷き、「クッソ！」と階段に飛び出した。


小林が第四パープルビルの前にたどり着いた時、入り口付近には十人ほどの人間がたむろしていた。かき分けて中に突っ込もうとしたが、芳野がぬっと姿を現した。〈桜庭II〉という感じで、スーツの趣味までよく似てる。気取った表情で、小林を見て、ニヤリといやらしく笑った。

「よう。しばらく」

小林は、ものも言わずに、その顔を右拳一撃で粉砕した。そのままビルに駆け込む。健三の目論見は、わかる。

（それは、できねぇんだよ、健三！）

小林は必死だった。階段を駆け上った。中二階踊り場までたどり着いたところで、元気いっぱいの若い連中に追いつかれた。群がるチンピラと激しくもみ合いながら、小林は絶望の中で、「だぁー！　だぁー！」と絶叫した。

健三は、恵太をしっかりと抱きかかえて、階段を駆け上る。

「大丈夫だからな」

小声で囁くと、恵太は、うん、と頷く。

「どうするんですか⁉」

そろそろ息が上がりかけた持谷が、喘ぎながら言う。心の中で（やっぱり、俺はここで死ぬな）と思っている。

「ついて来て下さい！」

健三は言った。

このまま屋上に駆け上り、隣のビルの屋上に飛び降りる。その東側の壁にある避難梯子から下に降り、三階で、その隣の〈エスパス53ビル〉の避難梯子に乗り移る。その屋上まで上り、そして階段を一階まで降りる。そうすれば、追っ手は振り切れる。このビルは何度も使った。

健三は、そのプロセスを頭に思い浮かべた。心配なのは、右肩に矢が刺さったままの、ブッチョと呼ばれている青年だが、なんとかなるだろう。腕の力を必要とする場面は、それほどない。だが……もしも落ちたら……

いや、落ちない。

なんとかついて来ている持谷については……とにかく、ブッチョ同様、なんとか自力でついて来てもらうしかない。

……俺は？　恵太を抱いたまま、跳べるか？

跳べる。

階段を最上階まで上り、通路を突っ走る。ペントハウスへの階段は、ビルの反対側、エレベーターの脇にある。両側に並んでいる店は、みなシャッターを降ろしている。

「どこ行くんですか？」

後ろから、持谷が喘ぎながら言う。その後ろでは、ブッチョが呻き声を漏らす。健三は答えず、とにかく走った。角を曲がると、エレベーターが見えた。その脇の階段に突っ込む。一気に駆け上り、鉄の扉の前で立ち止まる。鍵は開いたままだ。この扉は、以前から、ずっとそうだ。恵太を下に降ろして、両方の手のひらを扉に当て、左耳を押し当てる。持谷が追いついて、床に座り込んだ。体中で息をしている。ブッチョも着いた。壁にもたれて、「ううう」と呻いている。

健三は三人を見回し、唇に指を当てた。そして、いきなり扉を開け放ち、左前方に飛び出し、前転した。

そのすぐ脇を、恵太が駆け抜けた。

「あ！」

ブッチョが叫んだ。

持谷が怒鳴った。

「待て、恵太!」

「だからな」と桐原は教え諭すように言う。はらわたは煮えくり返っているが、それを表に出すわけにはいかない。「今、急ぎで行く用事がある、と言ってるんだ」

「わからない人だな、おたくさんも」と年配の制服警官が言う。「今は、動けないんだって。何度も言ってるでしょう」

「だからよ、なぜなんだよ」

「それに答えることは、本職の権限外だから……」

「なぜ、おれらの用事の邪魔をするんだよ」

「それは申し訳ないと思うけれども、警察にも、それなりの事情があるんだから」

「だから、その事情はなんなんだ、と聞いてるんだ」

「だから、そのことに関しては、ここで、本…私の一存では決められないんだ、と言っている」

桐原は、居ても立ってもいられない苛立たしさで、今にも爆発しそうだった。だが、そうすると、それで全ては終わる。

「オレらになにか用事なのか?」

「おたくさんがたに? それはない、と思うけどね」

「……だって、うちらのビルをこう、包囲する形で停まってるじゃないか。なんの恨みがあるんだよ」

「申し訳ないと思うけどね。そういう指示なんだから、まぁ、呑んでもらわないと。ここで、私の一存でどうにかできるもんなら、もちろん、移動するけどね、そりゃ」

「……あれか？　ちょっとした配慮を頼めるもんか？　ある一定の条件があれば」

「なに⁉」

そう言った警官の目に、一瞬燃えた怒気は本物だった。失敗した、と桐原は悔やんだ。ワイロをほのめかして、本気で怒らせてしまった。

「いや、そういうことは考えてもいないけど、ある種の可能性として……」

「とにかく、帰んなさい。我々は、指示がなければ、この場から動けないから」

「だから、用事が……」

「タクシーでも呼べばいいでしょう。流しのタクシーを拾ってもいいし。こう見るところ、おたくさん、運動不足でしょ。たまに歩いたらどうなのさ」

「急いでるんだって」

「じゃ、なおさら、さっさと諦めて、行った方がいいんでないの？」

「バカヤロウ！」

桐原は、捨てぜりふを残してビルに入った。怒りで、体中がぶるぶる震える。真っ直ぐ歩くことができないほどだ。はぁはぁと荒い息をついて、階段をドンドンと上った。

（どうするよ。どうするよ。どうするよ。どうするよ）

とにかく、タクシーで行くしかないか。

上に戻って、ドアを開けたら、そのドアは壁にぶち当たって、跳ね返って来た。それを蹴返して、中に入る。全員が、困った顔をして、こっちを見ていた。

「おーあったぁ？」

相田が泣きそうな顔で言う。

「クソ！」

憎々しげに吐き捨てる桐原に、藤が困惑した表情で、言う。

「あのう……専務も、閔も、鉢呂も出ません」

「なにぃ⁉」

どうにかなったのか。

待ち伏せか。

罠だったのか。

しかし、どうしてバレた？

……人手の数が違うか。それに、相手はきっと警察ぐるみ、北栄会ぐるみで丸ごと動いているんだろう。

クソッ！

こっちは、オレらだけだ。橘連合本家にも菊志会にも内緒で、俺の手勢を動かしてるだけだ。

所詮、勝負にならなかったのか……

桐原が苦い思いを嚙みしめた時、ベルが鳴った。全員がハッとする。相田も、ベッドの上で、体を起こそうとしてもがいている。桐原が〈テ・ブ・ラ・ボタン〉を押した。

「俺だ」

便利屋の声。とても小さな声で囁いている。

「おう。どうなってるんだ?」

「罠だった。待ち伏せされた」

「で?」

「恵太が、……危ない」

扉が開いた時、恵太は思わず駆け出した。人がいる、と思った時には、すでに抱き上げられていた。思い切り腕に嚙みついた。頭のどこかを殴られた。意識がなくなった。


「ヘッ」

青柳が、さもおかしそうにせせら笑い、腕を伸ばして「ほらよ」と門前に恵太を渡す。ぐったりとした恵太を、門前は愛おしそうに受け取った。恵太は、目を閉じて、首をがっくりと垂れている。門前は抱き締めて、頰をすり寄せた。

「チャカをよ」

青柳に言われて、門前は慌てて右のポケットからガヴァメントを取り出した。撃鉄を上げ、安全装置をかけて、親指で押さえ、恵太の頭に銃口を突きつける。それを見て頷き、青柳は腰だめに拳銃を構えて、怒鳴った。

「出て来い！」

膝をついていた健三がゆっくりと立ち上がる。

持谷が、ドアの陰に隠れて、携帯を手に取った。桐原を呼び出す。

「俺だ」

「おう。どうなってるんだ？」

「罠だった。待ち伏せされた」

「で？」

「恵太が、……危ない」

屋上で、青柳が苛立たしそうに怒鳴っている。

「出て来い！　あとふたりいるだろ！」

持谷とブッチョも、のろのろと出た。持谷は、つないだままの携帯を手に隠し持っている。

「いいか。最初に言っておくがな、このジジイは、ヘンタイだ。ガキを殺すのが好きだ。お前らが、ちょっとでもヘンな動きをすると、こいつは喜んで、このガキの頭をフッ飛ばすぞ」

(喜んで、じゃない!)と門前は心の中で叫んだ。誰が喜んで殺すものか。そんなのは人間じゃない。可哀想で、悲しくて、堪らないのだ。それでも、止むに止まれぬことなのだ。それに、簡単に頭を吹っ飛ばすのでは意味がない。まず、小さなペニスを勃起させ、それを切り落とすのでなければ、意味はない。……だが、そういうことを言っても、始まらないだろう、ということはわかっている。

(私は、他人に理解されることはない。常に誤解されて生きて来たんだ……)

そんな自分が可哀想で、門前はうっとりした。可哀想な私。

とにかく、この青柳という不良刑事は、うまく男三人をバラすことができたら、最後の最後に、自分をこの子供と二人っきりにしてくれる、と約束してくれた。

素晴らしいことだ。

門前は、多少の誤解は甘受しても、青柳の役に立とう、と決めている。

「それから」と青柳が続ける。「このジジイは、オレのことが嫌いだ。俺も、このジジイが嫌いだ。だから、なにを言いたいかというと、オレらの片っぽをどうにかしても、人質にはできないぞ、ということだ。ほら、よくあんだろ、テレビや映画でよ。『その子供を放さないと、こいつを撃つぞ』ってな場面がよ。あれは利かねぇぞ、ということだ。俺を押さえてチャカ突きつけてもよ、このジジイはケロッとして、ガキぃバラすぞ」

「わかった」

持谷が答えた。健三は、静かに立ち尽くし、青柳をじっと見ている。ブッチョは壁にもたれて、ダランと垂れた右腕を左手で撫でながら、荒い息をついている。

「いいか。ちょっとでもヘンな真似すると、あのジジイがガキぃバラすぞ」

青柳は念を押し、そしてのしのしと近付いた。相手の弱味をつかみ、抵抗できない状況に追い詰めて、そこで思うがままに振る舞う時、青柳は本当に嬉しい。健三の前に立ち、顔を一度、殴った。それほど力は入っていない。

「なんなんだ、てめぇは。いきなり飛び出して来てよ」

健三は、黙って静かに青柳の目を見る。青柳は、健三の顔に唾を吐いた。

「見てるとムカムカしてくるよ。……おめぇ、榊原健三だな？」

健三の表情は変わらない。

「第四パープルビルの屋上から、ビル伝いに逃げるつもりだったか。そんなもん、すぐにわかるんだよ。おめぇらはバカだから、十年経っても、二十年経っても、同じことしか思いつかねぇのよ。哀れなもんだな。どうだ。屋上に出てみて、びっくりしただろ。飛び移れる屋上なんか、今はもうねぇんだよ」

確かにその通りだった。この第四パープルビルは、この界隈で、最も低いビルになっていた。道路に面した北側を除いて、残りの三面は、もっと高いビルの壁に囲まれている。屋上にいる彼らは今、深い穴の底にいるように見えた。

「目当ては、〈エスパス53ビル〉だったんだろ？　残念だったな。このあたりはすっかり建て替えになったんだよ。こっから、飛び移れる屋上は、なくなったんだよ」

青柳は、いかにも気分良さそうにゲラゲラと笑った。そして、「動くなよ」と健三に言い、その体を探った。鉈、ナイフ、そして拳銃、そのほかの武器になりそうなものを、ひとつひとつ、丁寧に取り出す。

「なに考えてんだ、てめぇは。ん？　健三よ。歩く武器庫ってか？」

その時、エレベーターが動き出した。

「門前！」

「はい⁉」

「ガキぃしっかり押さえてろよ。へんなことがあったら、すぐに撃て」

そう言いつけて、健三たちには「動くなよ」と命じ、階段の手すりから身を乗り出した。

（今なら突き落とせる）

持谷は思った。だが、そうすれば、間違いなく、恵太は撃たれる。

エレベーターのドアが開いたらしい。数人の男たちの気配が伝わって来る。

「なんだぁ？」

青柳がのんびりした声で言う。

「そいつらの仲間だ。三人、いる。ここに置いてってていいか？」

「う～ん……」

青柳はちょっと考えたが、「まぁ、手ぇかけて悪いけど、こっちに持って来てくれ」と答えた。

電話の声は聞きづらい。

「どうなってんだ⁉」

桐原が、苛立たしそうな声で怒鳴る。

「オレらの仲間が三人いる、と言っている。どうやら、やられたらしい。こっちに運んで来るそうだ」

持谷の囁き声。

「小林たちか……」

どうするよ。どうするよ。どうするよ。桐原は、腹立ちまぎれにそこにあるものを片っ端から蹴りつけながら、部屋の中で荒れ狂った。冷静になって考えれば、もうオシマイだ、ということは明らかだ。健三、便利屋、恵太、この三人はもうオシマイだ。もうケリが付いちまった。もうすでに問題は、次の段階に入っている。事態収拾。その段取りは、もうルーティン作業だ。この三人がやられてから、小林たち三人の処置について、桜庭とややこしい話し合いをしなくてはならない。ここで失敗すると、小林たちも失うことになる。だが、そうなったら、こっちも黙ってはいない。たとえ橘連合本家から絶縁されたとしても、とことんやるつもりだ。……だが、その前に、健三、便利屋、恵太。……どうしようもないのか。このまま、この電話を聞くだけか。三人がやられるのを手を拱《こま》ねいて聞いているしかないのか。

「たーぁーだ！　たーぁーだ！」

突然、相田が叫んだ。ベッドの上で、滅茶苦茶に体を動かして、喚いている。必死の目つきで桐原を見て、そのままベッドから転がり落ちた。若いもんが、呆然として見ている。

「たーぁーだ！　たーぁーだ！」

相田が、夢中になって、床の上を這いずって来る。桐原は、駆け寄って、しゃがみ込んだ。

「だって……いくら高田でも無理だろうよ」

確かに高田は空手の達人だ。だが、ここで高田に駆け付けてもらっても、もう、どうしようもないだろう。無駄死にさせることになる。

「たーぁーだ！　たーぁーだ！」

相田は、もどかしそうに身悶えする。左手で桐原の腕をがしっと握り、右手で床をバンバン叩く。

「たーぁーだ！　たーぁーだぁぁぁぁ！」

23

小林を、五人がかりで運んで来た。どさり、と持谷たちの前に投げ出して、戻る。そして今度は鉢呂と閔を運んで来る。三人ひとかたまりにして、足で小突き、ケケケと笑う。

健三は、静かな顔つきで、倒れている三人を見つめた。どうやら、まだ生きている。実際には、致命傷は負っていないようだ。だが、それにしても、徹底的に傷められている。肋《あばら》の数本は折れているだろう。半ば朦朧《もうろう》としながらも、三人はうつろな目をキョトキョトさせながら、ゆっくりと身を寄せ合った。

「芳野はどうした？」

青柳がニヤつきながら尋ねた。

「あ、今、病院に運んでるとこだ」

「ん？」

「この野郎が」と小林の顔を蹴る。「キザなことしてくれたんでな。バカが」

小林が呻いて、両腕で上体を持ち上げる。青柳が足を飛ばして、仰向けに蹴倒した。それから、腰だめの拳銃を構え直し、嬉しくてたまらない、という表情で、健三たちに顎をしゃくって言う。

「こっちの三人はよ、バカでよ」

「ああ」

五人の加勢は、それぞれ頷く。

「あのガキを押さえてるもんだから、今、なんにもできないワケよ」

「ああ、知ってる」

五人は愉快そうに笑った。ひとりがブッチョに、「矢、どうだ?」と尋ねた。

「スパッとキレイに入ったもんなぁ」

ブッチョは、無言で呻く。

「どうだ。どうせ殺すんだが、その前に、あんたら、一発ずつ、殴ってみるか?」

青柳が、だらしない笑顔で言う。

「なんの抵抗もできねぇんだから、こいつら」

口許がすっかり緩んでいる。

「ん……」

五人は、お互いの顔を見合わせた。確かに、それは面白いかもしれない。だが、そう勧める青柳が、なにか不気味だ。そもそも、桜庭が、「あまり関わるな」と言っていたのだ。この場は、オヤジの言葉に従って、あまり相手にならない方がいいな、と思う。この不良刑事は、なんだか気持ちが悪い。

「いや……オレらは、いいよ」

「そうか。じゃ、そっちに下がっててくれ」

そして拳銃を突き出し、銃口をひょいひょいと振って、命令した。

「おい。その三人。榊原と、あとふたり。こっちに来い。まん中あたりまで出て来い」

それから、門前に顎をしゃくって、向こうの手すりの隅の方に行け、と命じた。門前は、すすすっと退く。健三とブッチョ、そして持谷は、ゆっくりと前に進んだ。

「よし、止まれ」

三人は、止まった。

「じゃ、殺す」

そう言って、青柳は、にやりと巨大な笑顔になる。

「もちろん、最初に殺すのは、榊原、お前だ」

健三は、静かに頷いた。

「問題は、その次だ。どっちにするかな」

ブッチョも持谷も、ただ黙って青柳を睨み付けている。ふたりとも、腹に力を込めていた。この場で、お互いの顔を見たら、それで負けだ、と思う。このクズの不良刑事を喜ばすだけだ。

「どっちにするかな」

青柳は、嬉しそうに、節を付けて言う。そして、ふと、今思い付いたように言った。

「そうだ、お前たち。お前たちふたり、ジャンケンしろ。で、負けた方から、殺す。どうだ？　フェアなやり方だろ」

持谷も、ブッチョも、ただ黙って青柳を睨み付けている。

「フェアなやり方だろっての。んん？　なんとか言えよ。もうオシマイなんだからよ。なんとか言えよ。……なんとか言えよ。言わねぇと、あのガキの頭、フッ飛ばすぞ」

持谷も、ブッチョも、ただ黙って青柳を睨んでいる。

「おい、門前、そのガキ……」

バラせ、と言おうとした時、上の方で声がした。

「あ、おい、あれだあれだ」

「あ、ホントだ！」

「いたいた、ホントにいた！」

「お〜い！　こらぁ！　青柳ぃぃぃ！」

突然、名前を呼ばれて青柳は驚愕した。

「てめぇ、なにとんでもないことやってんだよ！」

「やめろ！　ばかぁ！」

「人殺しぃぃぃぃ！」

急に、そこらにガキの声があふれた。

青柳は、思わず見上げた。周りのビルの屋上から、何十人もの人間が、こっちを見下ろしている。ガキどもだ。中には中年オヤジも何人かいる。

「おい！　こっち向けぇ！」

誰かが言った。フラッシュの光。それをきっかけに、あちこちで安っぽいフラッシュの光が飛び散った。

「やめろ、お前！」

青柳に向けて、グラスを投げつける。いかにも頭の悪そうな、珍妙な化粧、珍妙な髪、珍妙な服の、若いバカどもだ。口々にワイワイ言っている。どんどん増えて来る。

「クズどもが……」

青柳の血が沸騰した。

「青柳さ〜ん！」

人間とは思えない化粧の、銀色の髪をした醜い娘が、青柳に手を振ってゲラゲラ笑った。

「人でなしぃ〜！　キャハハハ！」

「薄バカァ〜〜！　キャハハハハ！」


「とにかく、急いで行ってくれ。ビルは三つ、〈ススキノ・アルテ〉、〈エスパス・ヌーヴォ〉、〈フィフス・ストリート〉だ。その屋上から、〈第四パープルビル〉を見下ろしてくれ。今、人が殺されそうになっているんだよ。大至急だ。繰り返すぞ。〈ススキノ・アルテ〉、〈エスパス・ヌーヴォ〉、〈フィフス・ストリート〉だ。その屋上から、みんな、〈第四パープルビル〉を見下ろしてくれ。道警の青柳って名前のクソ刑事が、無実の人間を、殺そうとしてるんだ。青柳だ。青柳だ。ア！　オ！　ヤ！　ギ！　低能の人殺しだ。クズ刑事だ。薄バカだ。クソ野郎だ。名前を呼んでやってくれ！　力一杯、バカにしてやってくれ！　みんなで見てやってくれ！　無実の人間が殺される！　大至急だ！　〈ススキノ・アルテ〉、〈エスパス・ヌーヴォ〉、〈フィフス・ストリート〉だ。その屋上から、〈第四パープルビル〉を見下ろしてくれ。頼む！　みんな、頼む！　警察は、身内を庇って、見て見ぬフリだ！　警察の汚職が絡んでるから、こっそり殺すつもりなんだ！　小学校二年生の男の子の命がかかってるんだ！　だから、頼む！　みんな、頼む！……」

高田は、夢中になって、マイクに向かって喚いていた。これが今、どんな結果をもたらしているか、役に立っているのかどうかなど、ほとんどなにも考えていない。ただもう、必死になって、マイクに向かって喚いている。

「やめろ！　やめろ！」

周囲の罵声が、だんだん揃って来た。

「や！　め！　ろ！　や！　め！　ろ！」

「あ〜お！　やぎっ！　あ〜お！　やぎっ！」

その大合唱が、青柳に丸ごと叩き付けられる。全世界が、そこに剝き出しで立っている青柳を、軽蔑していた。

（クソバカども……頭数の、クズども……）

青柳は、自分の憎悪と軽蔑で、彼らの大合唱をはねのけようとした。だが、かなわなかった。頭数で騒いでいるクズども、と思った。だが、自分ひとりでは、どうにもできなかった。バカどもは、ピストルを向けてもひるまなかった。目を血走らせ、銃口を向ける青柳に、「お〜い、こっちだこっちだ」とおどけて手を振るヤツもいた。思わず、青柳は、撃った。銃声と同時に、そいつの近くにいた連中が、悲鳴を上げて逃げたが、手を振って

いたおどけものは、そのままそこで踊っていた。すぐにまたクズどもがそこに集まって、

「撃て～！　撃て～！　撃ってみろ～！」と踊り始めた。

「下手くそぉ！」

あちこちから、雪玉が飛んでくる。そのいくつかは青柳に命中し、その度に青柳の憤怒はどす黒くなってゆく。

「クズゥ！」

「アホ！」

「や！　め！　ろ！　や！　め！　ろ！」

「あ～お！　やぎっ！　あ～お！　やぎ！」

青柳は、四方を見上げて、ゆっくりグルグル回った。クズどもが、頭数のゴミどもが、俺を、俺に向かって、俺の名前を呼んで、俺のことを、笑っている。また雪玉が命中した。

クズどもが、俺をコケにしている。

「やめろ、バカヤロウ！」

なんの生き甲斐もない、片隅で生きている、せまっ苦しい世界のビンボ人ども。

「素敵よぉ～！」

そいつらが、俺を笑っている。なんの力もねぇ、言われた通りに生きるしかねぇ、虫けらどもが。銃を向けられたら悲鳴を上げて逃げるしかねぇゴミどもが。

(もう、……たくさんだ)

青柳は思った。

(別に、俺は負けたワケじゃねぇ。ただもう、付き合うのが馬鹿馬鹿しくなっただけだ。こいつらには、付き合い切れねぇ。バカを相手にしても、仕方ねぇ)

青柳は、スタスタと門前に歩み寄った。

思いがけない成り行きに、門前はうろたえている。青柳の顔を見て、曖昧な表情になり、とりあえず銃を降ろした。この場面では、もう、ガキを殺るわけにはいかないだろう。青柳は、ニヤリと笑った。門前も、ちょっと笑顔になった。青柳は、銃を前に突き出した。

「やめろ!」

持谷が叫ぶよりも前に、健三が飛び出した。上の方で、あちこちで、悲鳴が聞こえた。

銃声。

門前の右のこめかみから、血煙が噴き出した。そのままゆっくりと、門前は恵太を胸に抱えたまま、前に倒れ込む。目論見が外れた。

「クソ!」

ガキをバラすのだ。どうせ俺は死ぬ。だが、それにしても、ガキをバラすのがケジメだ。

青柳は、思わずかがみ込んで門前の死体をよけようとした。チャカの暴発のことは気にしなかった。さっき、門前が安全装置をかけた。

「クソ!」

死体は重い。つかまえどころがなくもったりとしている。左腕で門前の頭を抱え、とにかく上体を起こそうとした。右手に激痛。

はっとして見ると、手のチャカが向こうに飛んで行く。横に、榊原健三が立っている。

（終わったか）

青柳は、ゆっくりと足腰を伸ばし、立ち上がった。

「わかってるよ。チャカ、くれや。自分で片ぁ付けるから。俺は、負けたわけじゃねぇぞ。……バカ相手にしても、始まらねぇ」

健三は、静かに青柳の目をのぞき込んだ。青柳も、黙って見つめ返した。ニッコリ笑ってやろう、青柳はそう思い付いたが、笑顔を作る前に、自分の顎が跳ね上がるのを感じた。次の瞬間、首がグルリと捻られて、一瞬、頭の中が燃えるように熱くなった。両方の耳から、吐き気のする目眩が、激痛を伴って破裂する。ポキリ、という音が聞こえたのは、気のせいか。青柳は、闇の中に沈んで行った。

健三は、ストンと尻餅をつく青柳の死体を見つめた。死体は、ゆっくりと横ざまに倒れる。それが動かなくなったのを確認してから、健三は門前の死体をどけて、恵太を抱き上げた。その時、青柳の死体が、「ふぅ～っ」とため息をついた。

恵太を抱いた健三に、持谷が駆け寄った。ペントハウスから成り行きを見守っていた五人は、すでに階段を下りて、逃げていた。

「そうか。無事か」

桐原の声は弾んでいた。

「ああ」

持谷は、息も絶え絶え、という感じだ。

「じゃ、ブッチョをそこに置いて、とにかく離れろ」

「小林たちはどうする？」

「無理だろう。動けねぇだろう」

「ああ。……もうすぐきっと、この屋上は人でごった返すぞ」

「ま、なんとかする。もう、藤や彰太をそっちに向かわせてる。医者と看護婦も、調達してある。一緒に向かってるはずだ。……タクシーでな」

「タクシー？」

「いろいろと、事情があんのよ」

「わかった」

「とにかく、あとのことは気にしなくていい。さっさと、フケろ。ガキを親に返してやれ。もう、大丈夫だ」

受話器を置いて、桐原は、ふぅっと安堵の溜息を漏らした。それから、相田に向かって言った。

「終わった。なんとか、無事に終わった。……これからが、まぁタイヘンだがな」

相田は頷く。

「よく思い付いたよ。お前のおかげで、無事、終わった」

相田は、首をくらくらさせながら、ぎこちなく、でも、本当に嬉しそうな笑顔になる。

「ほう……」

桜庭は渋い顔で窓の外、ススキノの灯を眺めた。受話器からの興奮した声がやかましいが、そのうちに収まるだろう。

「……でもまぁ、いいよ、それで。青柳と門前が消えれば、あとはどうとでもなる。ジジイどもが、適当に話をまとめるさ」

受話器の向こうでは、まだワイワイ言っている。興奮しちまってる。……こいつは、あまり使えないな。

「いいんだよ。もう、終わった。別に、それほど悪い段取りでもない」

もちろん、篤布で失った連中は、確かに痛いが、今さらどうこう言っても始まらない。

「後を尾ける?」

こいつは、本当にバカだな。

「例の男をか? やめとけ。なんにもならん」

だが、まだ収まらないらしい。

「いや、だめだ。高見沢には、触るな。ガキはもう、放っとけ。色気を出して、またコケたら、目も当てられん。……桐原か……今は、やめとけ。急ぐこたぁねぇさ。今年は選挙があるからな。なんにせよ、それが終わってからだ」

倒れている三人の付き添いに、肩に矢を刺したままのブッチョを残し、恵太を抱いた健三と持谷は、階段を駆け下りた。誰にも妨害されずに、そのままビルから外に出た。ビルの入り口を取り囲むように、人垣ができている。さっき助けてくれた連中だろう。好奇心に導かれて入り口まで来たが、中に入るのは恐いのだろう。

（どうやって突破しようか）

持谷はそう思案したが、健三は恵太を抱いたまま、すたすたと人垣に突っ込む。自然と分かれて、道ができた。

（おやおや）

持谷は、小走りで後に続いた。健三はそのまま進み、駅前通りを南に向かい、最初の小路を左に入った。路上駐車の車の中から、酒屋の配達車を選び、乗り込む。持谷も助手席に座った。そして、恵太を受け取った。恵太は、気が付いたらしく、うっすらと目を開けた。

「恵太」

「はい？……」

まだぼんやりしている。

「もう、終わった。家に連れて帰る」

「え……」

嬉しそうな表情になるが、まだちょっとぼんやりしている。

「終わったぞ。安心して、寝てろ」

恵太はしっかりと頷いた。

しばらく、無言のまま、車は進んだ。道路は空いていて、恵太の家が順調に近付いて来る。

「あ、そうだ。そう言えば林さん」

「はい？」

「さっきの、あの……青柳、ですか。不良刑事だ、という男」

「ええ」

「あの人、林さんのことを、榊原、と呼んでましたよね。……榊原健三、と」

「ああ、そうでしたね」

どうでもいいことだ、と持谷は思う。だが、ここでこの疑問を口にしておかないと、健三は、持谷が持谷ではない、ということを察してしまうかもしれない。それはやはりマズイのだろう、と判断した。〈持谷〉は、このあたり、いい加減でありながら、細かいのだ。

「あれ、どういうことでしょう？」

「さぁ……私にもわかりませんが、……きっと、人違いしてたんじゃないでしょうか」

「あ、なるほど」

〈林〉と〈持谷〉は、顔を見合わせて、頷き合った。

それっきり、ふたりはなにも話さなかった。

（林のおじさんの名前は、ケンゾウだ）

恵太は、心の中に刻み込んだ。

丸高建設社宅の前には、もうマスコミはいなかった。外から眺めると、高見沢の家の窓は明るい。

三人は無言で降りた。入り口に入り、階段のところで、立ち止まる。

「じゃぁな。これで、お別れだ」

持谷はそう言って、ニヤリと笑った。

「ありがとうございました」

「お前は、よく頑張ったよ」

持谷が言うと、健三も頷いた。

「じゃ、行け」

「おじさんたちは？」

「ここで、お別れだ。……ひとりで、部屋まで帰れるか？」

恵太は、うん、と頷いて、それから涙をこぼした。

「お母さんに会ってから、泣け」

持谷が言うと、恵太は袖で涙と鼻を拭いて、階段を上り始める。そしてそのまま、振り返らずに、すたすたと上って行った。

しばらくして、女の泣き声が響き渡った。

「恵太ぁ！　恵太ぁ！」

健三と持谷は、なんとなく顔を見合わせた。

「母親に、会わなくていいんですか？」

尋ねる持谷に、健三は不思議そうな顔を向ける。そして、「なぜ？」と言った。

「なぜって……ま、そうですな」

ふたりは頷き合い、小走りで車に向かった。

走り出してすぐ、リヤビュー・ミラーの中の社宅入り口から、女が飛び出した。だが、持谷は振り向かなかったし、健三に伝えることもしなかった。

（だがきっと、気付いているのだろうな）

持谷はそう思った。


十分後、ふたりは石山通りの脇に配達車を停めて、降りた。

「林さんは、どうなさいますか？　私は、ここからタクシーを呼んで帰りますが」

「私も帰ります」

「はぁ……どうやって……」

と尋ねたが、聞かない方がいいだろう、と思った。

「金は、ありますか?」

「少しは。帰れる程度には。……桐原さんに、くれぐれも、礼を言ってください」

「ええ」

「ありがとうございました」

「お気をつけて」

健三は、丁寧に頭を下げてから、星も月もない空を見上げた。そして、西に向かって歩き出した。

解説

井家上隆幸

東直己のデヴュー作『探偵はバーにいる』（九二）を読んだとき、三〇年も前はじめて北海道に行って、東京で流行《はや》りはじめたばかりのファッションが脈絡《みゃくらく》なく（と、ぼくには見えた）飾られている街を思い出し、内地からの移民の三代目という〝道産子〟が案内してくれた夜のススキノの風景を思い出した。そこは、銀座のクラブよりも〝高級〟だろうという気取りと、〝セーラー服〟だの〝看護婦〟だのが酔客の袖を引く猥雑《わいざつ》がごちゃごちゃになった街に見えた。昼と夜のそのごちゃごちゃは、「われわれにとって津軽海峡は、越えるに難いしょっぱい河。だからこそ、東京に対する憧れ悶える心情と、東京なにするものぞという強烈な自負、相反するものを同時に心にひっかかえている」といった彼の言葉そのものだった。

大和朝廷が津軽海峡を越えてアイヌモシリ（人間の住む島）に侵略したのは、六六〇年の安倍比羅夫《あべのひらふ》の遠征にはじまるというが、以後大和人にとって蝦夷地《えぞち》は、征服と収奪の対象となった。明治初年、政府は北海道〝開拓〟のため屯田兵《とんでん》と囚人の群れそれに開拓移民を送り込む。それらの人びとは、もとをあらえば故郷を追われた流民であり、貧しい農民であり、戦いに敗れた士族たちだった。政治も経済も「東京」に握られていることは戦後も変わらない。「今日の東京の流行は明日は札幌で流行し、一週間後には道全体に広がる」という〝東京志向〟と、「東京なにするものぞ」という二つの心情は、その歴史の現われはいった。

だが、「移民も三代となってようやく歴史の縛りから自由になりはじめている」とも、彼

大学を除籍になって以後、定職につかず、バーの勘定取り立て、人探しなどなんでもこなしてブラブラと生きている〈おれ〉が、客引き、飲み屋のオヤジさん、ホステス、オカマ、グレかかりキレかかった少年少女、ヤクザなど、昼の〃市民社会〃からはみだし、いやはじきだされて生きる人間たちに身を寄せる〈探偵シリーズ〉は、ぼくには、歴史の縛りから自由になろうとする人間たちの物語に思える。昼は寝て夜になると街に出、ビルの谷間の路地を歩き、どんな人間とも対等にへらず口をたたき、ときにはぼやきながらの自由気ままな〈おれ〉は、〃昼の世界〃からは根なし草にみえようが、実はススキノにしっかりと根を張っていて、猥雑ごちゃごちゃの街と人間を愛し、ときにはその愛のためには命を捨ててもいいと猛進《もうしん》もする。〈おれ〉にとって〃昼の世界〃とは、「東京」と結託して愛する街と人間をふみつけにする魑魅魍魎《ちみもうりょう》の棲息《せいそく》する「闇の世界」なのだ。

その思いは、人びとが「サワルベカラズ」と脅えて口を閉ざすなか、殺されたオカマのマサコちゃんの仇討にのりだす〈おれ〉の正義をえがいた〈探偵シリーズ〉第四作『探偵はひとりぼっち』にかなりあらわれているが、元新聞記者の私立探偵、畝原《うねはら》浩一を主人公とした『渇き』は、それをよりくっきりとさせている。就職をエサに体を狙う会社社長に報復したいという依頼が、札幌を揺るがす事件となっていき、一人娘を誘拐された畝原浩一は「守るべき過去はない。だが、守るべき人がいる」と、地元政財界や暴力団を相手に

孤軍奮闘するのだ。

クリスマスの日、札幌。丸高建設札幌支社で総務経理部次長を射殺し逃走した犯人は、同社社宅の保育所に立てこもった。保母と小学校二年生の男児二人を人質にして、だ。警察は、犯人の食料差し入れ要求に乗じて突入、保母を射殺したとして犯人を射殺、男児二人を救出する。事の真相を目撃した男児のひとり、高見沢恵太は、警察に通報しようとして追われることになる。恵太の母、多恵子を陰から見守っている榊原健三は、恵太を救うためにススキノで〈企業—警察—ヤクザ〉の悪の連合を相手に死闘を展開するという、本書、『残光』もまた「守るべきものを持つ男のいきざま」をうたいあげる。

主人公の榊原健三は、一〇年前、札幌侵攻をはかる「関西資本」（つまり、企業ヤクザです）と手を結んだ地元の組を壊滅に追い込み、足をあらった元ヤクザで、その殴りこみをかける条件は、恋人の多恵子には絶対手を出さないということだった。多恵子の前から消えて、いまは山奥でアイヌ民藝、木彫りのコタン・コロ・カムイ（シマフクロウ）を作ってひっそりと暮らしている健三だが、多恵子の幸せを脅かす者は消すと心に決めたことは貫きとおす。四年前もそうだった。関西資本の再びの札幌侵攻作戦が、多恵子の幸せを破壊しかねないと、関西資本と地元ヤクザの抗争に身を投じ、すべてを抹殺したのだ（『フリージア』ハルキ文庫、二〇〇〇年）。

幸福な家庭を壊されようとしている昔の恋人を「自分でできる方法で守る」ために命をかける、かつてはその世界に名を知られた寡黙《かもく》な武闘派ヤクザとくれば、仁俠《にんきよう》映画の高倉健そのものではないかと、『フリージア』で語られたイメージは、『残光』でもまったく同じだが、東直己は、そのイメージによっかかって事足れりとはしない。かつて健三の兄弟分で、関西資本に対立する橘連合桐原組組長の桐原満夫、桐原にたのまれてからんでくる〈便利屋〉、北海道日報の記者松尾といった、〈探偵シリーズ〉の主役・脇役（アカデミズムの世界からドロップアウトした高田も顔を出す）、健三と恵太を追う道警捜査一課の悪徳刑事青柳ら、恵太を連れた健三の殺戮《さつりく》行にからむ者たちの動きを通じて、多恵子の幸せを危機に陥れる殺人事件の奥行きを深くし、警察組織のどうしようもない腐敗をあばいていくのだ。

警察官の〝犯罪〟は全国的に蔓延《まんえん》しているが、なかでも道警のそれは全国一だと報じた週刊誌もあったほどだ。「東京」から〝天下り〟したキャリアの心性は明治のそれと変わらぬものであるかと思わせて、「日本の腐敗を信じている」青柳なんぞはいっそリアリティーがあるが、しかし東直己はそれをストレートに悲憤慷慨《ひふんこうがい》しはしない。〈探偵シリーズ〉でもよきコンビである〈便利屋〉と桐原の軽妙な会話や、松尾が接触する組織に違和感をいだく若いキャリアの宙づり状態や、〈暴―政―経〉と癒着《ゆちゃく》したキャリアを戯画化してえがくことで、いわゆる市民社会の〈仮面〉をひっぺがしてみせるのである。市民社会からはみだし、はじきだされた人びととともにあって、市民社会の欺瞞《ぎまん》につねにとんがる〈おれ〉の正義は、東直己の正義なのである。

平成十三年、本書『残光』で日本推理作家協会賞を受賞した東直己に、「〈おれ〉は上京しないの?」と聞いたら、「しない。ぼく自身、東京に来たことはほとんどないし、来る気もない」と答えた。ぼくは、あらためて市民社会の内と外の境界線を出入り自由にふるまっている〃自由人〃の気骨を見た思いがしたのだった。

（いけがみ・たかゆき／文芸評論家）

Haruki Bunko
ハルキ文庫
あ 10-5

残光《ざんこう》

著者 東直己《あづまなおみ》

2003年8月18日第一刷発行
2003年9月18日第二刷発行

発行者 大杉明彦

発行所 株式会社角川春樹事務所
〒101-0051東京都千代田区神田神保町3-27二葉第1ビル

電話 03(3263)5247(編集)
03(3263)5881(営業)

印刷・製本 中央精版印刷株式会社

フォーマット・デザイン 芦澤泰偉
表紙イラストレーション 門坂流

ISBN4-7584-3061-6 C0193
http://www.kadokawaharuki.co.jp/[営業]
fanmail@kadokawaharuki.co.jp[編集] ご意見・ご感想をお寄せください。